하늘과 땅의 수호자

제2부

Ten to Chi no Moribito Part 2

Text Copyright © 2007 by Nahoko Uehashi
Illustrations Copyright © 2007 by Makiko Futaki
First published in Japan in 2007 by KAISEI-SHA Publishing Co., Ltd., Tokyo
Korean language translation rights arranged with KAISEI-SHA Publishing Co., Ltd.
through Japan Foreign-Rights Centre/Shinwon Agency Co.

하늘과 땅의 수호자
제2부

우에하시 나호코 지음 김옥희 옮김

스토리존

바르사는 아직 자고 있다. 바르사는 참 잘 잔다. 짧은 시간에도 깊이 잠들고, 일어날 때는 마치 잠을 떨쳐버리듯이 번쩍 눈을 뜬다.

나는 잘 못 잔다. 요즘 깊이 잠든 적이 없다. 잠이 들어도 계속 꿈만 꾼다. 서둘러야 한다는, 조금이라도 서둘러야 한다는 생각에 마음이 조급해서일 것이다.

칸발 왕을 설득할 수 있을까? 거기에 모든 것이 달려 있는데, 그 왕은 왠지 거북한 상대다. 산갈에서 만났을 때, 합리적인 제안을 해도 즉각 대답을 하지 않았던 사람이라서….

게다가 이미 타르슈 제국에서 손을 썼다면 설득하기는 어려울 것이다. 그 내통자, 타르슈의 밀정에 둘러싸여 있던 남자는 칸발 왕의 측근 중 하나일 것이다. 그렇다면 더더욱….

그나저나 타르슈는 참으로 교묘한 수법을 쓰는구나.

깊이 명심해야겠다. 로타의 남부 영주들을 구슬리고 있는 사람들은, 라울 왕자가 아니라 하잘 왕자 휘하의 사람들이었다. 그 의미를 잘 새겨둬야 한다.

형인 하잘 왕자는, 북쪽 대륙을 공격하는 군대의 지휘권을 갖고 있는 라울 왕자를 어떻게든 밀어내고 싶은 것이다. 로타로 손을 뻗고, 칸발로도 손을 뻗고 있는 것은, 동생을 돕기 위해서가 아닐 것이다. 동생보다 먼저 북쪽 대륙을 손에 넣으려고 음모를 꾸미고 있는 것이 분명하다. 병력을 동원할 수가 없으니까 뒤에서 은밀히 밀정들을 움직여 나라의 실력자들을 끌어들이는 수법으로.

하잘 왕자와 라울 왕자는 형제끼리 서로 경쟁하고 있다. 어느 쪽이 먼저 북쪽 대륙이라는 먹잇감을 손에 넣을지 경쟁하고 있는 것이다.

휴우고가 나에게 뜻밖의 길을 제시해준 것도 호의에서만은 아닐 것이다. 호의도 있었을 테고, 인명 피해를 줄이고 싶다는 마음도 그 남자의 성격상 본심에서 우러나온 것이리라. 하지만 그는 라울 왕자의 밀정이다. 내가 하잘 왕자의 밀정을 따돌리고 칸발 왕과 동맹을 맺는 데 성공하면, 그것은 곧 하잘 왕자가 먹잇감을 잃는 것을 의미한다. 라울 왕자의 밀정인 휴우고에게는 크나큰 이익이 될 것이다….

두 마리의 흉악한 짐승이 노리는 먹잇감을, 나는 그 엄니 사이에서 낚아채야만 한다. 어려운 일이라 해도 해내야만 한다. 나 자신도 그들이 노리는 먹잇감이니까.

눈보라가 그칠 것 같다. 바람 소리가 약해졌다.

바르사는 아직 자고 있다….

— 챠그무의 일지에서

서장
눈 덮인 봉우리가 빛날 때

달이 밤하늘을 꿰뚫듯이 환하게 빛나고 있다.

푸르스름한 빛의 눈으로 뒤덮인 장대한 유사 산맥 봉우리들을 바라보면서, 목동 요요는 꽁꽁 언 양손을 입가에 대고 계속 입김을 불고 있었다.

뭔가가 시작되려고 한다.

가을부터 겨울에 걸쳐서 목동들은 불안한 나날을 보내고 있었다. 가슴속에 항상 잔물결이 이는 것 같은 느낌이 있었다.

예년 같으면 겨울이 되면 잠드는 대지가 올해는 아직도 깨어 있다고, 목동 중 최고령인 토토 장로가 말했다.

'그 증거로, 자, 봐라. 동굴의 바위 표면이 축축하고, 돌들이 아직 냄새를 풍기고 있잖느냐!'

그 말을 듣고 있던 목동들은 토토 장로의 표현에 무심코 쓴웃음을 지었지만, 보통은 겨울이 되면 엷어지는 동굴의 돌 냄새가 올해는 겨울이 되어도 마치 봄처럼 강한 것은 확실했다.

'…캇사는 어떻게 이 냄새를 못 맡지?'

요요는 친구의 얼굴을 떠올렸다.

캇사는 칸발인, 지상에서 태어나 지상에서만 살 수 있는 민족이다. 요요처럼 원래부터 산속 지하에서 태어난 민족과는 다르다. 그래도 캇사는 칸발인 중에서는 자신들과 가장 가까운 존재라고 요요는 믿고 있었다. 그런데도 몇 번을 가르쳐줘도, 코에 돌을 바싹 들이대줘도, 캇사는 난처한 듯이 웃으면서 아무 냄새도 안 난다고 한다.

'돌 냄새를 맡을 수 있으면 우리의 불안도 실감할 수 있을 텐데.'

토토 장로는 무슨 일이 일어나려는 건지 알게 되면 무사 씨족장에게 보내는 전언을 캇사한테 부탁하겠다고 하지만, 전달자 역할을 맡으려면 캇사도 좀 더 확실하게 목동들이 느끼는 불안을 공유했으면 했다.

'…뭐, 그 녀석이라면 자신이 못 느껴도 우리 말을 믿어주겠지만. 그리고 녀석의 말이라면 다른 칸발인들도 진지하게

받아들일 테고.'

해가 바뀌면 스무 살이 되는데도 키는 별로 자라지 않아 본인은 무척 염려하고 있지만, 주위 사람들의 눈에는 키가 작다고 해서 캇사의 인상이 약해 보이거나 하지는 않는다. 체구가 작아도 어딘가 땅에 뿌리를 내리고 있는 듯한 안정감이 있어, 씨족장 혈통은 아니지만 언젠가 틀림없이 '왕의 창'이 될 거라는 말을 듣는 훌륭한 단창술사다. 혼인하고 싶어 하는 아가씨들도 제법 있는 듯해, 그런 이야기도 요즘 간간이 들려왔다.

'게다가 이 불안한 느낌은 그 녀석도 느끼고 있는 것 같고.'

장화를 벗고 맨발로 동굴 속을 걷게 했을 때, 캇사는 동굴이 신음하는 것 같다는 말을 했다.

요요를 비롯한 목동들에게는 그 느낌은 신음 소리와는 조금 다르게 느껴진다. 뭔가를 기다리며 몸을 바르르 떨고 있는 듯한, 배 속이 진정이 안 되는 떨림…. 젊은 목동들은 좋아하는 여자를 기다릴 때 같다며 쑥덕거려, 장로들한테 꿀밤을 맞았다.

야단치면서도 장로들도 난처한 듯이 웃었던 것을 보면, 같은 느낌을 받은 것이리라. 올봄에 혼인을 한 요요도 그 느낌은 충분히 알 수 있었다.

그러니까 산속 지하에서부터 전해져 오는 것은 어딘지 모르게 마음을 설레게 하는 기척이었다. 병들어서 몸을 떨고 있는 것 같은 나쁜 느낌이 아니다. …그런데도 목동들은 왠지 불안감을 느꼈다. 이유는 모르겠지만 무서운 느낌이 들었다.

　'올겨울에는 눈과 귀를 잘 열어두도록 해라. 젊은 사람들은 교대로 석굴을 지켜라.'

　대장로 토토 노인의 이 한마디로, 예년 같으면 가족과 함께 향(鄕)에 있는 따뜻한 집에서 지내고 있을 이 추운 겨울밤에, 요요는 이렇게 동료와 둘이서 석굴에 틀어박혀 있었다.

　"에이, 빌어먹을. 춥군."

　뒤에서 이를 딱딱거리며 동료가 중얼거렸다.

　목동은 추위에 강하기는 하지만, 이 눈으로 얼어붙은 석굴에서 불도 못 피우고 웅크리고 있으니 뼛속까지 얼어붙는 것 같았다. 웃칼 잎을 먹고, 잎을 으깬 즙을 조금 전에 발끝과 허리와 등에 발라서 그 주변은 따끈따끈했지만, 그것만으로는 이 추위를 막을 수가 없다.

　"배랑 코에도 웃칼 즙을 바를 수 있으면 좋을 텐데."

　동료를 돌아보며 요고가 웃었다.

　"한번 발라보지 그래. 볼만할 거야. 염증을 일으켜서 빨개진 배와 코가."

두 사람이 몸을 흔들며 웃고 있을 때, 느닷없이 높은 피리 소리가 어둠을 뚫고 울려 퍼졌다.

깜짝 놀라 밖으로 시선을 돌린 요요는 숨을 멈췄다.

조금 전까지 푸른 눈 아래로 보이던 남쪽 비탈이 별의 바다로 바뀌어 있었던 것이다.

반짝반짝 빛나는 자그마한 빛들이 비탈 전체를 비추고 있었다.

그러면서 수많은 바람구멍을 통과하는 바람 소리와도 같은, 여러 종류의 맑고 높은 피리 소리들이 서로 뒤섞여서 땅을 흔들며 터져 나왔다.

그 소리에 화답하듯이 바로 옆 산의 남쪽 비탈에도 빛줄기들이 스윽 나타났다. 그 비탈에서 피리 소리가 울려 퍼지자, 다음 산의 비탈에 빛이 켜졌다.

마치 봉화를 올려 화답하듯이 차례차례로 비탈이 반짝이기 시작해, 눈 덮인 봉우리들은 눈 깜짝할 사이에 무수한 빛의 띠로 서로 이어졌다.

빛의 띠가 저 멀리까지 이르렀을 때, 가까이서 리란(작은 벌레)이 날개를 서로 부비는 듯한, 방울 소리 비슷한 소리가 갑자기 들렸다.

요요는 자신도 모르게 석굴에서 뛰쳐나갔다. 그리고 석굴 옆의 남쪽 비탈을 올려다보고, 앗 하고 작게 소리를 질렀다.

소량의 토갈(독풀) 효과로 밤눈이 밝은 상태인 요요의 눈에는, 눈처럼 새하얀 족제비에 올라탄 난쟁이들의 모습이 또렷이 보였다.

"…치루칼(자그마한 형제)."

이제까지 본 적이 없을 정도로 많은 수의 티티란(족제비를 쫓는 사냥꾼)들이 암벽에 나와 있었다.

족제비에 올라탄 난쟁이의 수는 얼마 안 되고, 그 외의 난쟁이들은 모두 뭔가를 기다리는 듯이 남쪽을 보며 암벽 위에 서 있었다.

평소의 달밤의 사냥이라면 좁은 줄기 끝에 꽃 등롱을 밝히고 있을 텐데, 지금 그들이 손에 들고 있는 것은 어떤 날개 같은 것이었다. 그것을 서로 비벼서 리란 소리를 연주하고 있는 것이다.

꽃 등롱이 없어도 그들의 모습은 또렷이 보였다. 도대체 무슨 일이 일어난 건지, 그들의 자그마한 몸 전체가 푸르스름한 빛을 발하고 있었기 때문이다.

옆에 서 있던 동료가 속삭였다.

"저 빛이 설마 전부 치루칼들일까…?"

"설마, 그럴 리가. …저렇게 많이…."

족제비에 올라타 달밤에 사냥을 하는 몸집이 아주 작은 티티란들. 티티란은 산왕(山王)과 가까운 자들이기 때문에, 목동들은 그들을 두려워하고 숭배해왔다.

멍하니 올려다보는 두 사람에게 눈길도 주지 않고, 티티란은 그저 남쪽을 바라보며 조금씩 더 빨리 날개를 비볐다.

수많은 티티란이 연주하는 새된 방울 소리 같은 울림들이 점점 서로 겹쳐지다가, 이윽고 삐익 하고 아주 높은 소리로 바뀌었다.

두 사람은 자신들도 모르게 귀를 막고 주저앉았다. 눈이 가려워졌다. 이가 들뜨고 뼈가 흔들렸으며, 온몸에 소름이 돋았다. 머릿속이 가볍게 흔들리는 것 같았고, 이명이 들렸다.

요요는 동료를 돌아보고는 이를 악문 채 소리쳤다.

"…도망쳐라. 산을 내려가야 한다. 정신이 이상해지겠어!"

두 사람은 매에게 쫓기는 효(산토끼)처럼, 눈으로 얼어붙은 암벽을 뛰어 내려가기 시작했다.

티티란이 내는 소리에 등을 떠밀려서 골짜기 밑으로 떨어지지 않도록 필사적으로 달리던 두 사람은, 비탈을 조금 내려간 곳에서 갑자기 뭔가 미지근한 것이 얼굴에 스윽 닿는 것을 느꼈다.

햇볕에 덥혀진 물 같은 온기가 온몸을 적시기 시작했다. 눈 냄새와는 다른, 생물이 헤엄치는 강물 같은 냄새가 확 풍겼다. 이제까지 저 아래쪽에 있던 노유크의 남빛으로 빛나는 수면이 수위를 끌어 올려, 자신들의 몸을 감싸면서 암벽을 올라가는 모습이 흔들리며 보였다.

올라오는 그 물을 타고서 수많은 빛이 무리를 이루어 남쪽에서 이쪽을 향해 천천히 헤엄쳐 온다.

두 사람은 등을 구부리고 머리를 감싸 쥐고서 격렬한 공포에 사로잡힌 채, 환영과도 같은 미지근한 물속을 미친 듯이 뛰어 '향'으로 내려갔다.

제1장

칸발을
향해서

1
호위무사의 지혜

얼어붙은 푸른 하늘이 끝없이 펼쳐져 있다.

사흘 동안 계속 내린 눈보라가 마침내 그쳐, 오늘은 아침부터 기분 좋게 맑게 개었다. 로타와 칸발의 국경에 가까운, 대상들이 묵는 이 여인숙 식당에도 자그마한 창문으로 밝은 빛이 들이쳤다.

화덕에서 방금 꺼낸 향긋하고 따끈따끈한 바무(발효시키지 않은 빵)에 라(버터)를 듬뿍 바르고 나서, 바르사는 식탁 위에 놓여 있는 꿀단지를 끌어당겼다.

바르사는 녹은 라 위에 꿀을 떨어뜨려 먹으면서, 눈썹 주위를 찡그리며 창문 쪽을 보고 있는 챠그무에게 말을 걸었다

"바무가 식는다."

챠그무는 정신을 차린 듯한 얼굴로 돌아와서 바무를 집어 들었다.

얼굴 오른쪽을 흰 붕대로 싸맨 모습이 안쓰러워 보였다. 그래도 토르안에서 치료해준 의술가의 실력이 꽤 좋아, 자객한테 칼로 베인 상처는 순조롭게 아물어가고 있었다.

바르사는 흉터가 남을 것을 염려했지만, 의술가는 곪지도 않고 잘 붙어서 꿰매지 않아도 될 거라고 말해주었다. 하얀 흉터가 남을지도 모르지만, 꿰맨 자국보다는 나을 거라고 하며.

챠그무 자신은 얼굴에 흉터가 남는 것에는 무관심했다. 신요고 황국의 성스러운 황태자라는 신분을 생각하면 얼굴에 칼자국을 남기는 것은 있을 수 없는 일이겠지만, 무슨 생각을 하고 있는 건지 상처에 신경을 쓰는 기색은 없었다.

미간을 모은 채로 챠그무는 꿀만 바른 바무를 묵묵히 입으로 옮기고 있었다.

챠그무는 라와 라가(치즈)를 싫어한다. 그걸 알았을 때 바르사는 깜짝 놀랐다.

"왜지? 맛있는데."

그렇게 말하자, 챠그무는 얼굴의 상처를 움직이지 않도록 애쓰면서 코를 찡긋했다.

"아무래도 냄새 때문에 못 먹겠어. 염소나 양 고기도 냄새
가 나. 왜 모두 이런 것을 맛있다며 먹을까?"

아아… 하고 바르사는 생각했다. 그러고 보니 신요고에서
는 돼지나 소나 닭은 먹지만, 염소나 양은 안 먹는다. 그래서
이 독특한 냄새가 거슬리는 것이다.

어릴 적에 양아버지 지그로를 따라 고국 칸발에서 신요고
황국으로 도망쳐 왔을 때, 음식 냄새가 달라 맛없어서 못 먹
겠다고 울며 떼를 쓴 적이 있었던 기억을 바르사는 어렴풋이
떠올렸다.

로타와 칸발은 원래 같은 선조에서 갈라졌다는 전설이 있
을 정도여서, 음식도 언어도 비슷하다. 하지만 신요고 황국은
남쪽 대륙에서 건너온 요고인이 세운 나라여서, 음식도 언어
도 로타나 칸발과는 무척 다르다.

신요고 황국의 궁전 속에서 순면에 싸인 옥구슬처럼 자란
챠그무가 염소 냄새를 싫어하는 것은 당연할지도 모른다. 그
래도 챠그무는 다른 것은 뭐든지 불평하지 않고 먹는다. 허
름한 여인숙의 화로 옆 바닥에서 쓰러져서 잘 수도 있다.

꿀맛도 못 느끼는 듯한 얼굴로 바무를 다 먹더니, 챠그무가
얼굴을 들어 바르사를 쳐다봤다.

그 눈에는 초조한 빛이 또렷이 담겨 있었다.

"…역시 더 이상 시간을 낭비하고 싶지 않아. 바로 여기를 떠났으면 해."

바르사가 얼굴을 찌푸렸다.

"하지만 말이다, 눈보라가 그친 다음 날이라서 오늘은 대상이 도착할지도 몰라."

바르사는 대상과 함께 국경을 넘기를 원했다. 타르슈가 풀어놓은 자객이 한 명일 거라고는 생각할 수 없었기 때문이다.

챠그무는 타르슈의 밀정들이 은밀히 내통자로 삼은 남자, 칸발 왕의 측근이면서 타르슈 편으로 돌아선 배반자의 얼굴을 봐버렸다.

챠그무가 칸발 왕을 만나기 전에 제거해야 하는 중요한 사명을, 아무리 실력이 좋다 해도 단 한 명의 자객에게 맡길 리가 있을까? 만약을 위해서 이중, 삼중의 덫을 설치하는 것이 보통이다.

타르슈 녀석들은 자객을 두 패로 나눠서 한 명은 챠그무를 뒤쫓게 하고, 나머지는 먼저 칸발과의 국경으로 가지 않았을까 하고 바르사는 생각했다.

산들이 눈에 갇힌 겨울의 이 시기에 로타 왕도의 동쪽에서 칸발로 갈 수 있는 고개는 여기서 이틀 정도 북상한 곳에 있는 하우라즈 고개밖에 없다. 하우라즈 고개로 가는 길에는 도적이 나오기로 유명한 우사루 계곡이 있다. 거기서 챠그무를 공격하면 도적한테 살해당한 것처럼 꾸밀 수가 있다.

평소 같으면 우사루 계곡 옆에 있는 마칼 성채의 병사들에게 약간의 보수를 주고 호위를 부탁할 방법도 있지만, 남부와의 전쟁 준비가 시작된 지금은 병사들이 여행자 보호를 위해 인력을 나눠줄 여유는 없을 것이다.

그래서 토르안을 지나갈 때, 바르사는 호위무사들이 묵는 여인숙이나 호위무사를 소개해주는 가게를 돌며, 칸발 국경을 왕복한 경험이 있는 사람을 찾아다녔다. 신뢰할 만한 호위무사를 고용할 수 있으면, 챠그무를 지킬 수 있을 가능성이 높아질 거라고 생각해서다.

그러나 토르안에서는 타르슈의 자객을 상대할 만큼 실력도 좋고 신뢰도 할 수 있는 호위무사를 찾는 것이 불가능했다. 남부와 전쟁을 할 거라는 소문이 퍼지기 시작해서, 그런 사람들은 모두 약탈을 두려워한 부유한 상인들한테 고용된 것이다.

혼자서 챠그무를 지키면서 칸발로 가는 수밖에 없다고 마음을 먹었지만, 바르사는 유감스럽게도 이쪽 방향에서 칸발 국경을 넘은 적이 없다.

대상과 함께 움직이는 호위무사라면 우사루 계곡을 넘는

방법도 알고 있을 것이다. 가능하면 이 여인숙에서 대상이 지나가기를 기다렸다가 그 대상에 합류할 생각이었다. 사람들이 캇루(두건이 달린 망토)를 깊숙이 두르고 슈마(바람막이용 천)로 얼굴을 가리고 있는 이 시기라면, 대상에 섞여들 경우 위험은 훨씬 줄어들 것이다.

"하지만 오늘 대상이 도착한다 해도, 그들이 출발하는 건 내일일 거 아냐. 내일 날씨가 어떨지도 모르는 일이고. 또다시 눈보라에 갇혀버리면…."

얼굴을 찡그리며 챠그무가 몸을 앞으로 내밀었다.

"있잖아, 바르사. 나에게 지금 가장 중요한 것은 안전이 아니야. 시간이야. 한시라도 빨리 칸발로 가야만 해."

사람이 없는 썰렁한 식당에 목소리가 울렸다.

바르사가 온화한 목소리로 대답했다.

"자객한테 당하면 어차피 도착할 수도 없지 않느냐?"

챠그무가 고개를 저었다.

"살아서 도착한다 해도 늦으면 아무 의미도 없어. 칸발의 지원군이 늦어지면, 수많은 로타 병사들이 무의미한 죽음을 맞게 돼. 바르사, 이해해줘. 나는 혼자서라도 가겠어."

뺨을 붉게 물들이며 초조함으로 눈을 반짝이고 있는 챠그무를, 바르사는 잠자코 바라보고 있었다.

신요고의 궁전에서 아버지한테 쫓겨나서 산갈 왕국으로. 산갈에서 기묘한 운명에 사로잡혀 머나먼 남쪽 대륙으로…. 로타 왕국에서 바르사와 만나기까지 챠그무는 혼자서 고난으로 가득 찬 길을 걸어왔다. 그런 엄청난 행보를 가능하게 한 것은, 지금도 챠그무를 밀어붙이고 있는, 북쪽 대륙 백성들을 생각하는 바로 이 마음일 것이다.

이 시기에 칸발에서 로타로 돈벌이하러 오는 사람은 있어도, 로타에서 칸발로 가는 사람은 거의 없다. 기다려도 칸발로 향하는 대상은 안 올지도 모른다.

바르사는 깊은 한숨을 쉬고서 고개를 끄덕였다.

"알았다. 출발하자."

단단하게 구워서 잘 상하지 않는 죠코무(나무열매를 넣어 구운 과자)랑 말린 고기 등, 겨울에 산을 넘기 위한 식량을 보충해 바르사와 챠그무가 그 마을을 출발한 것은 한낮이 되기 조금 전이었다.

지금 두 사람이 타고 있는 말은 빨리 달릴 수 있는 호리호리한 말이 아니라, 발목도 몸통도 통통한 산악지대의 말이었다. 털이 길어서 추위에도 강하다. 토르안에서 이 말로 바꿨을 때, 챠그무는

"눈이 온순해 보이는 말이네. 탄다를 닮았어."

라고 말해 바르사의 폭소를 자아냈다.

챠그무는 한술 더 떠서 자신의 말에게 탄다라는 이름을 붙여줬다.

"그 녀석한테는 어떤 이름을 붙일 거야?"

챠그무가 묻자 바르사가 자신의 말의 갈기를 쓰다듬으면서 고개를 저었다.

"…이름은 안 붙일 거다."

이해할 수 없다는 듯이 챠그무가 한쪽 눈썹을 치켜올렸다.

"왜?"

"이름 같은 걸 붙이면 헤어질 때 힘들어지잖아."

말 옆구리를 발뒤꿈치로 살짝 밀어 출발을 한 바르사는, 뒤에 있는 챠그무가 야릇한 표정으로 자신을 보고 있는 것을 알아차리지 못했다.

'탄다'도 '무명씨'도 얌전한 말이었고, 험한 산길도 하얀 입김을 내뱉으면서 척척 올라갔다. 비탈을 올라가는 말을 타고 있으니, 발만이 아니라 허리나 등에도 부담이 된다. 해가 저물어 말에서 내릴 무렵에는, 항상 챠그무는 녹초가 되었다. 땅바닥에 내려도 무릎이 저려서 제대로 설 수가 없을 정도였다.

그런 가혹한 여정인데도, 챠그무 나이의 두 배가 넘는 바르사는 거의 지친 기색을 보이지 않았다. 호수 수면처럼 고요한 그 옆얼굴을 볼 때마다, 챠그무는 자신의 연약함을 뼈저리게 느끼고 마음속으로 몰래 한숨을 쉬었다.

칸발로 가는 가도는 완만한 경사가 이어지는 산길이었다. 나무들은 눈을 푹 뒤집어쓰고 있어서, 바람이 불면 몸서리를 치며 눈을 땅바닥으로 폭삭 떨어뜨렸다.

국경으로 향하는 가도라고는 생각할 수 없을 정도로 한적한 길이었다. 이따금 칸발에서 로타로 돈벌이하러 온 남자들과 마주치는 것 외에는 사람을 만날 일도 없었다.

그러다가 샛길 하나와 합류한 후, 가도의 눈 위에 칸발로 향한 것을 알 수 있는 여러 개의 말 발자국이 나타나기 시작했다. 다음 날이 되자 그 발자국이 더욱 선명해져, 바르사가 미소를 지으며 챠그무를 봤다.

"대상이나 행상인 일행이 앞에 있는 것 같구나. 오늘 오후쯤에는 따라잡을 수 있을지도 모르겠다."

눈 위에 남아 있는 발자국을 지그시 보고 나서 챠그무가 얼굴을 들었다.

"대상이나 행상인이라는 걸 어떻게 알지? 도적이나 자객일 가능성은 없을까?"

바르사는 말의 걸음을 늦추고서, 발자국 몇 개를 손가락으로 가리켰다.

"발자국에 걸린 하중이 제각각이지? 자객이나 도적이라면 발자국이 좀 더 일정할 거다. 게다가 속도도 너무 늦고."

험한 산길은 이윽고 고개로 접어들어, 길이 서서히 내리막으로 바뀌었다. 우사루 계곡으로 내려가는 벼랑길이다. 왼쪽의 나무들 사이로 얼어붙은 골짜기 풍경이 보이기 시작했을 때, 바르사가 갑자기 눈살을 찌푸리며 말을 멈춰 세웠다.

"왜 그래?"

챠그무가 묻자 바르사가 입에 손가락을 갖다 댔다.

귀를 기울이자 사람 목소리가 어렴풋이 들려왔다. 어린아이가 떼쓰는 듯한 울음소리까지 섞여 있었다.

바르사와 챠그무는 얼굴을 마주 봤다.

"골짜기 쪽이 아니네. 숲속에서 들려. 아까 얘기한 대상일까?"

오른쪽 숲속을 들여다보면서 챠그무가 말하자 바르사가 화난 듯이 중얼거렸다.

"어린애를 데리고 다니다니 어이가 없군. 이런 시기에 위험한 짓을 하는군."

칸발로 가는 것이라면 여기서 잠깐 쉬었다가 이제부터 우사루 계곡을 넘을 생각일 것이다.

챠그무가 심각한 표정으로 숲 쪽을 보고 있는 바르사에게 말했다.

"…위험하다고 알려주자."

바르사가 챠그무를 돌아봤다.

호위무사를 데리고 있는 대상이라면 괜찮지만, 어린아이를 데리고 우사루 계곡을 넘으려고 하는 사람들에게 섣불리 말을 걸었다가는 성가신 일에 말려들지도 모른다. 지금 최우선으로 생각해야 하는 것은 챠그무 신변의 안전으로, 다른 일에 신경 쓸 여유가 없다.

그렇다 해도 어린아이가 도적의 먹이가 되는 것을 내버려둘 수는 없었다.

바르사는 한숨을 쉬며 고삐를 당겨 오른쪽의 울창한 숲 쪽으로 말의 방향을 바꿨다. 눈에 묻힌 덤불을 말이 짓밟고 지나간 자국이 있었다. 그것을 따라가자 전방에 사람 몇 명과 말이 보였다. 아무래도 구덩이가 있는 것 같다. 거기서 잠깐 쉬고 있는 건지 계속 얘기 소리가 들려왔다.

바르사와 챠그무가 다가가자, 그 소리를 들었는지 얘기 소리가 뚝 멎었다. 엉거주춤한 자세로 이쪽을 뚫어지게 보고 있는 모습이 나무 사이로 흘끗 보였다.

그중 하나가 덤불을 뛰어넘어서 나왔다. 아직 열여덟 정도의 젊은이인데, 호위무사랍시고 등에 큰 칼, 허리에 단검을 차고, 칼집에서 칼을 빼서 손에 들고 있었다.

"거기서 멈춰라! 누구냐!"

건방지게 소리친 젊은이 뒤에서 머리가 벗겨진 나이 든 남자가 천천히 나타났다. 그쪽도 호위무사 차림이었지만, 단검 칼자루에 손을 대고 있을 뿐, 큰 칼은 빼지 않았다.

나이 든 남자의 얼굴을 보고, 바르사는 허리의 단검에 대고 있던 손을 뗐다.

바르사가 캇루(망토)의 두건을 젖히고, 슈마(바람막이용 천)를 목까지 내리자, 나이 든 남자의 눈빛이 환해졌다.

"어…? 바르사 씨 아냐!"

바르사가 미소를 지으며 얼른 말에서 뛰어내렸다.

"고루 씨, 아직도 호위무사를 하고 계셨나요?"

고루라고 불린 남자가 쑥스러운 듯이 웃었다.

"아니, 은퇴하려고 했는데, 아들이 호위무사가 되고 싶다고 해서 말이야. 처음 맡은 일에 동행해준 거야. 가르쳐주고 싶은 것도 있고 해서."

젊은이가 얼굴을 찌푸리고 아버지를 보며, 목소리를 낮춰 화난 듯이 말했다.

"그렇게 큰 소리로 처음 맡은 일이라고 말하지 마."

그런 다음 바르사를 힐끗 보고, 천천히 칼을 집어넣더니 팔 짱을 꼈다. 그런 아들을 어쩔 수 없는 녀석이라는 표정으로 보고 나서, 고루가 바르사에게 말했다.

"그건 그렇고 마침 잘 만났군. 이제부터 우사루를 넘을 건 가?"

바르사가 고개를 끄덕였다.

"칸발로 가는 중이에요. …하지만 고루 씨, 당신들 둘이서 만 호위해서 어린아이가 있는 가족과 함께 우사루를 넘을 생 각인가요?"

고루의 얼굴이 흐려졌다.

"사정이 있는 가족이다. 장사를 하다가 망해서 빚쟁이한 테 쫓기고 있다. 칸발로 마른 과일을 팔러 가서, 그 돈으로 옷 크루를 사들여서 한몫 챙기지 않으면 살아갈 방법이 없는 거 지."

옷크루는 칸발의 높은 산의 바위 밑에 피는 꽃으로, 겨울에 눈 밑에서 단단한 꽃봉오리를 맺는다. 이 꽃봉오리는 장수(長 壽)의 약으로 무척 귀하게 여겨져, 로타로 갖고 돌아가면 산 가격의 배 이상의 가격으로 팔 수 있다.

이득이 많은 장사이지만, 행상인이나 대상이 거의 가도를 다니지 않는 이 계절에는 도적들이 먹잇감에 굶주려 있기도 하고, 늑대도 나온다. 그것이 두려워서 뛰어드는 사람이 드문 장사이기도 했다.

"처자를 고향에 두고 행상에 나섰다가는 빚쟁이들이 팔아 버린다고 한다. 어쩔 수 없이 아이를 데리고 다닐 수밖에 없는 처지여서 우리를 고용한 셈이지."

바르사는 고루의 말 속에 담긴 속사정을 간파했다. 고루는 이제 나이가 많아 평범한 대상들은 일을 맡기지 않는 것이다. 아들도 딱 보기에도 미숙했다. 게다가 처음 일을 맡는다면, 이 위험한 시기에 일을 맡겨줄 사람이 있을 리가 없다. 그들은 생계를 위해 위험한 줄을 알면서도 이 일을 맡았을 것이다.

바르사와 호위무사들이 오래 얘기를 하고 있어서 걱정이 된 듯, 뒤쪽의 구덩이에서 마른 남자가 그들에게로 다가왔다. 어린아이를 안고서 달래고 있는 여자가 불안한 표정으로 나무 뒤에서 엿보고 있었다.

바르사는 마음속으로 한숨을 쉬고는 고루에게 말했다.

"우선 정찰을 해보고, 우사루 계곡을 넘을 수 있을 것 같으면 우리도 함께 넘읍시다. 단, 그쪽이 호이를 준비할 뜻이 있다는 전제하에."

고루는 납득했다는 얼굴로 고개를 끄덕이고 상인을 돌아
봤다.

"자, 내가 말한 대로죠? 살아서 우사루를 넘고 싶으면 그
정도의 손해는 각오해야 해요."

챠그무가 바르사에게 속삭였다.

"호이? 뭐를 휙 버리는 거야?"

바르사가 작은 소리로 대답했다.

"호위무사의 은어로 말이야, 버리는 짐이라는 뜻이란다.
도적한테 짐을 약간 나눠주는 거지."

챠그무가 깜짝 놀랐다.

"싸우는 게 아니라 뇌물을 주고 지나간다는 거야? 그럴 수
가 있어?"

챠그무의 말을 들은 듯 고루의 아들이 침을 뱉었다.

"말도 안 돼. 아버지도 겁쟁이로군. 당신도 말이야, 여자가
건방지게 남자 하는 일에 끼어드는 게 아냐!"

고루가 시선을 돌리며 아들의 귀를 주먹으로 쳤다.

"이 바보 같은 녀석아. '단창술사 바르사'다, 이 사람은. 네
녀석이 젖먹이 때 이미 호위무사로 이름을 날린 사람이야."

고루가 매달리는 듯한 눈빛으로 바르사를 봤다.

"당신이 함께 싸워준다면 고맙지. 호이에 대해서는 나도

아까부터 도호루 씨한테 부탁하고 있었다."

도호루는 떨떠름한 얼굴로 망설이듯이 고루와 바르사를 번갈아가며 쳐다봤다.

"…솔직히 말해서 도적한테 짐을 나눠줄 만한 여유는 없어요. 게다가 짐을 나눠줘 약한 모습을 보이면, 도적한테 우습게 보여서 몰살당하지 않을까요?"

바르사가 차분한 목소리로 젊인 상인한테 말했다.

"착각하지 마세요. 호이는 처음에 건네는 것이 아니에요. 상대를 때려눕힌 후에 건네야 비로소 의미가 있지요."

'뭐라고…?' 하고 반문하는 얼굴로 바르사를 본 것은 도호루만이 아니었다. 챠그무도 내심 깜짝 놀라며 바르사의 말을 듣고 있었다.

바르사가 담담하게 설명했다.

"도적 숫자가 많고 실력이 좋은 녀석이 많으면, 어차피 우리 셋으로는 우사루를 넘을 수가 없습니다. 하지만 도적이라 해도 엄청 궁하지 않다면 매번 목숨을 잃을 수도 있는 격렬한 싸움을 원하지는 않지요. 녀석들에게는 습격은 일종의 장사니까요."

고루가 고개를 끄덕이면서 듣고 있었다. 바르사가 말을 이었다.

"미리 몇 명이나 있는지 살펴보고, 우리 셋이서 상대할 수 있다고 생각되면, 먼저 우리 셋이서 도적과 싸울 겁니다. 어느 정도 녀석들을 혼내주고, 녀석들이 겁을 먹은 것 같으면 신호를 보낼 테니까, 우리 뒤를 전속력으로 지나쳐 가세요.

그때 당황한 척하며 짐을 하나둘, 길에 떨어뜨리는 겁니다."

도호루가 눈살을 찌푸렸다.

"왜죠? 상대가 겁을 먹었으면 그대로 도망치면 되는 거 아닌가요? 짐을 줄 것까지는 없을 것 같은데."

바르사가 고개를 저었다.

"호이는 말이죠, 먹잇감을 쫓을지, 거기서 물러날지 망설이는 도적의 마음을 적당히 구슬리는 중요한 역할을 합니다.

먹잇감은 놓쳤지만, 그저 당하기만 하고 헛수고를 한 것이 아니라 약간은 손에 들어온 게 있으면 도적 두목의 체면도 서지요. 체면을 유지한 채 퇴각할 수 있는 길을 만들어주면 물러나는 법이지요."

바르사가 조용히 덧붙여서 말했다.

"도적에게 짐을 주는 게 화가 날 거예요. 그것은 이해해요. 상대는 도둑이니까요.

하지만 상대를 몰살시키지 않을 거라면, 이쪽도 어느 선에서 타협하는 편이 낫죠.

먹잇감을 놓쳐 부하에게 체면이 안 선다고 생각하면, 도적 두목은 무시무시한 짐승으로 변합니다. 자포자기가 되어 어떻게든 우리를 죽이려고 할 거예요. 한 명도 남기지 않고 죽이고 짐을 전부 빼앗아, 사람들이 그 소문을 듣고 자신을 두려워하면 기뻐하지요. …도적이란 그런 사람들이지요."

고루도 고개를 끄덕이면서 말을 덧붙였다.

"곡물 자루 두 개. 당신한테는 가슴 아픈 지출이겠지만, 가족의 목숨 값이라고 생각하면 싸지 않을까?"

2

티카 우루

도호루 일행이 짐말 등을 준비시키는 동안, 바르사와 챠그무는 한발 앞서서 가도까지 나갔다.

바르사는 말을 바싹 붙여 챠그무에게 말했다.

"너는 계곡 절벽 쪽 안 보이는 곳에서 도호루 가족과 기다리고 있어라. 내가 손가락 휘파람을 짧게 세 번 불면, 그들과 함께 가도를 있는 힘껏 달려서 내려가라."

챠그무가 긴장한 얼굴로 바르사를 봤다.

"저 부자의 실력은 괜찮은 편이야?"

바르사가 살짝 쓴웃음을 지었다.

"고루는 저 나이까지 살아남은 호위무사니까, 뭐. 일류는 아니지만, 나쁜 소문은 들은 적이 없는 남자다. …하지만 아들 쪽은 틀렸어. 저렇게 나무가 밀집해 있는 곳에서 큰 칼을 뽑아 들고 오다니.”

챠그무는 깜짝 놀랐다.

'그래서 고루도 바르사도 단검 자루에 손을 대고 있었구나.'

계곡을 내려다보는 바르사의 옆얼굴은 평온한 채 긴장의 빛이라곤 없었다.

바르사는 이제까지 이런 장면을 몇 번이나 경험했을 것이다. 그래서 이렇게 침착할 수가 있다. 그 옆얼굴을 보면서, 챠그무는 새삼 경험이라는 것의 힘을 느꼈다.

상인 가족이 숲에서 나왔다. 바르사가 그들을 돌아보면서 작은 목소리로 챠그무에게 속삭였다.

“막상 때가 되면 저 상인은 짐을 버리는 것을 아까워할지도 모른다. 강제로라도 짐을 버리게 해야 한다. 그것이 그들을 구하는 것이 된다.”

챠그무가 고개를 끄덕였다.

“알았어.”

고루 일행 쪽으로 말의 머리를 돌린 바르사에게 챠그무가 불쑥 말했다.

“조심해!”

바르사가 뒤돌아보며 미소를 지었다.

"…자객이 없기를 기도해줘라."

그러고는 진지한 얼굴로 덧붙였다.

"손가락 휘파람을 길게 불면, 우리는 이제 돌아갈 수 없다는 신호다. 그때는 너 혼자서 전력을 다해 도망쳐야 한다. 말도, 저 가족도 전부 버려두고 너 혼자 살아남을 생각만 하고 도망쳐라."

챠그무는 대답하지 않았다. 그저 바르사를 지그시 바라보기만 했다.

바르사는 그런 챠그무의 눈길을 말없이 받아내더니, 잠시 후에 등을 홱 돌렸다.

고루와 말을 나란히 달리게 되자, 바르사가 우사루 계곡에 대해 묻기 시작했다.

"우사루를 관리하는 도적은 어느 정도 규모의 녀석들인지 아십니까?"

고루가 생각하면서 대답했다.

"칸발로 가는 대상도, 칸발에서 오는 대상도 그렇게 살찐 먹잇감이 아니니까. 대상이 많은 시기에 스무 명 정도라고 들었다. 지금은 그 절반 정도일 거다."

바르사는 고개를 끄덕이고, 고루가 짊어지고 있는 화살통을 흘끗 봤다.

"고루 씨, 실례지만 활 실력이 어느 정도죠?"

고루의 눈에 미소가 확 퍼졌다.

"나는 아샤루(로타 동북부의 산악지대)의 자그마한 골짜기에서 태어나 자랐다. 새끼 염소를 덮치는 독수리를 쏘기도 하고, 롯카루(바위쥐)를 잡아서 먹기도 하고, 어릴 적부터 활을 쏘지 않은 날이 없었지. 호위무사가 된 것도 활 실력 덕분이었어. 나이를 먹어서 가까운 곳을 보는 것은 아무래도 힘들어졌지만, 먼 곳은 잘 보인다.

지금도 저 맞은편 절벽에 있는 독수리를 쏴서 죽이는 것 정도는 아무것도 아니지."

그 말을 듣고 바르사의 표정도 밝아졌다.

"잘됐네요. 그럼 내가 톳쿠(과녁)가 될게요. 고루 씨는 우라(사수)가 되어주세요."

고루가 눈을 부릅떴다.

"…설마 티카 우루(역발상의 사냥)를 하겠다는 뜻이냐?"

바르사가 미소를 지었다.

"이 지형이라면 가장 효과적인 방법일 거예요. 당신이 우라를 할 자신이 없다면 얘기는 달라지겠지만."

고루가 긴장한 표정을 지었다.

"티카 우루는 해본 적은 없지만, 한 번 우사루에서 도적과 활로 싸운 적은 있다. 어디에 진을 치면 좋을지 대충 짐작은 하고 있지. …네가 정말로 톳쿠가 될 생각이라면, 나는 너와 호흡을 맞춰 우라를 맡기로 하지."

바르사는 고개를 끄덕이더니, 고루 부자한테서 떨어져서 말을 몰아 절벽으로 다가갔다. 그리고 계곡의 지형을 살피면서 말을 전진시켰다.

고루의 맞은편에서 말을 타고 가던 아들이 얼굴을 찌푸리며 아버지에게 속삭였다.

"아버지, 티카 우루란 게 뭐야?"

고루가 작은 소리로 대답했다.

"자, 봐라. 눈을 크게 뜨고 말이다. 티카 우루의 톳쿠란 엄청난 배짱과 기술을 가진 사람만 할 수 있는 것이다. 계획대로 잘되면 호위무사들의 숙소에서 떠벌릴 수 있는 좋은 얘깃거리가 되지."

바르사가 뒤돌아보며 고루의 아들에게 말했다.

"너는 뒤처리를 맡아라. 우리가 미처 못 쏜 도적들이 뛰어올라 와도 저 가족이 당하는 일이 없도록 가도 위에서 그들을 지키고 있어라."

고루의 아들이 어깨를 흔들며 고개를 끄덕여 보였다.

"그리고 미안하지만, 네 활과 화살도 빌려줘라."

바르사가 손을 내밀자 고루의 아들은 떨떠름한 얼굴을 하면서도 그 손에 활과 화살을 올려놨다.

우사루 계곡은 가파른 절벽 사이에 낀 좁고 긴 골짜기다.

검게 젖은 바위 표면 곳곳에 눈에 파묻힌 나무들을 품은 절벽이 계곡물을 끼듯이 에워싸고 있다. 가도는 한쪽 절벽을 따라서 내려갔다가, 계곡물 위에 놓인 출렁다리를 건너서 맞은편 절벽으로 이어져 있다. 긴 출렁다리다. 짐을 실은 말이 건너려면 상당한 시간이 걸릴 것이다.

양쪽 절벽에는 바위 표면이나 구덩이, 바위 구멍이 몇 개나 보였다.

'…흠, 습격하기 좋은 장소로구나.'

도적이든 타르슈의 밀정이든, 이 엄동설한에 가도에서 우사루 계곡으로 내려오는 자들을 밤이고 낮이고 계속 기다리고 있을 수는 없다.

매복하고 있는 자가 있다면, 계곡으로 내려오는 사람이 잘 보이는 각도의 바위 구멍에 몸이 얼지 않고 장시간 기다릴 수 있는 감시 장소를 만들어 교대로 몇 명이 지키고 있다가,

어딘가 큰 석굴에 있는 동료들에게 신호를 보낼 것이다.

먹잇감이 출렁다리를 건너기 시작하는 것을 보고 활로 쏘면 편한 사냥이 가능하다.

양쪽 절벽에서 보이는 곳에 이르기 직전에 바르사가 도호루 일행을 멈춰 세웠다.

"여기서 기다리고 있으세요. 신호를 하면 단숨에 가도를 뛰어서 내려오세요. 짐말을 사이에 끼는 형태로, 선두가 고루 씨의 아드님, 그 뒤에 짐말. 도호루 씨 가족은 여차하면 짐말을 방패로 삼을 수 있는 형태로 전진하세요.

출렁다리를 다 건너면, 도호루 씨는 그 짐말에서 자루 두 개를 길에 떨어뜨리세요. 알겠어요?"

그 짐말의 짐은 고루가 조금 전에 떨어뜨리기 쉽게 묶어놓았다. 안장에 묶어놓은 밧줄을 칼로 자르면 두 개가 한순간에 양옆으로 떨어지게 해놨다.

도호루는 긴장한 얼굴로 바르사에게 고개를 끄덕여 보였다. 바르사가 챠그무를 흘끗 보자, 챠그무가 알았다는 눈빛을 보내고 허리에 찬 칼을 언제든지 뺄 수 있게 해놨다.

바르사는 말에서 내려 캇루(망토)를 벗더니 재빨리 접어서 말안장에 매달아놓은 자루에 넣었다. 그리고 고삐를 말안장에 감았다.

"이 말은 짐말 사이에 끼듯이 해서 데려오세요."

고루는 말을 나무 밑에 두고 고삐를 줄기에 묶었다.

"내 말은 이대로 놔둬라. 나는 모두가 무사히 건너면 나중에 뒤쫓아 갈 테니까. 밤이 될지도 모르지만, 기다리지 말고 갈 길을 가면 된다."

준비가 끝나자 바르사와 고루는 양쪽 절벽을 싹싹 핥듯이 관찰했다. 출렁다리를 건너면 바로 건너편 절벽에 커다란 관목 수풀이 있었다.

"저 수풀 안쪽에 커다란 석굴이 있다."

고루가 속삭였다.

바르사는 관목 수풀 너머에서 연기가 희미하게 피어오르는 것을 확인했다. 확실히 도적이 숨어 있었다. 이쪽 절벽보다도 저쪽에 훨씬 많은 기척이 있었다.

아들에게 최소한의 지시를 내리더니, 고루는 가도를 벗어나 절벽을 오르기 시작했다. 몸을 숨기면서 도적의 사수를 겨냥해 쏠 수 있는 장소로 가려는 것이다.

고루의 활은 꽤 사정거리가 길고, 위에서 쏘면 비거리도 늘 것이다. 그래도 정확하게 상대를 쏘기에는 거리상으로 아슬아슬한 곳이었다. 그의 실력이 그가 자랑할 만한 정도가 아니라면 바르사는 궁지에 처하게 된다.

'뭐, 해보는 수밖에.'

고루의 모습이 작은 바위 뒤로 사라져 덤불 속에서 손을 흔드는 것을 확인하자, 바르사는 등에 화살통을 짊어지고, 오른손에 단창, 왼손에 활을 들고서 날렵하게 가도를 뛰어서 내려가기 시작했다. 단숨에 출렁다리 옆까지 뛰어서 내려갔다.

바르사는 시야가 탁 트이는 장소에 이르자 얼른 활시위에 화살을 메겨 연기가 피어오르고 있는 맞은편 수풀을 향해 겨눴다. …그 순간 휘익, 휘익 하고 골짜기에 도적들의 손가락 휘파람 소리가 울려 퍼지기 시작했다.

바르사가 화살을 수풀 속에 꽂은 순간, 높은 벼랑 위에서부터 핑 하고 바르사를 겨냥해 화살이 날아왔다. 바르사는 얼른 머리를 숙여 화살을 피하고, 활과 화살을 땅바닥에 내려놓자마자 화살이 날아온 곳을 단창 끝으로 가리켰다.

뒤쪽 절벽 위에서 활시위를 당기는 소리가 났다.

화살은 바르사가 가리킨 작은 바위 쪽을 향해 포물선을 그리며 날아서 덤불 속으로 빨려 들어갔다. 순간 신음 소리가 들리고, 바르사에게 활을 쏜 남자의 팔이 덤불 위로 튀어 오르는 것이 보였다. 남자의 손에서 활이 날아가 저 멀리 골짜기 밑으로 떨어졌다.

순간 주위가 정적에 휩싸였다.

다음 순간, 양쪽 절벽 여기저기서 거의 동시에 화살 세 개가 바르사를 향해 날았다.

바르사는 눈을 반쯤 뜨고 숨을 멈추더니, 화살이 날아온 방향을 확인하면서 단창으로 화살을 쳐내고, 세 방향을 창끝으로 가리켰다.

고루의 활 실력은 훌륭했다. 바르사가 가리킨 쪽으로 정확하게 쏴서, 도적 두 명이 어딘가를 맞아 몸을 뒤로 젖히는 것이 똑똑히 보였다.

다만 마지막 사수는 바르사 뒤쪽의 바위에 있었다. 고루의 위치에서는 쏠 수 없는 장소였다. 뒤에서 날아온 화살을 바르사는 간신히 쳐내더니, 단창을 놓고 활을 집어 들었다. 오른손을 뒤로 돌려 화살을 화살통에서 뽑아서 하나는 새끼손가락에 걸어놓고, 또 하나를 시위에 메기더니 자세를 가다듬을 새도 없이 그 바위 쪽으로 쐈다.

약간 화살이 빗나갔다. 사수가 화살을 메기는 것이 보이고 핑 하고 화살이 날아왔다.

바르사는 활을 당긴 자세 그대로 얼굴로 다가오는 화살을 맞이했다. 화살이 관자놀이를 스쳐간 순간, 바르사는 목표를 정하고 화살을 날렸다. 화살은 사수의 왼쪽 어깨를 관통해,

사수가 활을 떨어뜨리는 것이 보였다.

맞은편의 커다란 석굴에서 나와 그 광경을 보고 있던 도적들 사이에서 고함 소리가 일었다. 두목으로 보이는 남자가 검은 말에 올라타, 출렁다리 맞은편에서 큰 칼을 거머쥐고 서 있었다.

두목 이외에 늑대 가죽을 머리에서부터 뒤집어쓴, 말을 탄 여섯 명이 있었다. 체구가 큰 네 남자가 두목 주위에 서고, 아주 민첩해 보이는 나머지 두 명이 짐승 울음소리와도 같은 신음 소리를 내면서 말의 배를 차더니 출렁다리를 건너기 시작했다.

고루의 화살이 날았지만, 다리를 건너기 시작한 남자의 어깨를 스쳤을 뿐이어서, 남자는 멈추지도 않고 돌진해 왔다.

바르사는 활과 화살을 놓고, 단창을 들고 달리기 시작했다. 다리 중간 부근에서 말을 탄 도적 둘과 바르사의 모습이 엇갈렸다.

왼쪽 남자가 말 위에서 바르사를 겨냥해서 큰 칼을 휘둘렀다.

단창 끝부분이 튀어 오르며 햇빛을 반사해 번쩍이나 싶더니, 남자의 팔에서 피가 여기저기 튀고, 칼과 손가락 두 개가 골짜기 밑으로 떨어졌다. 남자는 비명을 지르며 말에서 떨어져, 등자에 발이 걸린 채로 말에 끌려갔다.

반원형으로 회전한 단창 창고달이 섬광처럼 오른쪽 남자의 턱을 밑에서 쳐올려, 남자는 신음할 틈도 없이 몸을 뒤로 젖히며 말에서 떨어져 밧줄 난간에 걸리더니 양손을 축 늘어뜨렸다.

바르사는 뒤돌아서 날카로운 손가락 휘파람을 세 번 불더니, 그대로 발걸음을 멈추지 않고 출렁다리를 뛰어서 건넜다.

가도에서 대기하고 있던 도호루 일행은 겁에 질려 있어서 손가락 휘파람 소리를 들어도 움직이려고 하지 않았다. 고루의 아들조차도 움직이지 않았다.

"신호가 안 들려? 어서 가!"

챠그무가 소리치며 검의 볼록한 부분으로 짐말의 엉덩이를 쳤다.

짐말이 움직이기 시작하자 그제야 고루의 아들이 정신을 차리고 말의 배를 차서 출발했다. 뒤에 있던 일행이 따라오는지 확인도 안 했다. 흥분해 있는 것이리라. 그냥 큰 칼만 휘두르면서 냅다 달려갔다.

챠그무가 창백해진 도호루에게 말했다.

"자, 갑시다. 짐말 뒤에 숨듯이 하고. 화살이 날아와도 짐말이 방패가 되어주니까 괜찮아요."

챠그무는 검을 오른손에 쥔 채로 짐말들을 뒤에서 몰며, 도호루 가족을 에워싸듯이 하고서 일행을 달리게 했다.

눈을 발로 차며 짐말과 기마 일행이 언덕을 내려갔다.

챠그무는 맨 뒤에 있었기 때문에 앞이 거의 안 보였다.

다리 쪽에서 겁에 질린 말이 달려와 일행과 엇갈리며, 챠그무의 무릎 근처를 말안장이 스치고 갔다.

고루의 아들이 탄 말이 출렁다리에 접어들어, 말발굽이 다리 바닥을 차는 소리가 골짜기 밑으로 메아리치며 갔다. 그 소리를 들으면서, 이윽고 챠그무의 말도 출렁다리 위에 이르렀다.

도중에 출렁다리 밧줄 난간에 걸려 있는 남자의 등이 보였지만 챠그무는 흘끗 봤을 뿐, 앞을 보고 전진하는 데만 집중했다.

이제 곧 다리가 끝난다. 짐을 떨어뜨려야 하는 때가 왔는데도, 앞을 달리는 짐말의 속도가 줄지 않았다.

"도호루 씨, 호이를!"

챠그무가 소리쳤다. 도호루는 챠그무를 흘끗 돌아봤지만, 그대로 바로 고개를 돌리고 말의 속도는 늦추지 않았다.

그 눈에는 망설임과 절실한 소망의 빛이 담겨 있었다. 도호루가 얼마나 그 짐을 소중히 여기는지가 가슴에 와닿아, 챠그무는 할 말을 잃었다.

자기도 모르게 고삐를 잡아당긴 것이리라. '탄다'가 걸음을 늦추었기에, 챠그무는 일행에서 조금 뒤처졌다.

다리를 다 건너기 직전, 난간 너머로 격렬하게 싸우고 있는 기마와 사람의 모습이 보였다. 한 사람이 땅바닥에 쓰러져 있고, 바르사는 네 남자와 대치하고 있었다.

'…바르사!'

찬물을 뒤집어쓴 것처럼 문득 주위가 또렷이 보였다. 동시에 뭘 해야 하는지를 이해했다.

챠그무는 결심을 했다. '탄다'의 옆구리를 차더니, 갈기에 얼굴을 숙이고 단숨에 속도를 올려 짐말을 따라잡았다. 그리고 검을 내려쳐서 짐을 묶고 있는 밧줄을 끊었다.

짐이 땅바닥에 떨어지며 굴러가는 것을 확인하자, 챠그무는 칼을 칼집에 넣고 바르사의 말 옆에 붙어서 그 고삐를 잡았다.

도적 두목과 몸집이 큰 남자 셋은 바르사와 마주한 채로 움직임을 멈추고 있었다. 또 다른 남자가 속수무책으로 바르사한테 당하는 것을 보고 섣불리 움직일 수 없었던 것이다.

등 뒤로 짐말들이 달려가는 소리가 요란하게 들렸지만, 바르사는 돌아보지 않았다.

남자들의 눈이 순간 바르사 뒤쪽으로 움직였다. 그 시선의 움직임을 보고 바르사는 짐이 땅바닥에 떨어진 것을 알았다.

그 순간 챠그무의 목소리가 들려왔다.

"바르사!"

그 소리를 듣자마자 바르사는 가장 가까운 남자를 향해 돌진해, 그 남자가 내리친 칼을 재빨리 빠져나간 뒤, 단창 끝으로 그 남자가 타고 있는 말에 상처를 입혔다. 말이 비명을 지르며 뒷발로 곤추서며 날뛰기 시작하는 것을 확인하고, 바르사는 챠그무 쪽으로 달렸다.

챠그무가 말 재갈을 끌어당기며 달려왔다.

바르사는 단창으로 땅바닥을 찍어 말갈기를 잡자마자 안장에 올라탔다. 그리고 고삐를 힘주어 당기더니 도적들 쪽으로 돌아섰다.

순간 도적들과 바르사의 시선이 뒤엉켰다.

부하들이 여기저기서 큰 부상을 입고 신음하고 있었다. 두목의 눈에 망설이는 빛이 떠오르는 것을 보고, 바르사는 단창으로 말 엉덩이를 찰싹 때리더니 도적들에게서 등을 돌렸다.

뒤쫓으려고 하는 부하를 도적 두목이 손으로 막았다.

"…이 멍청아! 다친 동료부터 구해야지."

그렇게 말하더니, 두목은 다른 부하에게 턱을 살짝 치켜올려 보였다.

"너는 저 짐을 주워 와라."

짐말과 도호루 일행은 악귀에게 쫓기는 듯한 기세로 저 멀리 앞쪽에서 달리고 있었다. 눈길을 언제까지고 그런 속도로 달렸다가는 서로 부딪혀서 넘어질 위험이 있다.

바르사는 말을 몰아 짐말들 옆에 붙이더니, 단창으로 짐말의 머리 부분을 가볍게 때리면서 달래는 듯한 목소리를 내며 조금씩 속도를 늦춰갔다.

짐말의 속도가 떨어지자 그 영향으로 사람이 타고 있는 말도 속도를 늦추기 시작했다.

일행의 속도가 안정이 되었을 때는 사람도 말도 땀으로 흠뻑 젖어, 차가운 대기 속에 하얀 김이 피어올랐다.

호위무사 고루가 일행을 따라잡은 것은 주위가 어둑어둑해졌을 무렵이었다. 그 모습을 본 순간, 아들의 얼굴에 미소가 확 퍼졌다.

"아버지!"

고루도 싱글벙글 웃으면서 아들 옆으로 말을 붙이고, 주워 온 활을 아들 손에 올려놨다. 그리고 도호루 가족에게 말을 걸었다.

"이제 괜찮다. 도적들은 안 쫓아온다."

도호루와 아내의 얼굴에 안도의 빛이 떠오르고, 불쌍할 정도로 떨기 시작했다.

"다행이다… 다행이야….”

아내가 어린 딸을 끌어안으며 몇 번이고 중얼거렸다.

바르사가 고루 옆으로 말을 바싹 붙였다.

"고루 씨, 당신은 훌륭한 사수네요. 덕분에 목숨을 건졌어 요."

고루가 얼굴이 빨개지며 웃었다.

"천만에! 내가 할 말이다. 소문으로는 들었지만 엄청난 실력이다, 당신은. 우리가 함께했기에 살아서 우사루를 빠져나 갈 수 있었다는 생각이 든다.”

챠그무는 싱글벙글거리면서 바르사와 고루를 보고 있다가, 문득 도호루가 자신을 보고 있는 시선을 느끼고 미소를 거뒀다.

그런 챠그무의 모습을 보고, 바르사가 도호루를 돌아봤다.

도호루는 당황해서 시선을 회피하며 나지막이 말했다.

"…살려줬는데 할 말은 아닐지 모르겠지만… 솔직히 말해서 저 젊은이가 한 짓이 화가 나서 견딜 수가 없다. 그 상황이라면 그대로 도망쳐도 되지 않았을까? 그 짐이 없어진 지금은 빚을 갚는 것만도 빠듯하다. 이익이 남지를 않는다."

챠그무의 얼굴이 창백해졌다. 도호루의 말에는 화가 났지만, 그의 짐을 끊어서 버린 것은 자신의 판단이었고, 그로 인해 그의 가족이 고통을 받는 것은 싫었다.

품에 손을 넣은 챠그무의 팔을 바르사가 눌렀다. 그리고 도호루에게 말했다.

"당신 말대로 당신은 우리를 만남으로 해서 짐 두 개를 손해 봤다. …하지만 우리를 만남으로 해서 당신 자신과 가족의 목숨도 구한 것은 사실일 것이다. 이대로 칸발로 갈 수 있고, 이익이 남지는 않더라도 빚도 갚을 수 있다. 그렇게 생각하고 매듭을 짓는 게 어떨까?"

도호루는 떨떠름한 얼굴을 하고 있다가, 마침내 고개를 끄덕였다.

굳은 얼굴을 하고 있는 챠그무와 나란히 말을 몰면서 바르사가 속삭였다.

"짐을 끊어서 떨어뜨린 것을 잘못한 거라고 생각하니?"

챠그무가 고개를 저었다. 그것을 보고 바르사가 미소를 지었다.

"그렇다면 저자에게 돈을 줄 필요는 없지."

바르사가 챠그무의 어깨에 손을 얹었다.

"나는 네 판단 덕분에 목숨을 구했다. 거기서 짐이 떨어지지 않았으면, 두목은 부하 앞에서 물러날 핑계를 찾을 수가 없었을 거다. 그대로 네 명을 상대했다면 나 또한 무사할 수는 없었어. 고맙다."

바르사는 천천히 고개를 흔들면서 덧붙여 말했다.

"그 상황에서 내 말을 데려와줄 판단을 하다니, 노련한 호위무사가 아니고는 불가능한 일이다. …놀랍구나."

챠그무는 앞을 향한 채로 눈물이 나려는 것을 참으려고 입술을 꽉 깨물었다.

한동안 잠자코 두 사람은 말을 몰았다. 뒤에서 고루 일행이 횃불을 붙이는 소리가 들리더니 확 밝아졌다.

그것을 흘낏 뒤돌아보고 나서 챠그무가 나지막이 말했다.

"…그 도적 속에 자객이 섞여 있었다고 생각해?"

"아니다. 로타인 도적뿐이었다. 한 명의 두목 밑에서 움직이는 한 패였어."

그렇게 말하고 나서, 바르사는 잠깐 간격을 두었다가 중얼거리듯이 말했다.

"앞으로도 저 일행과 함께 움직이면 조금은 위험이 줄 거다."

챠그무가 슬쩍 바르사를 봤다.

"저들을 끌어들이고 싶지 않아. 도적과 자객은 달라. 자객은 나를 공격해 오는 거야. 아무 관계도 없는 저들이 위험한 일을 겪을 이유는 없어."

바르사가 굳은 표정으로 앞을 향한 채 잠자코 있다가, 이윽고 어깨를 으쓱했다.

"…맞는 말이다."

어스름 속에서 어렴풋이 자그마한 건물이 보였다. 타안(눈보라 대피용 오두막)이었다. 오늘 밤은 여기서 묵게 될 것이다.

'일단 고루와 교대로 망을 보는 게 좋겠다.'

그렇게 생각했을 때 바르사가 갑자기 얼굴을 찌푸렸다. 어떤 시선이 느껴진 것이다. 얼른 뒤돌아서 시선의 주인을 찾았지만, 숲은 고요했으며 수상한 존재는 안 보였다.

"왜 그래?"

챠그무가 칼집에 손을 얹고, 긴장한 얼굴로 바르사를 봤다.

바르사가 얼굴을 찌푸린 채로 뒤에 있는 숲을 응시하고 있었다.

"뭔가가 이쪽을 보고 있는 느낌이 들었다."

"추격대?"

"아니…."

한숨을 쉬고 바르사가 고개를 저었다. 그 희미한 기척은 사라져버려, 지금은 더 이상 느껴지지 않았다.

"추격대라면 좀 더 확실히 기척이 느껴졌을 거야. …가자. 내가 착각한 건지도 모른다."

말을 걸리기 시작한 두 사람의 모습이 멀어졌을 때, 큰 나무의 가지 끝에 앉아 있던 작은 짐승이 나무줄기에 숙이고 있던 얼굴을 들었다. 원숭이였다. 그 원숭이는 묘하게 사람 같은 눈빛으로 두 사람이 사라져간 쪽을 지그시 바라보고 있었다.

3

잠복

동틀 녘에 도호루 일행과 헤어져서 출발한 바르사와 챠그무는, 다음 날 한낮이 되기 조금 전에 로타 왕국에서 칸발 왕국으로 넘어가는 국경의 고개로 접어들었다.

완만한 각도의 모퉁이를 돌았을 때, 챠그무는 숨을 멈췄다.

그때까지 숲에 가려져 보이지 않았던 풍경이 느닷없이 눈앞에 펼쳐진 것이다.

로타의 산들보다 훨씬 높은, 눈으로 뒤덮인 장대한 산맥이 푸른 하늘을 도려내듯이 우뚝 솟아 있었다.

"…만물을 낳은 유사의 산들이다."

바르사가 나지막이 말했다.

눈부신 듯이 눈을 가늘게 뜨고서 챠그무는 그 장엄한 풍경을 넋을 잃고 한참을 바라보고 있었다. 눈 덮인 봉우리들이 너무 거대한 탓인지, 아니면 하늘의 푸른빛과 봉우리의 흰빛 탓인지, 왠지 눈물이 핑 돌았다.

칸발, 바르사의 고국이다.

챠그무와 눈이 마주치자 바르사가 미소를 지었다.

"자, 갈까?"

가도 끝에는 검은 탑 두 개가 보였다.

로타 쪽에도 칸발 쪽에도 각각 검은 돌로 쌓은 감시탑이 서 있고, 그 뒤에 자그마한 요새가 있었다. 열 명 정도 되는 병사들이 국경 경비를 위해 기거하고 있는 요새였다.

가도를 사이에 두고 병사들이 배치되어 있어, 국경을 지나가는 여행자들을 지켜보고 있었다.

겨울의 이 시기에 국경을 지나가는 여행자는 드물어서, 병사들은 커다란 모닥불을 쬐면서 느긋하게 카자루(담배)를 피우거나 하고 있었다.

마침 칸발 쪽에서 다섯 명 정도의 사람들이 국경을 통과해서 오는 것이 보였다. 돈 벌러 가는 것이리라. 말을 탄, 가난해 보이는 남자들 무리였다.

병사들은 그들이 지나쳐 가는 것을 힐끗 보기만 하고 모닥불 근처에서 움직이려고도 하지 않았다.

잠시 후에 그 무리와 엇갈렸을 때, 그들의 캇루(망토)에 밴 연기 냄새가 훅 하고 풍겼다. 자신들도 그런 냄새를 풍길지도 모른다는 생각을 하면서 챠그무는 국경 쪽으로 얼굴을 되돌렸다.

로타 병사들은 칸발 쪽으로 국경을 넘어가는 바르사와 챠그무를 흘낏 쳐다보기만 했지만, 칸발 쪽 경비병들은 두 사람의 모습을 발견하자 모닥불 옆을 떠나서 다가왔다.

챠그무는 심장의 고동이 빨라지는 것을 느끼면서 바르사를 뒤따라갔다. 네 명의 경비병들은 바르사가 갖고 있는 것과 비슷한 단창을 휘두르면서 두 사람에게 멈추라는 신호를 보냈다.

"말을 멈춰라. 두건과 슈마를 벗고 얼굴을 보여줘라."

바르사와 챠그무는 시키는 대로 두건을 뒤로 젖히고 슈마를 얼굴에서 풀었다. 챠그무의 얼굴을 본 순간, 경비병들의 얼굴에 깜짝 놀라는 듯한 표정이 떠올랐다.

챠그무는 잠자코 경비병의 태도를 지켜봤다. 심장이 아플 정도로 뛰었다.

경비병들이 서로의 얼굴을 흘낏 마주 봤다.

"무슨 검문이죠?"

바르사가 묻자 중년의 경비병이 헛기침을 하고 거만한 어조로 대답했다.

"도적 일당이 로타에서 칸발로 들어오려고 한다는 통지가 와서, 로타 쪽에서 오는 자들은 모두 일단 조사하고 있다. 요새까지 와라. 짐을 검사하겠다."

그렇게 말하고 중년의 경비병이 가장 젊은 경비병을 돌아봤다.

"어이, 이 둘을 데리고 가서 짐 검사를 해라."

젊은 경비병은 바르사와 챠그무를 요새 입구로 데리고 갔다. 거기서 그는 짐을 풀고 안을 검사했는데, 바르사는 그의 거동에서 왠지 모를 위화감을 느꼈다.

너무 건성으로 검사를 했기 때문이다. 정말로 뭔가를 찾고 있다기보다, 검사하라는 말 때문에 어쩔 수 없이 검사하는 척하는 느낌이었다.

젊은 경비병이 손목에 닿은 소매를 살짝 걷어 올렸을 때, 팔에 은팔찌를 차고 있는 것을 바르사는 눈여겨봤다.

짐 검사를 마치자 젊은 경비병이 얼굴을 들며,

"좋다. 가도 된다."

하고 말했다.

어두운 요새 안에서 밖으로 나가자, 순간 눈앞이 캄캄해졌다.

밖에 서 있던 경비병들이 잠자코 두 사람에게 말을 돌려줬지만, 바르사도 챠그무도 경비병 하나가 사라진 것을 발견했다.

국경의 요새에서 꽤 멀어졌을 때, 챠그무가 속삭였다.

"뭔가 이상했어."

바르사가 주위의 기척을 살피면서 낮은 목소리로 대답했다.

"그 녀석들은 누군가에게 돈을 받고 정보를 팔고 있다."

"뭐라고…?"

놀란 챠그무에게 바르사가 말했다.

"우리 짐을 검사한 그 애송이가 팔에 은팔찌를 차고 있었다. 그런 걸 국경 경비병 애송이가 살 수 있을 리가 없지."

챠그무의 표정이 굳어졌다.

"경비병 하나가 없어진 것은 누군가에게 우리에 대해 알리러 간 것이구나."

바르사가 고개를 끄덕였다.

"국경 경비병을 감시병으로 쓰면 그보다 편하고 확실한 잠복은 없겠지."

챠그무가 나지막이 말했다.

"일을 꾸민 자는 타르슈의 자객이라고 생각해?"

"그렇게 생각해두는 편이 좋을 거다."

챠그무는 얼굴 상처가 쿡쿡 쑤시는 것을 느꼈다. 말없이 공격해 온 자객의 번뜩이는 칼날을 떠올리고, 가슴에 기분 나쁜 통증이 퍼졌다.

"…어떻게 하면 좋지?"

챠그무의 질문에 바르사가 조용히 대답했다.

"요새에서 우리 모습이 안 보이는 곳까지 가면, 숲으로 들어가서 말에서 내리자. 가도에서 안 보이는 곳에 말을 묶어두고, 우리는 나무 뒤에 숨어서 가도를 지켜보자."

아주 잠깐 챠그무는 바르사의 얼굴을 쳐다보다가 곧바로 눈에 이해한 빛이 떠올랐다.

"아, 그렇구나. 우리에 대한 정보를 알려주러 갔다가 돌아오는 경비병을 붙잡는 거로구나. 그 녀석을 다그쳐서 잠복한 자들이 어디에 있는지 알게 되면 피할 수가 있겠네."

바르사가 낮은 목소리로 대답했다.

"생각대로 된다면 그렇지."

그러나 가도가 완만하게 꺾여, 마침내 요새가 등 뒤의 숲으로 가려졌을 때, 바르사가 안색을 확 바꾸며 말고삐를 잡아당겼다.

"챠그무! 엎드려라!"

챠그무는 바르사가 뭘 봤는지 모르는 채로 황급히 말갈기

쪽으로 얼굴을 숙였다.

그 순간 채찍 소리 같은 소리가 나고, 머리 위를 뭔가가 스쳐 지나갔다. 말이 비명을 지르며 뒷발로 곤두섰다. 챠그무는 순식간에 말에서 떨어져 눈 위에서 굴렀다.

바르사는 오른손에 단창을 들고 말에서 뛰어내리자마자, 챠그무를 왼손으로 안아 일으켜서 숲의 잡풀 속으로 뛰어들었다.

핑, 핑 하고 화살 두 개가 챠그무가 쓰러진 근처의 눈에 꽂히고, 잠깐 사이를 두고 번쩍이는 것을 든 잿빛의 사람 형체가 맞은편 숲속에서부터 튀어나왔다.

'…다섯!'

바르사는 이를 악물었다. 도적들과는 전혀 달리, 달려오는 남자들의 몸놀림은 유연하고 빈틈이 없었다.

"숲속으로 달려라! 뒤를 돌아보지 마라!"

챠그무의 귓전에 속삭이고 나서, 바르사는 단창을 들고 남자들 앞으로 뛰어나갔다.

남자들은 얼른 흩어졌다. 두 명이 바르사와 대치하고, 나머지는 챠그무를 뒤쫓기 위해 숲으로 향하려고 했다.

바르사는 눈에 보이지 않을 정도의 속도로 단창 끝으로 땅을 두 번 긁었다. 튀어 오른 눈의 얼어붙은 파편이 의외로 예리한 칼날처럼 날아, 바르사와 대치하고 있던 남자들의 얼굴에서 핏방울이 튀었다.

　정면의 남자들이 멈칫한 순간, 바르사는 오른쪽으로 날아서, 숲으로 들어가려던 남자에게 덤벼들었다.

　바르사의 단창의 일격을 남자는 몸을 비틀어서 피했지만, 옆구리에 약간의 틈이 생겼다. 바르사는 돌진한 기세 그대로 뛰어올라서 무릎으로 남자의 옆구리를 찍었다.

　뼈가 부러지는 소리가 나며 남자의 몸이 땅바닥에 내동댕이쳐졌을 때는, 바르사는 단창으로 땅바닥을 찍어 몸을 받치고 남자의 몸을 뛰어넘어 또 다른 남자 뒤에 착지하고 있었다.

　그 남자의 머리에 바르사는 단창을 내리쳤다. 남자는 단창을 피하면서 뒤돌아서 아래에서부터 칼을 밀어 올렸다.

　바르사는 몸을 비틀었지만 옆구리에 타는 듯한 통증을 느꼈다. 바르사는 뒤로 물러서는 것이 아니라 남자 쪽으로 몸을 내밀어, 왼쪽 겨드랑이에 칼을 든 남자의 팔꿈치를 끼고서 관절을 꺾었다.

　바르사가 남자의 팔을 끼고 있는 사이에, 뺨에서 피를 흘리던 자객이 바르사 뒤로 달려들어, 손도끼처럼 생긴 칼을 바르사의 등을 겨냥해 내려쳤다.

챠그무는 필사적으로 뛰었다.

달아나지 못하면 바르사의 배려가 수포로 돌아간다. 이를 악물고서 챠그무는 눈으로 뒤덮인 덤불을 헤치고 뛰어넘으며 숲속을 향해 그저 하염없이 달렸다.

추격자가 바싹 뒤쫓아 오고 있는 것을 등으로 느꼈다. 순식간에 거리가 좁혀졌다. 가쁜 숨을 내쉬면서 눈앞의 덤불을 손으로 짚고 뛰어넘으려고 한 순간, 발이 덤불에 걸렸다.

챠그무는 공중제비를 돌며 덤불 건너편으로 굴러떨어졌다. 황급히 몸을 틀어서 바로 누운 자세에서 일어나려고 했을 때, 얼굴에 자객의 그림자가 드리워졌다.

자객은 챠그무를 찔러 죽이려고 칼을 거꾸로 고쳐 잡고는 번쩍 들어 올렸다. 챠그무는 손에 들고 있던 검으로 그것을 막으려고 했지만, 맥없이 튕겨 나갔다.

자객이 또다시 칼을 들어 올려 내리치려고 한 순간, 챠그무는 벌떡 일어나면서 몸을 구부려 온몸을 부딪치듯이 해서 자객의 발에 들러붙었다.

자객은 벌렁 넘어졌지만 칼은 손에서 놓지 않았다. 그 자세 그대로 챠그무의 등에 칼을 내리쳤다.

그때 누군가가 자객의 팔꿈치를 힘껏 걷어찼다.

걷어차인 자객의 팔이 옆구리를 파고들어 챠그무는 신음

을 했다. 다음 순간 미지근한 것이 얼굴에 흘러 챠그무는 깜짝 놀랐다.

챠그무를 안은 자세 그대로 자객은 경련을 일으키더니, 잠시 후에 그 팔이 땅바닥으로 툭 떨어졌다.

누군가가 팔을 붙잡아 일으켜줘서, 챠그무는 헐떡이면서 얼굴에 묻은 피를 닦았다.

"…다치신 곳은요?"

목소리의 주인을 보고서 챠그무의 눈이 휘둥그레졌다.

어느 틈에 나타났는지 잘 아는 카샤루(사냥개) 여성이 바로 앞에 서 있었다. 오른쪽 눈을 하얀 안대로 가리고, 피로 범벅이 된 단도를 손에 쥐고 있었다.

"시하나…."

챠그무는 나지막이 말하고, 그러고 나서 얼른 뒤를 돌아봤다.

"바르사! 바르사는…?"

시하나는 가도 쪽을 흘끗 바라보며 냉담한 목소리로 말했다.

"동료가 가세했으니까 괜찮을 겁니다."

챠그무는 어깨로 숨을 쉬면서 가도 쪽으로 비틀거리며 달리기 시작했다. 시하나는 동료에게 신호를 보내 챠그무를 뒤

쫓게 했다. 나뭇가지를 타고 온 자그마한 원숭이가 시하나의
어깨에 올라타서 목덜미에 매달렸다.

챠그무는 비틀거리면서 가도에 발을 내딛었다. 최악의 광
경을 목격할지도 모르겠다는 생각을 하니 숨도 쉴 수가 없
었다.

눈에 들어온 것은 여러 명의 사람의 형체였다. 손에 단궁을
든 남자들이 땅바닥에 쓰러져 있는 누군가의 몸을 내려다보
고 있었다.

"바르사! …바르사!"

챠그무는 소리치면서 카샤루들 사이로 헤치고 들어갔다.

무릎을 꿇고 자신의 오른팔을 끌어안듯이 하고 있던 바르
사가 뒤돌아봤다. 그리고 챠그무를 보더니 깜짝 놀라며 일어
섰다.

"다쳤니? 어디를 베었지?"

바르사가 떨리는 손으로 챠그무의 머리카락을 쓸어 넘겼다.

"아니야. 다치지 않았어. 이건 자객의 피야."

바르사의 손을 잡고서 챠그무는 깜짝 놀랐다.

"바르사야말로 다쳤잖아!"

바르사의 왼손에서 피가 뚝뚝 떨어지고 있었다.

"괜찮아. 찰과상 정도야."

괜찮은 안색이 아니었다. 챠그무는 미처 몰랐지만, 바르사는 옆구리에도 부상을 입어 출혈이 심했다.

챠그무가 무사한 것을 안 순간, 긴장의 끈이 끊어진 것이리라. 바르사는 온몸에 식은땀이 나는 것을 느꼈다. 눈앞의 풍경이 희끄무레한 빛 속에 붕 떠 있는 것처럼 보였다. 심장박동 소리가 거세지고 숨 쉬기가 점점 힘들어졌다.

챠그무가 뭐라고 하고 있었다. 그 목소리가 멀리서 들렸다. 우웅 하는 이명과 함께 바르사는 정신을 잃었다.

차가운 것이 얼굴에 닿아 바르사는 눈을 떴다. 챠그무의 걱정스러워하는 얼굴이 바로 앞에 있었다. 바르사의 머리를 무릎 위에 얹고서 물에 적신 헝겊으로 얼굴을 닦아주고 있었다.

정신을 잃은 시간은 아주 잠깐이었던 것 같다. 아직 가도에 있었고, 카샤루들에게 둘러싸여 있었다.

"…정신이 들었어?"

챠그무가 속삭였다. 바르사는 고개를 끄덕이고 일어서려고 했다.

"움직이면 안 돼. 또 정신을 잃으면 안 되니까."

그렇게 말하고 챠그무가 빠른 어조로 덧붙였다.

"이 숲속에 카샤루들의 야영지가 있대. 지금 들것을 만들고 있어. 조금만 더 참아."

바르사가 입가를 일그러뜨리며 웃더니 손으로 옆구리를 누르고 몸을 일으켰다.

"…들것 같은 거 필요 없어."

그때 목소리가 들렸다.

"쓸데없는 고집 부리지 말고 들것을 기다려라."

바르사를 내려다보면서, 시하나가 조용한 목소리로 말을 이었다.

"상처가 악화되면 칸발 왕을 만나러 가는 게 늦어지잖아."

바르사는 안대를 하고 있는 시하나를 잠자코 올려다봤다.

카샤루가 나타나서 가세했을 때부터 어느 정도 예감은 하고 있었기에, 이렇게 그 얼굴을 봐도 뜻밖이라는 생각은 안 들었다.

시하나의 오른쪽 눈을 칼로 벤 사람은 바르사다. 하지만 바르사를 보는 시하나의 얼굴에는 아무런 감정도 나타나 있지 않았다.

챠그무의 부축을 받으며 일어서서, 바르사가 시하나와 카샤루에게 머리를 숙였다.

"…당신들이 목숨을 구해줬다. 정말 고맙습니다."

시하나를 비롯한 카샤루들은 가볍게 고개를 끄덕이고, 들 것을 가져온 동료에게 길을 터주었다.

바르사가 들것에 눕자, 카샤루들은 재빨리 숲속으로 이동 하기 시작했다.

가도를 둘러본 챠그무는 쓰러져 있어야 할 자객들의 모습 이 어느 틈엔가 사라진 것을 발견했다. 카샤루들이 옮겨서 숨긴 것이 틀림없었다. 그런 빈틈없는 일처리가 챠그무에게 는 왠지 무섭게 느껴졌다.

바르사가 쓰러뜨린 자객들은 신음하고 있었으니까 살아 있었을 것이다. 하지만 이렇게 깨끗이 사라졌다는 것은… 카 샤루들이 그들의 숨통을 끊었다는 뜻일 것이다.

그 자객들은 타르슈 제국의 앞잡이들이었다. 시하나에게 는 로타 왕국을 위협하는, 용서하기 힘든 적이다. 그러니까 제거한 것이다. 두 번 다시 방해하지 못하도록, 완전히.

앞서가는 시하나의 뒷모습을 보면서, 챠그무는 배에서부 터 가슴 언저리에 싸늘한 긴장감이 퍼져가는 것을 느꼈다.

챠그무는 카샤루들의 보호를 받으며 여행을 한 적이 있다. 남부의 대영주의 성에서 도망치게 해준 토사하 강줄기의 카 샤루들은 정이 많고 느긋한 느낌이 드는 사람들이었는데, 도중에 그들과 교대해서 챠그무를 이한 왕자의 성까지 안내해 준, 이 카샤루들은 그들과는 분위기가 전혀 달랐다.

행동에도, 사고에도 군더더기가 없었다. 무척 예리하고 머리가 잘 돌아가지만, 적에게는 조금의 인정도 베풀지 않는다. 그런 인상을 준 사람들이었다.

'로타 왕을 위해 적을 제거하는 냉철하고 예리한 칼날이다.'

챠그무는 불현듯 '사냥꾼'들을 떠올렸다. 아버지인 황제의 명령을 받아 은밀히 암살을 하는 무술의 달인들. 진은 챠그무에게 정을 베풀어줬지만, 그들도 적에 대해서는 조금도 인정을 베풀지 않고 냉철하게 죽여버리는 남자들이다.

로타 왕도 아버지도, 한 나라를 통치하는 사람들은 이런 사람들을 부린다. 그들이 초래한 죽음을 자신의 눈으로 본 적은 없다.

챠그무는 자객의 피가 아직 조금 묻어 있는 뺨을 차가운 손으로 문질렀다.

몸에 전해져 온 자객의 단말마의 경련을 떠올린 순간, 온몸으로 진저리를 치면서 챠그무는 덜덜 떨기 시작했다. 멈추려고 해도 멈출 수가 없었다.

침을 삼키면서 챠그무는 자기도 모르게 옆에 있는 들것으로 손을 뻗어 바르사의 손을 잡았다. 바르사는 떨고 있는 챠그무의 손을 꽉 잡아주었다.

 메말랐지만 따뜻한 바르사의 손이 감싸주자 몸의 떨림이 조금 진정되었다. 챠그무는 그대로 계속 바르사와 손을 잡고 서 걸어갔다.

4

이한의 문서

숲을 얼마나 깊숙한 곳까지 들어가는 건지 불안해질 정도로, 오랫동안 챠그무 일행은 눈 덮인 숲속을 하염없이 걸었다.

이윽고 주위가 푸르스름한 어둠에 휩싸이기 시작했을 무렵, 마침내 일행은 발걸음을 멈췄지만, 처음에 챠그무는 어디에 야영지가 있는 건지 알 수가 없었다. 교묘하게 숨겨진 그들의 야영지는 숲의 일부로밖에 보이지 않았기 때문이다.

바위로 둘러싸인 구덩이에 나뭇가지를 쌓아 올리고 그 위에 눈을 덮어서, 그들은 훌륭한 눈굴을 몇 개나 만들어놨다.

그중 한 곳으로 들어가자, 안에는 자그마한 불이 지펴져 있었고, 털가죽이 깔려 있어서 무척 따뜻했다.

들것에서 내려놓은 바르사를 안으로 데리고 들어가자, 불을 지키고 있던 체구가 작은 중년 여성이 일어서서 바르사를 화로 옆에 눕혔다.

여자가 얼굴을 들더니, 걱정스러운 표정으로 바르사 옆에 웅크리고 있는 챠그무에게 말했다.

"밖에서 기다리세요. 치료가 끝나면 부를 테니까요."

챠그무는 얼굴이 빨개지며, 일어서서 시키는 대로 밖으로 나갔다.

밖에서는 남자들이 저녁 준비를 시작하고 있었다.

팔짱을 끼고 서 있는 시하나 옆으로 챠그무가 다가갔다.

"고맙다는 인사가 늦어졌다. 목숨을 구해주었구나. 고맙다."

그렇게 말하자, 시하나가 미소를 지으며 고개를 까딱했다.

챠그무가 카샤루들을 둘러보며 나지막이 말했다.

"그건 그렇고 왜 여기서 야영을…?"

시하나가 대답했다.

"이한 왕자 전하께서 우리에게 명을 내리셨습니다. 황태자 전하를 지켜드려 무사히 국경을 넘게 하라고. 전하를 모시고 가게 했던 호위병이 참살당한 사체로 발견되었거든요."

챠그무의 표정이 어두워졌다.

"나를 지키려다가 타르슈의 자객한테 참살당한 것이다. …

바르사가 구해주지 않았으면 나도 거기서 살해당했다."

시하나가 고개를 끄덕였다.

"그 자객도 발견했습니다. 우리도 얼굴을 아는 녀석이었기에 무슨 일이 일어났는지 대충 상상이 갔지요.

전하를 죽이려면 방법은 두 가지가 있죠. 하나는 우사루 계곡에서 도적과 짜고 공격하는 방법. 또 하나는 국경을 넘은 곳에서 공격하는 방법.

우리는 먼저 우사루 계곡을 뒤졌지만, 도적들이 자객과 짠 것 같지는 않았기에 국경을 넘어서 여기에 야영할 곳을 마련했지요."

챠그무의 눈이 커졌다.

'대단하구나….'

마치 코우루(요고식 놀이판)의 수를 읽듯이 가능성을 읽고 있다. 다만, 듣고 있으려니 한 가지 신경 쓰이는 것이 있었다.

"그럼 도적들이 공격할 것을 알고 있었겠구나. 왜…."

"구해주지 않았느냐는 거죠?"

챠그무의 말을 받아서 시하나가 입가를 일그러뜨렸다.

"우리도 숨어 있었어요. 그 절벽에. 필요하면 구하려고 했지만, 필요가 없었기에 먼저 출발을 한 거지요."

그날 저녁 바르사가 시선을 느꼈다고 말한 것을 챠그무는 문득 떠올렸다.

어깨에 앉아 있는 자그마한 원숭이를 쓰다듬으면서 시하나가 말했다.

"먼저 출발시킨 동료가 칸발 국경의 경비병이 매수되었다고 전해 왔지요. 그 타르슈 자객들은 요새 바로 뒤에 자그마한 야영지를 만들어서 숨어 있었어요. 경비병한테서 전하가 지나갔다는 소식을 듣자마자 득달같이 공격할 수 있었던 것은 그런 이유 때문입니다. 우리도 그 옆에 숨어 있었지만 한발 늦고 말았지요. 그 점은 사과드릴게요."

그때 뒤에서 여자의 목소리가 들렸다.

"치료가 끝났습니다. 이제 들어가셔도 됩니다."

챠그무의 표정을 보고, 시하나가 어서 들어가라는 몸짓을 했다.

챠그무는 몸을 숙여 눈굴 속으로 들어갔다. 바르사는 털가죽에 싸여 누워서 이쪽을 보고 있었다. 아직 안색은 나빴지만 눈은 웃고 있었다.

"바르사, 괜찮아?"

챠그무가 옆에 앉자 바르사가 고개를 끄덕였다.

"걱정을 끼쳤구나. 괜찮아. 하룻밤 자면 회복될 거야.

이 사람은 실력이 좋은 치료사다. 어딘가의 그 누구하고 비숫한 정도의 실력인 것 같구나."

중년 여성이 눈썹을 치켜올렸다.

"그 어딘가의 누군가가 어떤 사람인지는 모르겠지만, 당신은 꽤나 자주 들락거리는 단골손님이었던 것 같군요. …난처음 봤어요. 이렇게 상처투성이인 사람은. 예전 거, 요즘 거, 대체 몇 개가 있는지, 원."

바르사와 챠그무는 웃음을 터뜨리고 말았다.

"그 사람은 자기가 좋아서 치료하는 거라, 바르사의 돈이줄거나 하지는 않았을 거야."

챠그무가 농담을 했을 때 시하나가 들어왔다. 시하나를 보자, 치료사 여성은 바르사가 배에 감고 있던 피투성이가 된밧줄이랑, 피를 닦은 헝겊을 들고 일어섰다.

"그 밧줄의…."

바르사가 하려던 말을 치료사가 받아서 말했다.

"알고 있어요. 갈고리 장식만은 챙겨달라는 거죠? 아까 들었어요. 당신의 목숨을 구해준 밧줄이니까요. 소중히 다루죠."

밝은 어조로 그렇게 말하고 치료사는 밖으로 나갔다.

시하나가 챠그무 옆에 앉으면서 슬쩍 바르사와 시선을 마주쳤다.

시하나와의 인연에 대해서는 대강은 바르사한테서 들었지

만, 이렇게 두 사람이 옆에 있으니 뭔가 팽팽한 것이 느껴져 숨이 막힐 정도였다.

시하나는 바르사에게는 말을 걸지 않고, 챠그무에게 은으로 만든 가는 통을 내밀었다.

"이한 왕자 전하께서 챠그무 황태자 전하께 전해드리라고 하셨습니다. 속을 살펴보시기 바랍니다."

챠그무는 통 뚜껑을 잡아당겨서 열고, 안에 든 양피지를 꺼냈다. 말려 있는 양피지를 펼쳐서 읽어나가는 동안, 챠그무는 심장의 고동이 빨라지는 것을 느꼈다.

로타 왕의 전권을 위임받은 나 이한 로타는 칸발 왕이 로타 왕과의 동맹을 원한다면 받아들일 의사가 있음을 여기에 맹세한다.

또한 이 건에 관해 신요고 황국의 황태자인 챠그무 전하가 동맹의 중개 역할을 맡아주신 것에 나 이한 로타는 감사를 드린다.

로타 왕국과 칸발 왕국이 동맹을 맺는 것은 지금 우리 국토에 침략의 손길을 뻗치고 있는 타르슈 제국의 위협으로부터 북쪽 대륙을 지키기 위한 가장 효과적인 수단이다.

영민하신 칸발 왕께서는 반드시 현명한 판단을 내리실 것으로 믿는다.

빨간 밀랍 위에 또렷이 찍힌 로타 왕의 옥쇄를 응시하며 챠그무가 말했다.

"이 문서가 있으면 칸발 왕도 내 말에 귀를 기울여주시겠구나."

시하나가 조용한 목소리로 대답했다.

"이한 전하께서는 칸발과의 동맹을 바라고 계십니다. 단, 어디까지나 대등한 입장에서의 동맹이어야 합니다. 로타 왕국은 칸발 왕국에 도움을 청할 생각은 없습니다. 부디 그 점을 유념하시기 바랍니다."

지그시 자신을 바라보고 있는 시하나의 눈을 보면서 챠그무가 고개를 끄덕였다.

로타는 내전의 위기에 있다. 지금 로타 쪽에서 동맹을 제의하면, 로타 왕이 칸발 왕에게 지원군을 청하는 꼴이 되고 만다.

'…내가 교섭 역할을 맡는 것이 이한 전하에게도 의미가 있는 셈이다.'

그렇게 생각한 순간, 문득 어떤 생각이 머릿속에서 번뜩였다.

이한에게 자신이 소중하다면, 이전과 다른 식의 교섭이 가능하지는 않을까? 고국의 백성들을 아직 구할 수 있을지도 모른다는 희망이 마음속에서 부풀어 올라 온몸으로 퍼졌다.

챠그무는 재빨리 이리저리 머리를 굴리면서 시하나에게 말했다.

"알았다. 이한 왕자의 심정을 유념하며 칸발 왕과 교섭하기로 하지.

로타 왕은 로타 왕국을 위기에서 벗어나게 하고 싶어서 동맹을 원하는 것이 아니다. 칸발도 마찬가지로 타르슈 제국의 위협을 받고 있으니, 한시라도 빨리 동맹을 맺어 서로 돕는 것이 서로를 지키는 것이 된다고 설득하겠다."

시하나의 눈에 미소가 떠올랐다. 가볍게 인사를 하고서 시하나가 말했다.

"챠그무 전하께서는 영민하십니다. 이한 전하께서도 챠그무 전하라면 이렇게 중요한 역할을 훌륭히 수행해내실 거라고 말씀하셨습니다."

반짝이는 눈으로 챠그무를 바라보며 사하나가 덧붙여서 말했다.

"북쪽 나라들은 한 배 위에 있습니다. 서로를 돕는 것이 곧 최상의 방어지요. 칸발 왕으로 하여금 신속히 동맹을 맺게 하여 병사를 로타로 보내게 해주시면, 로타 왕국은 병사를 한 명도 잃지 않고 평온을 얻을 수 있을 겁니다."

챠그무는 고개를 끄덕이고 나서, 강렬한 빛을 띤 눈으로 시하나를 응시했다.

"나는 로타를 위해서 목숨을 걸고라도 이 중요한 역할을 해내도록 하지. …그 대신 내가 이것을 성공한 다음에는 이 동맹에 우리 나라도 넣어줬으면 한다."

시하나가 눈도 깜빡이지 않고 대답했다.

"그것은 제가 대답드릴 수 있는 사안이 아닙니다."

챠그무가 고개를 저었다.

"지금 대답하라는 것이 아니다. 나의 이 소망을 한시라도 빨리 이한 왕자 전하께 전하도록 하여라. 그리고 답을 나한테 전하라. 이한 전하가 답을 주시면, 나는 칸발 왕의 왕성 문을 통과할 것이다."

시하나의 눈에 냉담한 빛이 서렸다.

"칸발 왕과의 회합이 늦어지면 아무런 의미도 없습니다. 그럴 시간은…."

그 말을 챠그무가 끊었다.

"있을 것이다. 그대들은 짐승을 이용해서 신속하게 의사를 전할 수 있다고 들었다. 로타를 구하고 싶으면 오늘 밤에라도 짐승을 보내는 게 좋을 거다."

챠그무는 한 발짝도 물러나지 않을 각오로 점점 더 격한 어조로 말했다.

"내가 동맹을 중개함으로써 로타 왕은 대등한 입장이라는 형식을 유지한 채로 칸발 왕과의 동맹을 맺을 수 있다. 나는 목숨을 걸고 그대들에게 이득이 되는 행동을 하는 것이다.

이한 왕자가 믿을 만한 남자라면 내 소망을 들어줄 것이다."

시하나가 고개를 살짝 흔들었다.

"그것은 이한 전하의 문제가 아닙니다. 실례의 말씀이지만, 전하의 입장이 문제입니다."

챠그무의 얼굴이 굳어졌다.

시하나가 낮은 목소리로 말을 이었다.

"전하께서는 신요고 황국을 대표하시는 입장에 있지 않습니다. …아바마마를 시해하지 않는 한."

싸늘한 것이 배 속으로 내려가는 것을 챠그무는 느꼈다.

무슨 말이든 해야만 한다. 반박을 해야만 한다. 그렇게 생각하는데도 목소리가 안 나왔다.

그때 뒤에서 목소리가 들려왔다.

"그럴 필요가 생기면 누군가가 죽이겠지."

깜짝 놀라 챠그무가 바르사를 돌아봤다. 바르사가 시하나를 지그시 응시하고 있었다.

"신요고 황국은 멸망 직전에 있다. 만약 멸망을 막을 방법을 챠그무가 제시하면, 챠그무가 손을 쓰지 않아도 주위에서 할 것이다."

바르사가 강한 어조로 말을 이었다.

"하지만 이건 네가 문제 삼을 이야기도, 거절할 이야기도 아닐 것이다. 챠그무와 동맹을 맺을지 여부를 판단하는 것은 네가 아니다."

바르사와 시하나는 지그시 서로를 노려봤다.

시하나가 일어섰다. 그리고 챠그무를 보며 말했다.

"이한 전하께 챠그무 전하의 의사를 전하기로 하지요. 전하가 왕성에 도착하시기 전에 답을 갖고 돌아올 수 있도록 지금 바로 전령을 보내겠습니다."

머리를 숙이고 나가려다가 시하나는 억누를 수 없는 충동에 사로잡힌 것처럼 홱 뒤돌아봤다. 그리고 찌를 듯한 눈으로 바르사를 노려봤다. 시하나는 아무 말도 하지 않고 그저 얼어붙은 것 같은 눈으로 바르사를 보다가, 이윽고 등을 홱 돌려서 나갔다. 시하나가 사라진 후에도 불꽃이 튀는 것 같은 거친 기척이 남았다.

챠그무는 양피지를 말아서 통에 넣으면서 바르사와 얼굴을 마주 봤다. 바르사가 쓴웃음을 지었다.

"…막말을 하는 대신에 노려보고 갔군. 그녀는 나를 지금도 죽이고 싶을 정도로 증오하고 있는 거야. 내가 방해하지 않았으면 이한 왕자가 타르하마야의 힘을 손에 넣었을 거라고 생각해서 밸이 뒤틀리는 심정인 거지."

챠그무가 미간을 모았다.

"타르하마야란 전에 얘기해준 나유그의 무시무시한 신을 말하는 거지?"

"그래. 피에 굶주린 무시무시한 신이야. 하지만 저 여자가 생각하는 대로 타르하마야의 힘을 자유자재로 쓸 수 있다면, 타르슈 제국이 아무리 병사를 보내도 전멸시킬 수 있었겠지."

챠그무를 바라보며 바르사가 말했다.

"너는 갖고 싶니, 그런 힘을?"

챠그무는 한참 동안 입을 다물고 바르사를 쳐다보고 있었다. 그런 다음 툭 던지듯이 말했다.

"종종 생각해. 뒤엉켜 있는 더러운 것들을 단번에 잘라버릴 수 있는 힘이 있다면 얼마나 편할까 하고."

얼굴을 잔뜩 일그러뜨리며 챠그무가 말했다.

"하지만 그런 힘을 휘두른 다음을 보는 것은 싫어. 내가 죽인 산갈 병사나 타르슈 병사의 사체가 흩어져 있는 들판을 보는 건 싫어."

우리 딸은 미인인 데다가…라고 말하며 웃던 로타 병사의 얼굴이 문득 떠올랐다. 자신을 지키기 위해 참살당한 그. 자신을 죽이려다가 살해된 자객들. 숨이 끊어질 때의 그 경련….

이걸로 끝이 아니다. 오히려 이제부터 더욱더 많은 사람들이 죽을 것이다. 자신이 걸어가는 앞에서.

'그런 생각을 해서는 안 된다. 이대로 앞으로 나아가지 않으면 신요고는 구원받을 수 없으니까.'

로타와 칸발의 동맹에 신요고도 낄 수 있으면, 타르슈군을 맞아서 싸울 병력을 확보할 수가 있다. 그 병력을 이끌고 신요고로 귀환하는 것이 유일하게 남은, 고국을 구하는 길이니까.

'하지만….'

내내 마음속에 감추고 있던 것이 가슴 밑바닥의 어둠 속에서부터 고개를 들었다. 그걸 봐서는 안 된다고 계속 생각해 왔는데도.

챠그무는 몸을 떨면서 숨을 들이마셨다.

자신이 택한 길은 잘못되지 않았다. 이것이 북쪽 대륙을 위해서는 가장 좋은 길이라고 생각하고 싶었다. 하지만 사실은… 마음속에서는 '과연 그럴까?' 하는 망설임이 있다. 자신이 이 길을 택했기 때문에 이미 몇 사람의 목숨을 빼앗고 말았다. 앞으로는 더 많은 사람들이 죽게 된다….

동맹이 성공하면 자신은 칸발이나 로타의 병사들을 신요고로 이끌고 가게 되니까.

'다른 나라 병사들한테 신요고 황국을 위해 싸우라고, 그리고 적의 화살에, 검에 맞서라고 명령해야 한다….'

그리고 그 싸움 후에는 아버지와 마주해야만 하는 날이 온다.

챠그무는 한 손으로 얼굴을 가렸다. 복받쳐 오는 생각을 억누르려고 했지만, 아무리 해도 억누를 수가 없었다.

챠그무는 가슴을 끌어안듯이 등을 구부리고서 바르사의 어깨에 얼굴을 묻었다. 그리고 기어들어가는 목소리로 나지막이 말했다.

"…아바마마를 죽여야만 한다면,"

눈물이 바르사의 옷깃에 스며들었다.

"그때는 다른 사람한테 부탁하지 않을 거야."

바르사는 움직이는 쪽 손으로 챠그무의 머리를 안고 힘을 꽉 주었다. 속으로 삼키는 듯한 챠그무의 오열이 몸으로 스며드는 것 같았다.

5
고국의 곡조

다음 날 아침 챠그무와 바르사가 눈을 떴을 때는 야영지의 눈굴이 딱 두 개만 남아 있었다. 동이 트기도 기다리지 않고 대부분의 카샤루가 어디론가 떠나버린 것이다. 시하나의 모습도 안 보였다.

그 치료사 여성이 꿀을 듬뿍 바른 바무(발효시키지 않은 빵)와, 김이 모락모락 나는 라칼(꿀술)을 아침 식사로 갖고 와주었다.

다른 카샤루들은 어떻게 된 거냐고 묻자, 그녀가 밝은 목소리로 대답했다.

"남부의 움직임이 걱정돼서 로타로 돌아갔어요. 전하의 전갈은 이미 보냈고, 우리를 남겨두고 갈 테니까 안심하시라는 말을 전해달라고 두령이 얘기했지요."

그렇게 말하고 자신의 라칼을 한 모금 마시더니 그녀가 미소를 지었다.

"아 참, 깜빡했네요. 저는 치카리라고 해요.

우리가 은밀히 당신들을 엄호할 테니까, 당신들은 둘이서 가도로 가시면 돼요. 우리는 워낙에 가도는 이용하지 않는데다, 로타인과 요고인과 칸발인이 함께 다니면, 칸발 같은 나라에서는 눈에 띄어서 곤란하니까요."

그 말을 듣고 바르사가 쓴웃음을 지었다.

칸발은 작은 씨족령이 모여서 이루어진 나라다. 사람 수도 적고, 여행자도 그렇게 많지는 않다. 왕도를 제외하면 커다란 마을은 거의 없고, 랏살이라고 불리는 시장을 중심으로 한 역참 마을 같은 것이 가도를 따라 흩어져 있을 따름이다.

씨족은 하나의 대가족과 같은 것이어서 외부에서 오는 자에 대한 경계심이 무척 심하다. 딱히 악의를 품는 것은 아니지만, 랏살에서 장사를 하는 상인들도 여인숙 주인들도 이를테면 여행자의 감시자 같은 존재여서, 랏살에 있는 동안에는 항상 그들의 눈이 따라다닌다. 그리고 소문은 말보다 빨리 퍼진다.

"왕도까지는 얼마나 걸리지?"

챠그무가 물었다.

"여기는 무가 씨족령인데, 왕의 씨족령과 서쪽으로 붙어 있는 곳이야. 왕도까지 거리는 얼마 안 되지만, 산길이라서. 눈보라를 만날 수도 있고. 뭐 이레 정도 걸릴 거라고 생각하는 게 좋겠다. 새해를 맞이하기 전에 도착할 수 있을 거다."

치료사가 눈을 부라렸다.

"아니, 그런 부상으로 오늘 출발할 생각이라고요?"

바르사가 미소를 지었다.

"살갗만 살짝 베였으니까. …아프긴 하겠지만."

카샤루들도 그렇게 무지막지한 짓은 안 할 거라고 투덜대면서도, 치료사 여성은 바르사에게 약을 주고 배에 단단히 헝겊을 말아, 길 떠날 채비를 도와줬다.

카샤루들은 챠그무와 바르사의 말을 데려와줬다. 말을 타고서 가도로 나갔을 때는 곁에 있던 카샤루의 모습은 연기처럼 사라져 있었다.

두 사람이 무가 씨족령에서 가장 큰 랏살(시장)에 도착한 것은 이미 해가 저물기 시작했을 무렵이었다.

경사가 급한 언덕을 오르기 시작해서 고갯마루로 나왔을 때, 챠그무는 자기도 모르게 탄성을 질렀다.

"와!"

우뚝 솟은 눈 덮인 봉우리에 석양이 비쳐, 산들이 붉은 기가 도는 부드러운 복숭앗빛으로 물들어 있었다. 석양빛 속에서 그것은 숨이 멎을 정도로 아름다운 광경이었다.

"아라무 라이 라."

바르사가 중얼거렸다.

"뭐라고?"

챠그무가 묻자 바르사가 미소를 지었다.

"욘사 방언 칸발어로, 산이 뺨을 붉게 물들이고 있다고 한 거야. 만물을 낳으신 유사의 산들은 해님을 흠모한다고 하지. 사랑스러운 해님이 잠들기 전에 저렇게 뺨을 어루만지면, 산은 뺨을 붉게 물들이는 거야. 천 살, 만 살이 넘은 노파가 되었어도."

챠그무가 미소를 지었다.

"탄다가 만지면 바르사 뺨도 붉어져?"

그렇게 놀리고 나서 챠그무는 바르사의 손이 닿지 않는 곳으로 재빨리 도망쳤다.

웃으면서 고개 밑을 내려다보며 챠그무가 눈을 동그랗게 떴다.

"…설마, 저거야? 이 씨족령에서 가장 큰 랏살이라는 것이?"

바르사가 쓴웃음을 지었다.

"그래. 그런 얼굴 하지 마라. 칸발에서는 저 정도면 큰 편이
니까."

산의 품에 안긴 것 같은 골짜기에 낮은 외곽으로 둘러싸여
서, 몇십 개의 석조 건물이랑 천막 등이 세워져 있었다. 큰 시
장이라는 것과는 거리가 먼 광경이었다.

"저쪽을 봐라."

바르사가 가리킨 곳은 랏살보다 약간 높은 위치에 있는 건
물들이었다. 그것도 낮은 외곽으로 둘러싸여 있었다. 바깥쪽
으로는 울타리가 몇 개나 있었으며 자그마한 오두막들이 꽉
들어차 있었다.

"저것이 '향'이다. 사람들이 살고 있는, 마을 같은 곳이지.
외곽 바깥쪽에 있는 것이 염소 울타리이고, 그 옆에 서 있는
집이 목동들의 집이다."

챠그무가 그 가난해 보이는 오두막을 힐끔힐끔 쳐다봤다.

"목동?"

"칸발인보다 훨씬 키가 작은 사람들이다. 어른도 우리 배
까지밖에 안 오지. 하지만 산에 대한 것이라면 뭐든지 알고
있는 사람들이야. 휘파람으로 대화를 할 수가 있단다."

목동들의 본모습을 바르사는 잘 알고 있었지만, 그것은 챠

그무에게도 섣불리 이야기할 수 있는 것이 아니었다.

유사의 산속 지하에 거미줄처럼 퍼져 있는 어둠의 세계도, 그곳을 통치하는 '산왕'에 대해서도.

두 사람은 석양이 가라앉는 것과 경쟁하듯이 언덕길을 내려갔다.

랏살에 도착했을 때는 노점은 이미 상품을 정리하고 천막을 접어버렸다. 사람도 거의 다니지 않아 가게를 닫고 집으로 돌아가려던 상인들이 고개를 들고, 말을 타고 가는 두 사람을 지그시 쳐다봤다.

신요고에서도 로타에서도 이 무렵이 되면 가게는 처마 끝에 등불을 켠다. 그러나 이 랏살에서는 등불을 켜는 가게가 거의 없었다.

가게 사이의 길을 지나가자, 드디어 등불을 켜놓은 집 하나가 있었다. 간판을 보고 바르사가 챠그무에게 속삭였다.

"여인숙이다. 오늘 밤은 여기서 묵기로 하자."

여인숙 옆에 있는 마구간으로 말을 데려가자, 밖에서 모닥불을 피우고 있던 젊은이가 무뚝뚝한 표정으로 말없이 말고삐를 받아들었다.

정면 현관으로 돌아가니 두꺼운 문 너머에서 피리 소리가 어렴풋이 들려왔다. 피리가 연주하고 있는 곡조를 들은 순간,

챠그무는 깜짝 놀라서 발걸음을 멈췄다.

그것은 요고의 곡조였다. 고국의 궁에서 악사들이 연주를 시작할 때 반드시 부는 곡이었다.

이런 타국 땅에서 들으리라고는 생각지도 않았던 곡조를 듣고, 챠그무는 문 옆에서 우두커니 서 있었다.

바르사가 문에 손을 대고 천천히 밀어서 열었다.

난로의 부드러운 불빛과 음식 냄새와 함께 피리의 곡조가 몸을 확 감쌌다. 현관의 토방 너머는 바로 식당으로 이어지고, 벽에 설치된 난로에서는 시뻘겋게 불이 타오르고 있었으며, 커다란 검은 냄비가 걸려 있었다. 그 난로를 둘러싸듯이 놓인 의자에 투숙객으로 보이는 남녀 셋이 앉아 있었다.

피리를 불고 있는 사람은 마흔이 조금 넘은 듯한 여성이었다. 그녀와, 피리에 귀를 기울이고 있는 사람들의 얼굴을 보고 챠그무의 눈이 휘둥그레졌다. 그들은 모두 요고인이었던 것이다.

챠그무와 바르사가 들어온 것을 알아차리고 피리 소리가 멎고, 그들은 일제히 두 사람을 쳐다봤다. 그리고 챠그무의 얼굴을 보더니 깜짝 놀란 듯이 엉거주춤 일어났다.

"아니, 이럴 수가! 우리 나라 사람이잖아."

수염 난 남자가 밝은 목소리로 말했다.

"자, 들어와라, 들어와. 추웠겠구나. 어서 불 옆으로 와라."

오른쪽 문이 열리고 주방에서 키가 큰 칸발 여성이 나타났다. 그리고 두 사람을 발견하자 난처한 듯한 미소를 지었다.

"또 요고인 손님이네. 소문이 퍼지면 이렇게 같은 나라 사람들만 모인다니까. 어디서 들었지? 오라무의 가게?"

굳은 얼굴로 우두커니 서 있는 챠그무의 어깨에 손을 얹고서 바르사가 대답했다.

"아니, 우연입니다. 날이 저문 후에 이 랏살에 도착해서 눈에 띈 첫 여인숙이 여기였을 뿐이에요."

모두가 놀라는 듯한 얼굴을 했다. 조금 전에 말을 걸어준 수염 난 남자가 밝은 목소리로 말했다.

"젊은이, 그건 행운을 가져다주는 우연이었구나. 마침 지금 고국을 그리는 저녁 시간을 가지려던 참이다. 그녀의 피리와 이 음식으로 말이다."

수염 난 남자의 손짓에 따라, 챠그무는 장화의 흙을 털고 나서 난로 옆으로 갔다. 남자가 검은 냄비의 뚜껑을 여니 향긋한 냄새가 확 풍겼다.

챠그무가 자기도 모르게 탄성을 질렀다.

"와… 스챠루(닭고기와 채소를 넣은 찌개)다!"

챠그무가 기뻐하는 모습을 보고 요고인들이 모두 미소를

지었다.

"역시 너도 요고 음식에 굶주려 있었구나. 큰 소리로 말할 수는 없지만, 염소젖 냄새로부터 좀 멀어지고 싶은 날도 있는 법이지."

수염 난 남자가 요고어로 말하자, 여인숙 주인으로 보이는 여성이 콧방귀를 뀌었다.

"무슨 말을 하는지 대충 알겠군. 칸발 음식을 흉보는 거겠지, 뭐."

그렇게 말하고 나서 그녀는 바르사를 보며 어깨를 들썩여 보였다.

"이 사람은 요리사였다며 자신이 직접 재료를 사 와서는, 이렇게 요리해서 모두한테 먹여주니까 나는 편하고 좋지, 뭐."

묻지도 않았는데 그들은 차례차례로 자기소개를 했다. 수염 난 남자는 신요고의 광선경에서 포장마차를 하던 요리사, 피리를 불던 여성은 떠돌이 곡예사, 그 옆에 앉아 있는 깡마른 남성은 그녀의 남편으로 역시 곡예사였다.

"모두 쇄국령이 떨어졌을 때 운 나쁘게 칸발에 있었던 셈이지."

하고 수염 난 요리사가 말했다.

"이 부부는 왕도의 축제일에 곡예를 선보이려고 칸발에 와 있었다고 한다. 내 경우는 첫 손자 얼굴을 보러 와 있었고 말이야."

"첫 손자?"

놀라며 챠그무가 묻자, 남자가 어깨를 으쓱했다.

"돈벌이하러 와 있던 칸발 남자와 내 딸이 눈이 맞았거든. 헤어지라고 했지만, 딸은 집을 뛰쳐나가서 무가 씨족 남자와 동거를 한 거야. 아들이 태어났다는 소식에 첫 손자의 얼굴을 보러 왔다가 돌아가려고 했는데….'

가슴 앞에서 팔을 교차시키며 남자가 쓴웃음을 지어 보였다.

"처음에는 딸을 데려간 녀석이라며 사위를 구박했지만, 지금은 사위 집에 얹혀살고 있는 처지지. 하지만 사위 집도 풍족하지 않아서 말이야, 언제까지고 얻어먹고 살 수도 없어서 이 여인숙에서 요리를 도와주고 있지."

곡예사 부부도 고개를 끄덕였다. 그리고 유창한 칸발어로 말했다.

"우리도 말이야, 이 여인숙 청소나 빨래 같은 걸 도와주고, 실 잣는 일을 돕기도 하며 그럭저럭 살고 있다. 곡예로 먹고 살려면 왕도가 더 낫지만, 거기는 쇄국으로 못 돌아간 요고 인들이 많이 모여 있고 다른 곡예사들이 많아서 마음고생이 많았거든. 게다가 이 랏살 사람들은 모두 마음이 따뜻해. 겨울을 보내기에는 좋은 곳이지."

여인숙 여주인이 눈썹을 살짝 치켜올렸다. 비웃는 척했지만, 그 표정 속에 소박한 선량함이 담겨 있었다. 그녀가 한숨을 쉬듯이 말했다.

"우리도 여유가 없는 생활이지만, 이 사람들도 안됐으니까. 느닷없이 자기 나라에서 쫓겨났으니 말이야. 잔인하기도 하지, 신요고 황국의 임금님은."

챠그무는 긴장한 얼굴로 그 말을 듣고 있었다.

수염 난 남자가 끼어들었다. 그리고 서투르지만 그럭저럭 뜻은 통하는 칸발어로 말했다.

"임금님이 아니야, 황제 폐하지. 이 나라의 임금님처럼 무인이 아니야. 천신의 피를 이어받은 신성한 분이시지."

진지한 얼굴로 남자가 말했다.

"나는 이렇게 생각한다. 나 같은 사람이 황제 폐하의 마음을 헤아릴 수는 없지만, 타르슈 제국 군대가 공격해 온다고 하잖아? 그러니까 나라 밖에 있는 사람은 전쟁에 말려들지 말고 거기서 살게 하라고 말씀하신 게 아닐까?

그렇지 않고는 천자님께서 이러실 리가 없지."

챠그무의 입술이 떨리는 것을 보고, 바르사는 챠그무의 어깨에 손을 얹고 살짝 힘을 줬다. 그리고 수염 난 남자의 이야기를 부드럽게 끊었다.

"나도 그렇게 생각해요. …그런데 그 찌개 너무 끓이는 것 같은데 괜찮은가요?"

수염 난 남자가 당황하며 냄비를 봤다.

"아 참!"

그가 냄비를 불에서 내리는 동안, 곡예사 부부가 바르사에게 물었다.

"당신들은? 어디서 와서 어디로 가는 거지?"

바르사가 침착하게 칸발어로 대답했다.

"우리는 로타에서 왔어요. 나는 호위무사를 하고 있는데, 이 아이 아버지가 모피 상인이어서 그의 대상에 고용되어 몇 번 함께 다닌 적이 있지요.

하지만 운 나쁘게 다른 호위무사가 호위를 맡고 있을 때, 대상이 도적의 습격을 받아 이 아이 아버지가 살해당하고 말았지요."

모두 놀라는 빛과 동정하는 빛을 띠고서 챠그무를 봤다.

"그럼 그 얼굴의 상처는…."

"그래요. 도적의 칼에 베인 거죠. 다행히 그렇게 깊은 상처는 아니어서 이제 슬슬 붕대를 풀어도 되지만. 여하튼 나는 이 아이를 잘 알기 때문에 입양을 하기로 했어요. 충분히 독립할 수 있는 나이지만, 호위무사가 되고 싶다면 가르쳐줄 수 있는 것이 많으니까."

여인숙 여주인이 흥미로워하는 얼굴로 물었다.

"그런데 왜 칸발로?"

"나는 욘사 씨족 사람인데, 숙모가 몸이 안 좋다는 전갈이 왔기에 겨울 동안만이라도 돌아와주려고 했어요. 숙모가 혼자 살거든요."

여주인이 눈썹을 치켜올렸다.

"혼자 산다고? 그런 사람이 있나. 친척이 있을 텐데."

바르사가 미소를 지었다.

"특이한 사람이거든요, 우리 숙모는."

여인숙 여주인은 납득했다는 얼굴을 하고 바르사의 단창을 봤다.

"실례의 말이지만, 당신도 상당히 특이한 사람이네. 무인 계급 남자처럼 단창을 들고 다니며 호위무사를 하다니."

바르사가 쓴웃음을 지었다.

"여하튼 그런 사정으로 하룻밤만 재워주세요. 내일 아침에는 일찍 떠날 겁니다."

"그래요. 아직 며칠은 좋은 날씨가 계속될 것 같으니까, 떠날 거면 빨리 떠나는 게 좋을 거야."

수염 난 남자가 식탁 한가운데에 냄비를 놓고, 모두의 그
릇에 김이 모락모락 나는 스챠루를 나눠줬다. 접시에 바무를
놓으면서 말했다.

"사실은 쌀밥하고 같이 먹으면 최곤데. 그리고 계란을 깨
서 살짝 익힌 것을…."

"아아, 말하지 마!"

곡예사 여성이 손을 올리며 말을 끊어, 그들은 폭소를 터뜨
렸다.

마치 슬픔을 접근 못 하게 하려는 듯이 자신들의 처지를
웃음거리로 삼으면서도, 그들의 얼굴에는 감출 수 없는 쓸쓸
함과 불안의 그림자가 있는 것을 챠그무는 보고 있었다.

앞으로 어떻게 될까, 두 번 다시 고국을 볼 수는 없는 걸
까…. 그들의 말 속에는 그런 생각이 메아리치고 있었다.

작은 방에서 단둘이 되었을 때, 챠그무가 불쑥 말했다.

"저런 요고인들이 칸발에도 로타에도 많이 있을 텐데."

바르사가 화로에 불을 넣으면서 말했다.

"있겠지. 하지만 그 요리사 말대로, 전쟁에 휘말리지 않고
살 수 있다면 반드시 불행하다고는 할 수 없다. 사람이 살 수

있는 곳은 신요고만은 아니거든."

내뱉듯이 하는 그 말에 챠그무는 자기도 모르게 반론을 했다.

"하지만 고국으로 돌아가고 싶어 하는 마음은… 어쩔 수가 없는 거야. 두 번 다시 고국의 산과 강을, 그리운 가족의 얼굴을 볼 수 없다… 평생 따뜻한 쌀밥을 먹을 수 없다고 생각하면…."

바르사가 천천히 일어서서 침대에 앉았다.

"챠그무, 그건 네 탓이 아니야."

바르사가 조용히 말을 이었다.

"황태자로서 책임을 느끼는 심정은 이해한다. …하지만 이건 너로서는 어쩔 수 없었던 일이야. 타르슈 제국이 공격해 올 마음을 먹은 것도, 산갈이 배신한 것도, 자기 나라 백성을 다른 나라에 남겨둔 채로 신요고가 쇄국을 한 것도."

어두운 눈을 하고 챠그무는 고개를 숙이고 있었다.

"그것을 잊어서는 안 된다. …너는 지나치게 자책을 하는 경향이 있어. 엄청 높은 곳을 꿈꾸며, 거기에 이르지 못한다고 스스로를 책망하지.

하지만 말이다, 모든 것을 책임질 수 있는 사람이란 이 세상에는 없으며, 아무도 상처 입히지 않고 누구에게나 행복한 해결이라는 것도 이 세상에는 있을 수가 없단다."

챠그무는 잠자코 고개를 숙이고 있다가, 잠시 후에 얼굴을 들더니 눈물이 맺힌 눈으로 바르사를 봤다.

"…하지만, 나는 …그런 해결을, 하고 싶어."

그러고는 얼굴을 홱 돌리더니, 웃옷을 벗고 침구 밑으로 기어들어 가버렸다.

화로의 불꽃이 흔들릴 때마다 어두침침한 방 안에서 그림자가 춤을 췄다. 바르사는 오랫동안 그 그림자의 춤을 응시하고 있었다.

6
내통자의 정체

　하늘의 기분이 좋은 건지, 겨울의 칸발에서는 보기 드물게
쾌청한 날이 이어졌다.

　바르사와 챠그무가 왕도로 들어선 것은 국경을 넘은 지 열
흘째 되는 날 저녁이었다.

　왕도는 새해를 맞은 기쁨에 휩싸여 있었다.

　피리 소리가 울리고, 어린아이들이 어깨에 염소가죽으로
만든 작은 북을 메고서 계속 두드리면서 거리를 여기저기 돌
아다니고 있었다.

　상점은 지붕에 열 개의 칸발 씨족의 깃발을 꽂아놔, 쾌청한
겨울 하늘에 수많은 깃발이 펄럭였다.

　과연 왕도는 씨족령의 랏살과는 비교가 되지 않을 정도로

규모가 컸고, 튼튼해 보이는 석조 건물이 우뚝 솟아 있었으며, 수많은 상점들이 늘어선 대로도 있었다.

하지만 가령 로타 왕국의 쓰라무항처럼 다양한 상품들이 넘쳐날 정도로 진열되어 있는 것은 아니어서, 남쪽 대륙까지 보고 온 챠그무의 눈에는 그 상품의 종류가 무척 빈약해 보였다.

상인이 적은 탓인지, 칸발에서는 무사 차림의 사람이 눈에 많이 띄었다. 열서너 살 정도의 소년들도 허리에 단검을 차고, 단창을 들고 걷는 모습을 종종 보게 된다.

여기는 무사의 나라로구나, 하고 챠그무는 생각했다. 모두 키가 크고 다부진 체구였으며, 움직임이 활달했다. 여자들도 뼈대가 굵고 무척 다부져 보였다. 푸르스름한 하늘에 독수리가 날고, 하늘을 찌를 듯한 봉우리에 바람이 지나갈 때마다 눈 연기가 구름처럼 하늘을 흘러가는, 혹독한 환경의 이 나라에서 자란 사람들이다. 옆에서 걸어가는 바르사처럼 심지가 강한 북쪽 나라의 백성.

챠그무가 문득 바르사를 봤다.

"바르사….."

"왜?"

"바르사가 자란 곳이 여기지?"

바르사가 왕도의 거리에 시선을 향한 채로 고개를 끄덕였다.

"그래. 이런 시내는 아니지만. 좀 더 동쪽으로 가면 왕성에서 일하는 사람들의 관사가 늘어선 구역이 있다. 거기서 여섯 살까지 살았지."

불현듯 바르사의 눈에 쓸쓸한 웃음이 살짝 나타났다.

"그때는 이 왕도가 엄청 크고, 사람이 많은 번화한 곳이라고 생각했어. 어린 탓도 있지만, 다른 곳을 본 적이 없었으니까. 칸발이 가난하다는 생각은 해본 적도 없었지. …몇십 년 만에 여기 왔을 때는 깜짝 놀랐단다. 왕도가 쭈그러든 것 같아서 말이야. 묘한 기분이었지."

늘어선 건물들을 바라보면서 바르사가 말을 이었다.

"어릴 적에는 가끔 시내에 데려와주면 무척 기뻤단다. …아까 그 거리에 빨간 사탕을 파는 노점이 있었던 것 기억하니?"

"응. 있었어. 뭔가 과일 같은 것이 안에 들어 있는 사탕이지?"

"그래. 맛로라고 하는 부드러운 사탕인데, 내가 무척 좋아했지. …지금 생각하면 아버지는 꽤나 나한테 잘해줬던 것 같아. 일찍부터 아버지와 둘이서만 살았으니까. 시내에 오면 언제나 맛로를 사줬지."

바르사의 옆얼굴에는 고통을 참는 듯한 표정이 희미하게 떠올랐다.

한참을 두 사람은 입을 다문 채로 거리 여기저기를 말을 타고 다녔다. 시내를 벗어난 곳이 가까워지자, 거리를 다니는 사람들 속에서 이따금 요고인이 눈에 띄었다.

무가 랏살의 여인숙에서 만난 곡예사가, 왕도에는 쇄국으로 인해 고국으로 못 돌아간 요고인이 많다고 한 말이 생각났다.

길 가는 요고인 대부분이 손에 새 모양을 한 빨간 종이 세공품을 들고 있었다.

'치아리(복을 불러오는 새)….'

새해를 맞이한 날에 요고인은 반드시 치아리를 사서 집으로 돌아간다. 새해에 좋은 일이 많이 일어나게 해달라고, 복을 가져다달라고 기도하면서 남쪽 창문에 매단다.

타국 땅에 있으면서 누군가가 치아리를 만들어 파는 듯하다.

치아리를 본 순간, 정말로 새해가 되었다는 사실이 챠그무의 가슴에 절실히 와닿았다. 고국이 전쟁에 휘말리는 해가 마침내 오고야 말았다….

멍하니 요고인들을 바라보고 있는 챠그무에게 바르사가 낮은 목소리로 속삭였다.

"슈마가 늘어졌다. 얼굴에 꽉 감아둬라. 두건도 깊이 눌러 쓰는 게 좋겠다. …요고인이 이렇게 많으면, 타르슈의 밀정이 섞여 있어도 분간이 안 된다. 조심하는 게 최고다."

챠그무가 황급히 두건을 고쳐 썼다.

바르사가 갑자기 생각난 듯이 말했다.

"그러고 보니 물어보는 걸 깜빡 잊었는데, 시하나는 네가 칸발인 내통자의 얼굴을 봤기 때문에 쫓기고 있다는 것을 알고 있니?"

챠그무가 생각을 하면서 대답했다.

"…아마 모를 거야. 적어도 나는 얘기하지 않았어."

그렇게 말하고 나서 챠그무는 자신의 말에 고개를 끄덕였다.

"응. 역시 모를 거야. 타르슈의 밀정이 나를 죽이려고 하는 것을, 이한 전하가 붙여준 호위병의 사체를 보고 알았다고 했으니까."

챠그무가 바르사의 얼굴을 봤다.

"있잖아, 바르사. 계속 신경이 쓰였는데, 이한 전하의 답이 도착한다고 해도 아무런 계획도 없이 칸발 왕을 만나러 가는 것은 위험할 거야. 그 내통자는 산갈 왕의 왕궁에서 만났을 때, 칸발 왕 옆에 있었어. 상당히 지위가 높은 무인이라고 생각해.

이 나를 못 죽였다는 것 정도는 이미 전해졌을 테고. 왕성에
서 함정을 파고 있을지도 몰라."

바르사가 고개를 끄덕였다.

"나도 그걸 염려하고 있었다. …그래서 말이야, 생각하고
있었는데, '왕의 창' 중에 친한 남자가 하나 있다. 지그로의
조카인데, 성실한 남자지. 먼저 그를 만나러 가서 왕성의 상
황을 파악하는 것이 어떨까?"

챠그무의 얼굴이 환해졌다.

"지그로의 조카라고? 굉장한데. 꼭 만나고 싶어."

바르사가 미소를 지었다.

"그럼 그렇게 하자. 그의 관사는 아까 이야기한 왕성의 동
쪽에 있으니까, 도중에 왕성을 볼 수도 있다. 좀 더 가까이 가
보겠니?"

"응."

시내를 빠져나가자 눈에 묻힌 언덕이 나타났다. 언덕이 완
만하게 산으로 이어지는, 그 산기슭에 칸발 왕이 기거하는
성이 우뚝 서 있었다.

왕성으로 똑바로 뻗어 있는 길 위에 온 순간, 갑자기 챠그
무가 부르르 떨었다. 옆에 있던 바르사가 깜짝 놀라서 챠그

무를 봤다.

"왜 그러니?"

챠그무가 굳은 얼굴로 나지막이 말했다.

"모르겠어. 왠지 이상한 느낌이 들었어. 여기 와서 저 산을 봤더니."

바르사가 눈살을 찌푸리며 챠그무를 응시했다.

챠그무가 바라보고 있는 정면의 산. 왕성을 품듯이 우뚝 솟아 있는, 저 산 밑 지하에는 '산왕'이 사는 어둠이 펼쳐져 있다. 그 어둠은 이 세상이 아닌 곳과 이어져 있는 것을 바르사는 알고 있었다. 노유크…라고 목동들이 부르는 다른 세계. 아마도 탄다 같은 사람들이 나유그라고 부르는 저쪽 세계가.

문득 옛날 일을 바르사는 떠올렸다.

챠그무가 아직 나유그의 정령을 가슴에 품고 있었을 때, 이따금 지금처럼 뭔가에 홀린 듯한 표정을 짓곤 했다.

"이상한 느낌이라니…. 어떤 느낌이지? 한기가 드는 거냐?"

"아니, 아랫배가 쿡쿡 쑤시는 느낌."

엉겁결에 솔직하게 대답해버리고 나서 챠그무는 얼굴이 빨개졌다.

"아니야. 아무것도 아니야. 아마 기분 탓일 거야."

바르사에게 말하기에는 창피한 느낌이 드는 감각이었기에, 챠그무는 그렇게 말하고 바르사의 의문을 떨쳐내려고 했지만, 왕성에 다가갈수록 그 묘한 느낌은 소름이 돋을 것 같은 강렬한 감각으로 바뀌었다.

그것만이 아니다. 냄새가 났다. 온몸을 확 감싸는 냄새. 그것이 무슨 냄새인지 알아차리고, 챠그무는 창백해졌다.

'나유그의 물 냄새다….'

황급히 챠그무는 정신을 가다듬었다. 이런 곳에서 나유그의 부름을 받을 수는 없다. 여기는 아마도 나유그와 가까운 곳이리라.

심호흡을 하고 챠그무는 이쪽 세계의 감각을 유지하려고 했다.

"챠그무?"

바르사에게 어깨를 붙잡혀, 챠그무는 깜짝 놀라며 바르사의 얼굴을 봤다.

"괜찮니? 안색이 나쁘구나."

챠그무가 이마에 밴 땀을 닦았다.

"괜찮아. …하지만 지금은 더 이상 왕성에 가까이 가고 싶지 않아."

바르사가 낮은 목소리로 물었다.

"그건 괜찮지만, 이유가 뭐지?"

챠그무가 호흡을 가다듬고 대답했다.

"아마도 여기는 나유그에 가까운 곳인 것 같아. 나유그의 물 냄새가 나. …그런 곳에 다가가면 나유그의 부름을 받을 때가 있거든."

바르사가 고삐를 당겨 말을 멈춰 세우더니 지그시 챠그무를 쳐다봤다.

"그 알이 없어도… 지금도?"

챠그무가 고개를 끄덕였다.

"그때는 알이 없어지면 더 이상 나유그하고는 상관이 없어질 거라고 생각했는데… 그게 아니었어."

챠그무가 중얼거리듯이 말했다.

"나유그와 사그(이쪽 세계)가 아주 가까이 접해 있는 장소가 곳곳에 있어서, 그런 곳에 오면 이런 식으로 나유그로 끌려 들어 가는 느낌이 들어. 산갈에서도 가끔 이런 적이 있었어."

그때 왕성의 문에서 기마 몇 기가 나타났다. 문 너머로 꽤 많은 기마가 분주히 오가는 모습이 이쪽에서도 언뜻 보였다. 새해의 들뜬 분위기와는 너무나도 거리가 먼, 살벌한 분위기가 감돌았다.

왕성 경비를 맡은 병사들에게 수상하게 보이지 않도록 슬쩍 챠그무를 재촉해서 두 사람은 왕성에 등을 돌렸다.

바르사는 꽤 오랫동안 잠자코 생각에 잠겨 있다가 불쑥 말했다.

"저 산 밑은 네 말대로 나유그로 통한다."

챠그무가 깜짝 놀라며 바르사를 봤다. 바르사가 낮은 목소리로 말을 이었다.

"이것은 칸발의 비밀의식과 관련된 거라서 너한테도 상세한 얘기는 해줄 수 없지만, 저기가 나유그와 통하는 것만은 분명하다."

자신에게도 말할 수 없는 칸발의 비밀의식. 그런 것과 바르사가 관련이 있다는 것이 왠지 챠그무에게는 이상하게 여겨졌다.

왕성 동쪽에는 튼튼해 보이는 석조 관사들이 늘어서 있었다. 으리으리한 대문이 있었고, 높은 담으로 둘러싸여 있었다. 담 밑에는 녹은 눈이 남아 얼어붙어서 푸른 그림자를 드리우고 있었다.

한 관사 앞에서 바르사가 잠깐 말을 세웠다.

"…여기가 내가 태어나고 자란 관사다."

돌로 쌓은 담에는 말라서 시든 담쟁이덩굴이 뒤엉켜 있었고, 담 위에는 잎을 떨어뜨린 앙상한 나뭇가지가 석양빛을 받으며 흔들리고 있었다.

"봄이 되면 꽃이 많이 피었지."

가느다란 나뭇가지들을 올려다보면서 바르사가 나지막이
말했다.

"어머니는 꽃을 좋아했던 것 같아. 어머니가 돌아가신 후
에도 할머니가 정성껏 키워서 꽃이 만개할 무렵에는 관사 안
에도 달콤한 꽃향기가 났지."

바르사가 조용히 챠그무를 재촉했다.

"가자. …이제 다른 사람의 관사다."

챠그무는 시키는 대로 바르사의 뒤를 따라서 말을 걸리기
시작했다. 바르사의 뒷모습이 석양에 불그스름하게 물들었다.

어릴 적에 함께 겨울을 보낸, 그 그리운 사냥굴에서 바르사
가 해주었던 이야기가 마음속에서 되살아났다.

고작 여섯 살이었던 바르사는 여기서부터 기나긴 도망과
싸움의 여정에 나선 것이다. 그 관사 옆을 지금 걷고 있다는
생각을 하니 참으로 묘한 느낌이 들었다.

바르사는 조금 앞서서 담 모퉁이를 돌고, 좀 더 가서 또 돌
며, 계속 앞으로 나아갔다. 기마가 나란히 지나갈 수 있도록
관사와 관사 사이의 길은 꽤 폭이 넓었다. 이따금 담 너머에
서 사람 목소리가 들려왔다.

저녁 준비를 하는 것이리라. 맛있는 음식 냄새가 풍겼다.

바르사가 말을 멈춰 세운 것은 꽤 큰 관사 앞에서였다. 으리으리한 문이 있었으며, 철제 테두리의 두꺼운 목제 문짝은 닫혀 있었다. 문에는 빨간 열매가 달린 새해용 장식물이 걸려 있었다. 문 앞의 길은 눈이 말끔히 치워져 있었으며, 바닥의 돌은 말라 있었다.

"여기가 카무 무사의 관사다. 전에… 다쳤을 때, 이 관사에서 신세를 진 적이 있다. 카무가 없어도 들여보내줄 거야."

바르사가 단창으로 문짝을 두드리자, 잠시 후에 문짝 너머에서 목소리가 들려왔다.

"누구신지요?"

문지기인지 굵은 남자 목소리였다.

"불쑥 찾아와서 죄송합니다. 나는 욘사 씨족의 바르사라고 합니다. 무사 씨족의 카무 님을 뵙고 싶은데, 말씀을 좀 전해 주시겠습니까?"

문 너머에서 술렁이는 소리가 일었다. 뭔가 계속 얘기하는 소리는 들리지만, 무슨 말을 하는 건지는 알 수가 없었다.

꽤 오랫동안 기다리게 하고 나서 마침내 문이 열렸다. 딱 봐도 무사로 보이는 남자들 셋이 단창을 손에 들고 서 있었다.

본 적이 없는 젊은 무사들이었다. 바르사가 이 관사를 방문

했을 때는 아직 여기에 없었던 남자들이리라.

"오래 기다리셨습니다. 자, 들어오시지요."

바르사와 챠그무는 말에서 내렸고, 말을 관리하는 젊은이가 다가오자 고삐를 건넸다. 해칠 의사가 없음을 보여주는 칸발의 예법에 따라서, 바르사는 무기를 전부 그들에게 건넸으며, 챠그무도 따라서 했다.

그런 다음 두 사람은 정원 중앙에 깔린 돌 위를 걷기 시작했다. 두 사람을 지키듯이 무사들이 따라왔다.

석양빛이 옅어져, 정원의 나무들은 어스름에 가라앉아 있었다. 일하는 여자들이 정원에 화톳불을 피우려 하고 있었다. 탁탁 소리를 내며 화톳불이 타오르기 시작하자, 장작에 발라놓은 짐승기름이 타는 독특한 냄새가 퍼져 왔다.

거뭇거뭇한 석조 관사로 다가가자, 문이 안쪽에서 열리더니 안에서 키가 큰 남자가 나타났다. 빛을 등지고 있어서 얼굴은 안 보였지만, 가슴이 철렁할 정도로 서 있는 그 모습이 지그로를 빼닮았다.

다가가자 얼굴이 보였다.

"바르사 씨…!"

그리운 목소리가 남자의 입에서 새어 나왔다. 틀림없이 지그로의 조카 카무였지만, 그 목소리의 뭔가가 바르사를 멈춰

서게 했다.

챠그무도 멈춰 섰다. 카무의 얼굴을 본 순간, 전신을 차가운 것이 관통했다.

"바르사…."

챠그무는 자기도 모르게 바르사의 팔꿈치 부근을 붙잡았다.

바르사는 카무의 얼굴이 심한 고통을 참는 것처럼 일그러지는 것을 봤다. 뒤에 서 있는 무사들한테서 살기가 뿜어져 나오는 것을 느끼고, 바르사는 홱 뒤돌아봤다.

쑥 들이민 단창을 팔로 쳐내 밟자마자, 바르사는 남자의 목을 주먹으로 갈겼다. 그 남자가 쓰러지기 전에 또 다른 남자가 달라붙었다. 바르사는 스윽 자세를 낮춰 남자의 팔에서 재빨리 빠져나가면서, 옆에서 팔을 휘감듯이 해서 남자의 팔꿈치를 순식간에 꺾었다.

"그만두는 게 좋을 거다."

카무의 목소리가 들려왔다. 뒤돌아보니 카무가 챠그무를 꽉 안고서 턱 밑에 팔을 두르고 있는 것이 보였다. 카무의 팔이라면 눈 깜짝할 사이에 챠그무의 목뼈를 부러뜨릴 수 있다.

바르사는 공격하려던 자세를 풀고 팔을 내리며 카무를 노려봤다.

세 번째 무사가 주먹을 번쩍 들어 짧은 동작으로 바르사의

귀 뒤를 쳤다. 심한 충격과 함께 바르사는 어둠 속으로 가라
앉았다.

제2장

나유그의
술렁임

1
성도사의 죽음

들창으로 들이치는 석양이 기둥의 그림자를 길게 바닥에 드리우고 있었다.

슬슬 촛대에 불을 붙일까 생각하면서, 슈가는 넓은 책상에 펼쳐놓은 많은 별지도와 천문도에서 얼굴을 들었다. 그리고 깜짝 놀라 뒤를 돌아봤다.

어느 틈엔가 진이 기둥 뒤에 우두커니 서 있었다.

"…그대는 정말로 소리를 내지 않고 움직이는구나."

슈가가 말하자 진이 미소를 지었다. 그리고 살짝 비꼬는 어조로 말했다.

"그 평결 이후로 계속 별의 궁에 틀어박혀 계시는데, 이대로 여기에 은둔하실 작정이십니까?"

"은둔할 생각은 없다. 생각해야 할 것이 산더미처럼 많을 뿐이다."

낮은 목소리로 그렇게 대답하고 나서 슈가가 속삭였다.

"이 방을 감시하고 있는 자는 봤느냐?"

진이 고개를 끄덕였다.

"잡일을 하는 자 둘이 항상 이 방 주위에 있더군요. 가카이 님의 명을 받은 것인지, 카료우 부대장의 명을 받은 것인지, 어느 쪽인지는 확실하지 않습니다만."

"…카료우가 어떻게 타르슈의 밀정과 연락을 주고받는지는 알았느냐?"

진이 턱을 만졌다.

"카료우 님의 관사에 드나드는 상인 중 의심스러운 자를 발견했습니다. 그러나 상대도 감이 빠른 밀정이어서, 잘못 다가갔다가는 발각되고 맙니다."

그렇게 말하고 진이 묻는 듯한 눈으로 슈가를 봤다.

"카료우 님은 슈가 님이 어떻게 나오는지를 주의 깊게 지켜보고 있을 테니까, 너무 눈에 띄게 적대적인 행동은 보이지 않는 편이 좋을 겁니다."

슈가는 아무 말도 하지 않았다.

두 사람은 잠시 잠자코 서로의 얼굴을 보고 있었다. 진이 슈가에게 눈을 고정시킨 채로 엄한 목소리로 물었다.

"…슈가 님께서는 어떻게 하실 생각이십니까?"

슈가는 시선을 피해, 석양이 옅어져 가는 창밖을 바라봤다.

진이 추궁하듯이 말했다.

"카료우 님의 제안을 받아들이실 생각입니까?"

슈가가 시선을 진에게로 되돌렸다.

"받아들일 생각이라고 하면 그대는 어떻게 할 거지?"

진의 눈에 어두운 빛이 떠올랐다.

"타르슈에 이 나라를 넘기려는 자는 누구든 살려두지 않겠습니다."

슈가가 조용히 물었다.

"왜지?"

진이 대답했다.

"이 나라를 더럽히고 싶지 않기 때문입니다. 타르슈의 발밑에 무릎을 꿇고, 그 발을 핥으며 살아가고, 그 앞잡이가 되어 이웃 나라를 공격하는 추악한 전쟁으로 병사와 백성들을 내모는….

그것은 나라를 살리는 선택이 아닙니다. 살아 있지만 썩어가게 하는 선택이죠."

슈가가 냉담한 눈으로 진을 응시했다.

"그대가 모를 리는 없을 것이다. 알면서도 아직도 그런 말을 하느냐?"

진이 눈가에 힘을 주었다. 슈가가 말을 이었다.

"설령 타르슈와 내통을 하지 않고 정면으로 싸워도, 우리한테 주어지는 것은 그대가 지금 얘기한, 바로 그런 모습의 나라다. 아니, 그보다 훨씬 비참할 것이다. 수많은… 엄청난 수의 사망자를 내고, 나라를 불태우고, 타르슈군에 완패해버리면 우리 손에는 아무런 권리도 남지 않는다. 남는 것은 노예가 되는 미래뿐이지."

갑자기 슈가의 눈에 엄한 빛이 깃들었다.

"그걸 알면서도 아직도 나라를 더럽히고 싶지 않다는 식의 말을 하는 이유가 뭐지?

나라를 더럽히지 않기 위해서 그대는 뭘 하자는 것이냐?"

진이 고개를 숙였다. 그리고 냉담한 목소리로 말했다.

"…역시 슈가 님은 타르슈와 손을 잡을 생각이시군요."

슈가는 번쩍이는 것이 목에 닿는 것을 봤다. 예리한 단검의 칼날이 슈가의 목에 딱 닿아 있는 것이 느껴졌다.

슈가가 지그시 진을 쳐다보며 말했다.

"나에게 지금 가장 중요한 것은 한 명이라도 더 많은 백성을 살리면서 나라의 형태를 유지하는 것이다."

진의 눈에서 어두운 빛이 흔들렸다.

"그걸 위해서 카료우와 손을 잡고 황제의 목숨을 노리겠다고요?"

아버지도 조부도 증조부도 오로지 황제를 받들어 모시고 황제를 위해 사는 것을 최고의 덕목으로 여기며 살아왔다. 황제에 대한 충성은 진에게는 논리를 초월한 것이었다.

황제의 명을 거스르고 챠그무 황태자의 목숨을 구했을 때부터, 자기 안에서 뭔가가 미묘하게 어긋나기 시작한 것을 진은 느끼고 있었다. …그래도 황제의 암살을 묵인하는 것은 그것과는 전혀 다른 문제다. 생각하는 것만으로도 몸이 더럽혀지는 것 같았다.

슈가의 목에 닿은 칼끝에 힘이 들어가, 피가 배어 나와서 슈가의 목을 타고 흘렀다.

슈가가 냉담한 눈으로 진을 바라보며 말했다.

"나를 죽임으로써 황제를 구할 수 있다고 생각한다면, 죽여도 좋다. 나를 죽이고, 카료우를 죽이고, 타르슈군이 궁을 불태우고, 황제와 그 혈통을 이어받은 사람들을 전부 참살하는 그날까지 그대는 황제를 지켜드려라.

그 후에 무슨 일이 일어날지 알고 있으면서도 모르는 척하고, 자신을 속이며 근위병의 임무를 충실히 완수하도록 해라."

진의 이마가 땀으로 흠뻑 젖었다.

목덜미에 칼날의 위협을 받고 있는 슈가는 얼어붙은 호수 수면처럼 고요한 표정이었다.

"나는 카료우와 손을 잡고 타르슈의 라울 왕자와 교섭을 시작하겠다.

백성도 병사도 헛되이 죽이지 않고, 황제의 혈통을 남겨 이 나라의 모습을 남기기 위해서라면, 나는 천자를 시해하는 대죄를 범하는 것도 마다하지 않겠다.

천자가 잘못된 길을 택하려고 할 때, 천자에게 간하여 나라를 올바른 길로 이끌어 가게 하는 것이야말로 성독박사의 임무다."

진은 떨고 있는 자신의 손을 바라보고 있었다. 슈가의 옷깃에 피가 스며들었다. 왼손으로, 칼날을 겨누고 있는 자신의 오른 손목을 꽉 잡고, 진이 슈가의 목에서 칼날을 뗐다.

"…부디 황제의 혈통을….."

갈라진 목소리로 진이 나지막이 말했다.

슈가가 진을 쳐다보며 천천히 고개를 끄덕였다.

⋙⋘

성도사 히비 토난이 숨을 거둔 것은 그로부터 나흘 후의 일이었다.

결국 자신의 후계자를 정식으로 정하지도 못하고, 성도사는 이 세상을 떠나버렸다.

일찍부터 몸이 좋지 않은 것을 깨달은 그는 가카이와 슈가와 오즈루, 세 사람에게 성도사 후보라는 신분을 부여했다. 세 사람을 경쟁하게 해서, 결국은 그중에서 한 명을 성도사로 뽑을 생각이었지만, 히비 토난이 걸린 병은 서서히 체력을 빼앗는 것이 아니라, 단숨에 히비 토난의 혼을 빼앗아버렸다.

어느 날 아침, 히비 토난은 갑자기 쓰러져서 그대로 두 번 다시 깨어나지 않았다. 움푹 들어간 눈을 감고 살짝 입을 벌리고 목젖을 떨며 코를 골던 성도사의 얼굴에서는, 그 엄격하고 뛰어난 지혜로 가득 찬 모습은 찾아볼 수 없게 되었다. 그리고 결국 그 깊은 잠에서 조용히 죽음으로 미끄러져 들어가고 말았다.

황제의 마음을 움직일 수 있는 유일한 사람이 이렇게 해서 사라졌다. 그 깊은 예지와 경험이 가장 필요할 때에 그는 사라져버린 것이다.

언젠가 이런 때가 올 거라고 슈가는 각오하고 있었다. 그래도 막상 실제로 오고 보니, 그 충격은 자신이 생각했던 것보다도 훨씬 컸다.

슈가가 심한 충격을 느낀 것은, 황제가 이 소식을 듣고 바로 '백일제(百日祭)'가 끝나면 가카이를 정식으로 성도사로 임명하겠다고 발표했기 때문은 아니었다. 그것은 처음부터 예상했던 일이다.

성도사의 죽음을 안 순간 슈가가 느낀 것은, 마치 몸속에 구멍이 뚫려버린 것 같은, 싸늘한 불안감이었다. 자신이 마음속 깊은 부분에서 이 정도까지 그를 의지하고 있었다는 것을 이제까지 미처 몰랐었다.

이제는 망설여질 때 가르침을 구할 사람이 없다.

네 생각은 잘못되지 않았으니 그대로 밀고 나가라, 하고 격려해줄 사람이 없는 것이다.

'지금….'

가장 이야기를 하고 싶은 사람을 영원히 잃고 말았다.

슈가는 오랫동안 혼자서 자기 방에 틀어박혀 있었다.

성도사 히비 토난의 부고를 접했을 때, 황제는 단지 고개를 끄덕이고 '백일제' 후에 있을 차기 성도사의 지명과 같이 필요한 일을 담담히 처리했다.

그리고 죽음으로 부정 타는 것을 피하기 위해, 일단 샘물로 몸을 정화하고 나서 궁의 가장 후미진 곳에 있는 성당에 칩

거했다.

정화를 위한 촛불만 켜져 있는 어두침침한 성당 안에서 황제는 멍하니 어둠을 응시하며, 생전의 성도사의 모습을 떠올렸다.

성도사 히비 토난은 그의 교육을 맡기도 했다. 일찍 세상을 떠난 아버지 대신에, 황제로서의 삶을 그에게 가르친 것도 토난이었다. 젊어서 황제가 된 그를 뒤에서 단단히 받치며, 복잡한 정사의 파도를 넘는 법을 가르쳐주었다.

토난은 항상 그 옆에 있었다. 그러나 두 번 다시 그 강렬한 빛을 띤 눈을 볼 수가 없다….

황제는 꼼짝도 하지 않고, 성당 구석에 웅크리고 있는 어둠만 응시하고 있었다.

2
민병의 나날

끊임없이 눈으로 들어오는 땀과 흙을 손으로 닦으며, 탄다는 아픈 허리를 폈다.

밝은 햇살 아래에 끔찍한 광경이 펼쳐져 있었다.

청궁천과 산악지대 사이에서 농민들이 정성들여 일궈온 논이 가차 없이 파헤쳐지고, 끝없이 옆으로 이어지는 수로가 건설되고 있었다. 그 수로의 바다 가까운 쪽에 끝이 뾰족한 말뚝을 파묻는 작업을 시작하고 벌써 며칠이 지났다.

'…전쟁이 끝나고 얼마나 지나면 이 논은 곡식을 거둘 수 있게 될까?'

그런 생각을 하고 나서, 탄다는 싸늘한 통증이 가슴을 찌르는 것을 느꼈다. 논에 벼가 익는 광경을 자신은 두 번 다시 목격할 일이 없을지도 모른다.

머리를 흔들며 말뚝을 파묻는 작업으로 돌아가려고 했을 때, 뭔가 사람이 비명을 지르는 것 같은 소리가 들려왔다. 탄다도, 옆에 있던 남자들도 무슨 일인가 해서 고개를 들고 소리가 난 강 쪽을 쳐다봤다.

이 근처의 마을 사람이리라. 남자 여러 명이 기마무사들한테 뭔가를 필사적으로 호소하고 있었다. 바람을 타고 띄엄띄엄 들려오는 말에서, 그들이 배를 불태우지 말아달라고 부탁하고 있는 것을 알 수 있었다.

기마무사의 거만한 목소리가 들려왔다. 만에 하나라도 적이 배를 쓰는 일이 없도록 태우는 것이 당연하다고 말하고 있었다.

'말도 안 되는 짓을….'

탄다는 마음속으로 생각했다. 한두 척의 배를 적이 쓴다고 해서 뭘 할 수 있다는 말인가?

"…바보 같은 녀석이로군. 배는 좀 더 유용하게 쓸 방법이 있을 텐데."

느닷없이 목소리가 들려와, 탄다는 놀라서 얼굴을 들었다.

탄다네 부대를 관리하는 젊은 무사였다. 아직 스무 살 안팎의, 호리호리하고 조금 여려 보이는 젊은이다. 탄다와 눈이 마주치자, 그는 당황한 듯이 동공이 흔들렸다.

"어이, 지금 한 말은 혼잣말이다. 다른 사람한테 말하지 마라."

탄다가 조용한 목소리로 대답했다.

"말 안 합니다. 그런데 좀 더 유용하게 쓸 방법이라니요?"

젊은 무사의 얼굴이 밝아졌다. 민병들이 게으름 피우지 않도록 관리를 해야 할 텐데, 감시만 하고 있는 것이 따분했는지 젊은 무사가 활기 찬 어조로 말을 시작했다.

"많은 배를 잘 가라앉히면, 강을 거슬러 올라오는 군선을 막을 수가 있을 거다. 그런 방법이 있다고 『전법백람(戰法百覽)』에 적혀 있지."

탄다가 고개를 갸웃했다.

"적의 입장에서는 이 넓은 논을 기마로 진군해 오는 편이 더 쉬울 겁니다. 일부러 군선이 강을 거슬러 올라오는 일이 있을까요?"

젊은 무사가 눈을 반짝였다.

"그게 바로 어리석은 생각이야. 논은 겨울에도 비라도 내리면 진흙탕으로 변하지. 기마는 의외로 진흙탕에 발이 묶일 것이다. 하지만 강은⋯."

그가 하구 쪽을 가리켰다.

"가령 밤의 어둠을 타고 하구에서부터 바닥이 낮은 산갈 배로 계속 올라올 수도 있지."

탄다가 고개를 저었다.

"설령 밤이라도 하류에서 상류로 배를 저어서 올라오기는 힘듭니다. 운 좋게 순풍이 분다 해도 속도는 별로 나지 않을 겁니다. 소리도 나고 해서 바로 발각되지요."

젊은 무사는 점점 더 즐거워하는 표정을 지었다.

"바로 그거다. 모두 그렇게 생각하고 안심하고 있지만, 모두가 잊고 있는 것이 하나 있다."

탄다가 자기도 모르게 끌려들어서 물었다.

"뭐죠?"

"'역류'다. 이 주변의 마을 사람한테 들었다. 봄의 한사리 때는 강이 역류하는 일이 있다고 한다. 상당한 속도라고 하지. 그런 역류에 군선을 실어 멋지게 기습에 성공한 예가 『전법백람』에 실려 있지."

탄다는 왠지 모르게 이 젊은 무사에게 호감을 느끼기 시작했다. 아마도 책을 좋아하는 젊은이일 것이다. 전법에 관한 책을 읽어 배워온 것을 어떻게든 살리고 싶은 것이다.

"그건 맹점일지도 모르겠군요. 상관에게 진언하시면 어떨까요?"

탄다가 그렇게 말한 순간, 젊은이의 눈이 뚜껑을 덮은 것처럼 어두워졌다.

"…그들이 들어줄 리가 없지. 나처럼 가까스로 중류에 걸쳐 있는 출신의 말 따위를."

탄다가 온화한 어조로 말했다.

"부대장님께 말씀해보시면 어떨까요? 그분은 분별 있는 분인 것 같으니까."

순간 젊은이의 눈에 밝은 빛이 돌아왔지만, 그는 곧바로 고개를 저었다.

"쓸데없는 것을 내가 진언했다는 사실이 민병대장에게 알려지면 곤란하다."

그렇게 말하고 젊은이는 한숨을 쉬었다. 그리고 문득 너무 오래 얘기를 나눈 것을 깨달은 듯, 등을 쭉 폈다.

"작업하는 손을 멈추지 마라. 계속 움직여라!"

날이 저물어 해가 져서 자기 주위도 보이지 않을 무렵에야 민병들의 작업은 끝났다.

청궁천 강가까지 가서 땀과 흙을 씻어내자, 화끈거리는 몸이 조금은 편해지는 느낌이 들었다. 세밑까지 앞으로 사흘. 강물은 살을 엘 정도로 차가웠지만, 그래도 탄다는 이 순간을 즐겼다.

보잘것없는 식사와 자는 것과, 이렇게 몸을 씻는 것만이 이 괴로운 나날 속에서 남아 있는 약간의 즐거움이었다.

탄다는 발을 끌듯이 하며, 밥을 나눠주는 풀밭까지 가서 남자들 뒤에 줄을 서서 죽을 받았다.

각자가 자신의 마을에서 짊어지고 온 식량은 이미 떨어져, 지금은 모두 남부의 농민들한테서 황국군이 징집한 식량을 먹고 있다. 남부는 작년도 올해도 대풍작이었기에 어떻게든 쌀도 먹을 수 있지만, 이 정도의 병사를 과연 언제까지 먹여 살릴 수 있을까?

정신을 차리고 보니 코챠가 옆에 있었다. 같은 마을 젊은이들한테 얻어맞을 때 탄다의 도움을 받은 후로, 가냘픈 체구의 이 소년은 틈만 있으면 탄다 옆으로 온다.

낮 동안은 겨울인가 싶을 정도로 화창했지만, 해가 지면 역시 추워졌다. 코챠가 덜덜 떨고 있는 몸을 탄다의 몸에 바싹 붙이고 모닥불로 가느다란 손을 뻗었다.

"코챠, 밥은?"

탄다가 묻자 코챠가 어깨를 으쓱했다.

"벌써 먹었지."

코챠의 몸의 떨림이 전해져서 탄다는 얼굴을 찌푸렸다. 그

가냘픈 몸으로 어른과 똑같은 중노동을 하고 있다. 얼마 안 되는 죽으로는 몸이 못 버틸 것이다.

"내 몫의 절반을 먹겠니?"

그릇을 내밀자 코챠의 눈이 반짝였다.

"그래도 돼…?"

탄다는 고개를 끄덕이고 코챠의 손에 자신의 그릇을 올려 놨다. 코챠가 맛있게 뜨거운 죽을 홀짝이는 소리를 들으면서, 탄다는 주린 배를 참고 있었다.

단 하루라도 좋다. 산으로 들어갈 수 있다면 산새를 잡거나 감자를 캐거나 할 수 있을 텐데. 그리고 약초도 따 오고 싶었다. 가혹한 노동으로 남자들은 모두 지쳐, 부상을 입는 자도 병으로 쓰러지는 자도 나오기 시작했다. 그들이 넝마 조각처럼 축 늘어져 헐떡이고 있는데도 치료도 해줄 수 없는 것이 탄다로서는 괴로워서 견딜 수가 없었다.

코챠가 살며시 그릇을 탄다한테 되돌려줬다. 봤더니 예의 상 절반을 남겼다. 탄다가 미소를 지으며 남은 죽을 먹었다.

"…요즘은 악몽은 안 꾸니?"

탄다가 묻자 코챠가 고개를 저었다.

"안 꿔. 눕자마자 잠들어버려."

코챠는 아스라와 마찬가지로 나유그를 자유자재로 볼 수

있는 초능력자다. 게다가 마치 예리한 직감을 가진 짐승처럼, 지진으로 산사태가 일어날 것도 미리 감지하는 모습을 탄다는 바로 앞에서 봤다.

그런 코챠가 자주 악몽을 꾼다는 말이 탄다는 신경 쓰여서 견딜 수가 없었다. 아스라 역시 뭔가 해야만 한다는 절박한 느낌의 꿈을 종종 꾼다고 했다.

이런 초능력자들은 새나 잔물고기떼 중에서 맨 먼저 위험을 알리는 오 챠루(무리의 경고자)와 같은 존재가 아닐까 하고 탄다는 생각하게 되었다.

그들이 경고자라면 도대체 뭘 감지했는지, 그걸 알아야만 한다는 생각에 날이 갈수록 초조해졌다.

"코챠, 자주 악몽을 꾼 게 언제지?"

그 질문을 듣고 코챠가 미간을 모았다.

"집에 있을 때는 매일 밤 꿨어. 그래도 도읍으로 올라가는 동안에는 별로 안 꿨는데, 청궁천이 가까워 오자 또 꾸게 되었어. 도읍에 있을 때는 닭살이 돋아서 힘들었어."

"집이 어디 근처지?"

"우리 집? 우리 집은 옷카 마을이야."

"옷카 마을… 청무 산맥 속에 있는 마을이지, 아마. 칸발에 가까운."

"응."

'…옷카 마을이라.'

머나먼 북쪽 마을이다. 코챠 아버지가 아직 어린 그를, 식구를 줄이려고 민병으로 보낸 것도 충분히 이해가 간다. 그 근처는 신요고 황국에서 특히 가난한 마을이 많다. 탄다의 주술 스승인 토로가이 사부가 태어나 자란 것도 그 근처일 것이다. 요고인보다 야쿠족이 더 많은 지역이다.

'그렇다 해도 옷카 마을과 청궁천과 도읍 근처에서 악몽을 꾸었다는 점이 신경이 쓰이는군.'

그러고 보니 아스라도 도읍에 온 순간 뭔가 불안한 마음이 들었다고 하며 탄다네 집까지 상의하러 온 적이 있다.

'청궁천에 무슨 일이 있는 걸까?'

그러나 여기도 청궁천 옆이다. 여기서는 악몽을 안 꾸는 것을 보면, 단순히 청궁천이 문제인 것은 아니리라.

문득 탄다는 토로가이 사부의 명령으로 이상하게 수온이 높은 나유그의 대하를 따라가면서, 청무 산맥 북부로 헤치고 들어갔을 때의 일을 떠올렸다. 청무 산맥의 깊은 산중, 칸발 왕국으로 가는 국경의 고개 근처까지 따라갔는데, 거기서 그 나유그의 대하는 우뚝 솟은 기암절벽 속으로 사라져버렸다.

거기까지 떠올리고 탄다는 눈을 크게 떴다.

불길한 예감이 온몸을 관통했다. 무슨 일이 일어나려고 하는지 확실한 것은 모르겠지만, 혹시나 하는 것이 한 가지 머리에 떠오른 것이다.

'만약 그것이 아스라나 코챠가 느끼는 불안의 의미라고 한다면….'

한시라도 빨리 손을 쓰지 않으면 큰일이 난다.

식은땀이 등줄기를 타고 흘렀다.

'사부님한테 알려야 하는데. 어떻게 해서든 사부님한테….'

혼을 날려서 토로가이 사부를 만나러 가야겠다고 탄다는 결심했다. 하지만 그것은 엄청나게 어려운 주술이다. 광대무변한 암흑 속을… 무수한 혼이 어지러이 날아다니는 가운데서 단 하나의 혼을 찾아서 날아야만 한다.

그래도 해봐야겠고 탄다는 생각했다. 힘든 노동과 적은 양의 식사 탓으로 하루하루 몸이 지쳐가고 있다. 체력이 없어지면 혼의 힘도 약해진다. 지금 날지 않으면 시간이 흐를수록 못 날게 될 것이다.

탄다는 자신의 어깨에 기대어 꾸벅꾸벅 졸고 있는 코챠의 무게를 느끼면서, 마음속으로 어떻게 하면 이 상황에서 '혼 날리기'가 가능할지를 생각하고 있었다.

3
혼의 비상

　그다음 날 밤, 남자들이 곯아떨어질 때까지 탄다는 필사적으로 졸음과 싸우면서 눈을 뜨고 있었다. 주위가 고요해지고, 코 고는 소리나 숨소리밖에 안 들리게 되었을 무렵, 탄다는 몸에 두르고 있던 두툼한 시루야(침구)를 살며시 들치고 일어났다.

　추웠다. 지금까지 시루야를 뒤집어쓰고 누워 있었기 때문에, 일어서자 더더욱 세밑의 한기가 온몸을 파고들었다.

　탄다는 덜덜 떨면서 시루야를 반으로 접어서 어깨에 걸쳤다. 그리고 자고 있는 남자들을 밟지 않도록 조심하면서, 새카만 어둠으로 뒤덮여 있는 숲을 향해 걸어갔다.

　원래는 혼을 날릴 때는 대나무로 사방에 방어막을 치고, 참억새로 된 주술도구를 들고 있어야 한다. 참억새에는 혼을 불러오는 힘이 있다. 그래서 참억새를 손에 들고 있으면, 돌아올 때는 밝게 반짝여서 자신의 몸까지 혼을 가져와준다.

참억새는 바로 손에 넣을 수가 있었다. 야영지 옆 늪지대 가장자리에 참억새밭이 있었기 때문이다. 가을처럼 윤기는 나지 않아도 이삭이 어느 정도는 남아 있는 참억새를, 탄다는 기도를 하면서 손으로 꺾어 사부한테 배운 대로 주술 도구를 만들었다.

난처한 것은 방어막을 만드는 대나무였다. 악령은 대나무를 싫어한다. 몸으로부터 혼을 날려서 빈껍데기가 된 몸에 악령이 들어오는 것을 막아주는 중요한 부적이다.

그러나 눈을 떴다가 잠들 때까지 감시를 받으며 오로지 일만 해야 하는 상태에서는 대나무를 찾아서 모아 오는 것은 도저히 불가능했다. 하는 수 없이 탄다는 청궁천 강가에서 몸을 씻을 때, 반듯하게 잘 자란 갈대 몇 대를 잘라두었다. 그리고 점심때 숲 가장자리에서 조릿대를 뜯어, 갈대에 조릿대를 감아 방어막을 대신할 막대기를 만들었다.

그 주술 도구들은 한데 모아서 야영지 구석의 도구보관소에 숨겨두었지만, 탄다가 주술사 견습생인 것을 알고 있는 동료들은 보고도 못 본 척했다. 뭘 하는 건지 신경이 쓰이기는 했겠지만, 평범한 마을 사람들은 주술사가 하는 일에 관여하려 하지 않는다.

머리 위에 펼쳐져 있는 하늘에는 은모래를 뿌린 것처럼 별이 빼곡했다. 달은 거의 안 보였다.

'한 해가 저물어가고, 달은 자취조차 없다더니….'

탄다는 별이 빼곡한 하늘을 올려다보면서 마음속으로 중얼거렸다.

예년 같으면 한 해를 보내고 새해를 맞는 의식을 치를 무렵이다. 그러나 지금은 새해를 맞이하는 기쁨 같은 건 그 누구의 마음속에도 없다.

봄이 오면 전쟁이 시작된다.

타르슈와 산갈의 병사들이 이 산하를, 마을들을, 거리를, 설탕에 몰려드는 개미처럼 뒤덮는 광경이 마음속에 떠올랐다.

그다음에는 어떻게 될까? 도저히 그 이후를 상상할 수가 없다.

민병대장들은 틈만 나면, 적병은 피에 굶주린 잔혹한 짐승이며 그들이 오면 너희들 고향의 가족들은 몰살당할 거라고 말한다. 그러나 산갈인은 물론이고, 타르슈인도 사람이다. 민병대장들이 계속 공포심을 부추기는 것 같은, 피에 굶주린 잔혹한 짐승은 아닐 것이다.

우리 고향을 침략해 오는 탐욕스러운 적이라고 요고인 무
인들이 말할 때마다, 탄다는 마음속으로 비웃지 않을 수 없
다. 요고인들도 원래는 남쪽 대륙에서 이 땅으로 와서 야쿠
족의 토지를 빼앗지 않았는가.

요고인은 물론 타르슈인처럼 싸움을 걸어오지는 않았다.
하지만 그것은 그들이 착해서라기보다, 이 땅에 살고 있던
야쿠족들이 자신들의 토지를 지키기 위해 무기 한 번 안 들
고 산으로 도망쳐 들어갔기 때문이 아닌가.

야쿠족은 무시무시한 무인들을 보고 아마도 겁을 먹었을
것이다. 싸우기보다 도망치는 쪽을 택했다. 그리고 요고인들
이 평지에 논을 만들고, 고을을 만들고, 산악지대의 골짜기로
들어가 마을을 만들자, 차츰 야쿠족은 그들의 마을로 내려와
서 맛있는 물이 솟아 나오는 곳을 가르쳐주기도 하면서 서서
히 요고인과 섞여갔다.

'그 후예가 나다.'

요고인 무인이나 귀족들과 비교하면, 피부도 검고 얼굴에
도 야쿠족의 자취가 남아 있다.

'요고든, 야쿠든, 산갈이든, 타르슈든… 다양한 사람들이,
여러 줄기의 물이 서로 섞여서 하나의 강물로 합쳐지는 것처

럼, 서로 뒤섞여서 살면 좋지 않은가. 타르슈가 여기를 지배하고 싶다면, 그렇게 하게 놔두면 된다. 그들이 여기로 옮겨와도 몇십 년, 몇백 년 살다 보면 우리와 피를 섞어, 언젠가는 여기 사람이 되는 것이 아닌가.'

원래 느긋한 성격인 탄다에게는 자꾸만 그런 생각이 들었다.

황제로서는 다른 나라의 왕에게 지배권을 양보한다는 건 용서할 수 없는 일이겠지만, 탄다에게는 솔직히 누가 지배자든 별 차이가 없다. 어떤 지배자든 논밭에서 식량을 생산하는 농민은 소중할 테고, 나라를 부유하게 하는 상인도 소중할 것이다.

황제를 위해 서로 죽고 죽이는 싸움을 하는 건 딱 질색이었다.

말발굽을 꿰뚫기 위한 뾰족한 말뚝을 파묻으면서, 탄다는 이런 짓을 하는 것이 싫어서 견딜 수가 없었다. 단지 참살만 당한다면 탈주해도 상관없다고 생각한 적도 있다. 하지만 민병이 탈주하면, 그 민병 출신의 마을 전체가 처벌을 받는다.

마을 사람과는 다른 삶을 살아왔는데도 이제 와서 이런 식으로 속박당하는 것은 화가 났지만, 그래도 마을 사람들이 처참한 꼴을 당하게 할 수는 없다.

얼어붙은 하늘을 쳐다보면서 탄다는 깊은 한숨을 쉬었다.

코챠나 아스라가 느끼는 불안은 아마도 타르슈가 공격해 오는 것과는 전혀 상관이 없는 일일 것이다. 지나치게 커다란 무리를 이룬 사람이라는 생물은 못 느끼게 된 사소한 경고를, 그들은 스스로도 잘 모르는 채로 보내고 있다.

그들의 목소리를 경고로 받아들여서 무슨 일이 일어날지를 생각하는 것은 주술사의 임무다.

'주술사이기를 원한다면 항상 귀를 기울이고 있어야 한다, 탄다야.'

토로가이 사부는 종종 그렇게 말하곤 했다.

'주술사는 다른 사람한테는 안 들리는 희미한 소리를 들을 수 있어야만 한다.

마을 사람들이라면 그냥 들어 넘길 일이라도, 그 속에 뭐가 있는지 자세히 살펴보는 자세를 가져야만 한다.'

'사부님….'

사부님을 보고 싶은 마음이 솟구쳐 왔다. 시커멓고 쭈글쭈글한 그 얼굴을 다시 한 번 보고 싶다.

탄다는 숲으로 들어가더니, 손으로 더듬으며 천천히 걸어가서 큰 나무를 만나자 발을 멈췄다. 촉감과 냄새로 우칼이라는 활엽수인 것을 알 수 있었다.

"우칼이여, 하룻밤 머물겠습니다. 자그마한 저를 지켜주시

옵소서."

그렇게 속삭이면서 탄다는 인사를 하듯이 줄기를 어루만졌다. 그런 다음 손에 들고 있던 갈대 네 개를 나무를 둘러싸는 형태로 세워서 방어막을 만들었다.

나무 밑동은 다른 곳보다 조금은 따뜻하다. 뿌리 사이에 앉더니, 탄다는 참억새로 만든 주술 도구를 손에 들고 눈을 감았다.

입 안에서 주문을 외우면서 천천히, 천천히 몸을 흔들기 시작했다. 몸이 흔들림에 따라서 배 속으로 혼이 둥글게, 둥글게 모여들어 반짝이기 시작했다.

따뜻해졌다.

배 속에서 덩어리가 된 혼이, 이윽고 일직선으로 몸의 중심을 향해 뛰어올라서 이마의 한 점으로 쑥 나왔다.

미간이 희미하게 빛나고, 거기서부터 빛의 덩어리가 스윽 미끄러져 나왔다. 빛 덩어리는 어둠 속에서 떨며 갑자기 손을 벌리듯이 하고 날개를 펼치더니, 가느다란 실 같은 빛의 꼬리를 끌며 단숨에 허공으로 날아올라 갔다.

풀색을 띤 빛과, 푸르스름한 빛이 교차하는 곳을 탄다는 빠져나간다. 나무들의 정령이랑 새들, 벌레들이 발하는 생명의 빛이다.

머나먼 상공으로 날아오르면서, 탄다는 예상했던 것과는 전혀 다른 광경에 놀랐다.

　전쟁 준비로 거칠고 날카로워진 마음이랑, 무참하게 파헤쳐진 흙, 쓰러진 나무들이 비명을 지르는 쓸쓸하고 황량한 어둠을 혼의 눈으로 보게 될 거라고 생각했는데, 느닷없이 자신을 둘러싼 어둠은 이루 형용할 수 없는 생생한 냄새와 소리로 가득 찬 어둠이었다.

　나무들, 풀들, 풀숲, 흙 속의 벌레, 새, 짐승, 물속의 물고기와 수초, 그 모든 것이 요염할 정도로 짙은 생명의 냄새를 풍겼다.

　나요로 반도는 평소보다 훨씬 선명한 색깔의 빛으로 가득 차 있었고, 짙은 냄새와 윙윙거리는 듯한 소리로 넘쳤다.

　후끈한 온기가 몸을 감쌌다.

　그 속에서 나유그의 물 냄새를 느끼고 탄다는 깜짝 놀랐다.

　'나유그가 이렇게 가까워졌구나…!'

　아무리 혼이 되었다 해도, 평소 같으면 어떤 막 너머에 있는 것처럼 느껴지는 다른 세계가, 지금은 흔들리는 아지랑이처럼 풍경에 뒤섞여서 느껴진다.

　어렴풋이 보이는 그 다른 세계의 풍경을 응시하는 사이에, 자신이 지금 내려다보고 있는 것이 엄청난 광경인 것을 알게 되었다.

　나유그의 산들과 골짜기가 남빛 물에 잠겨 있었다. 높은 산들만이 그 투명한 수면으로부터 튀어나와 있어, 마치 바다에 떠 있는 섬처럼 보였다.

　시계 저 멀리까지 펼쳐져 있는 물속에서, 수많은 빛의 대하가 천천히 남쪽에서 북쪽을 향해 흐르고 있었다.

　그 빛들의 광채가 너무 눈부셔서, 탄다는 눈을 살짝 감지 않을 수 없었다. 어떻게 이토록 많은 색깔이 있을까! 노란색, 황록색, 파란색, 주황색, 빨간색, 보라색을 띤 빛도 있는가 하면, 흰빛도 있었다. 그것들이 고동치듯이 빛을 발하면서 난무하고 있었다.

　나유그의 빛이 고동을 치자, 지저귀는 소리에 응답하는 새처럼, 사그(이쪽 세계)의 생명의 빛도 고동을 친다.

　탄다는 떨리는 듯한 환희를 온몸으로 느꼈다. 사랑하는 여자와 마주했을 때와 같은, 빨라지는 고동과 열기를.

　봄이다…라고 문득 탄다는 생각했다. 나유그에 봄이 왔다는 것은 이런 것이다.

　나요로 반도만이 아니다. 로타도 칸발도, 이렇게 허공에서 내려다보면 하나로 이어진 생명 덩어리이며, 그 모든 것에 나유그의 봄의 고동이 전해지고 있다.

교미를 하는 짐승들처럼, 혹은 일제히 몸을 떨면서 산란을 하는 물고기들처럼, 새로운 생명이 태어나는 물결이 나유그에 찾아왔다.

　　흐느껴 우는 듯한, 그 생명의 빛 속을 탄다는 취한 것처럼 계속 날았다.

　　몇 개의 산과 강을 건넜을까? 너무 멀리까지 날아와서, 도대체 자신이 뭣 때문에 날고 있는지조차 잊어버릴 지경이었다.

　　'청궁천을 따라가야지….'

　　탄다는 스스로를 타일렀다.

　　'청궁천을 따라가서 도읍으로. 그리고 도읍에 도착하면 동북쪽으로 날아가면 집이다.'

　　추워졌다.

　　제대로 먹지도 못하고, 뼈가 부서져라 노동을 해온 몸이 평소보다 훨씬 약해진 것이리라. 이렇게 오래 혼을 날게 하는 것은 역시 무리였다.

　　마치 납이 매달린 것처럼 날개가 무겁다. 날갯짓을 할 때마다 등에 찢어지는 듯한 통증이 흘렀다.

　　탄다는 천천히 낙하를 시작했다.

　　이를 악물고 활강해, 도읍에 있는 집들의 지붕을 스치듯이 날아서 넘어간다.

'사부님….'

제발 집에 계세요. 이렇게 지쳐서는 사부님을 찾아서 계속 날 수가 없어요.

꿈을 꾸고 있는 사람들의 수많은 혼의 빛 속을 빠져나가면서, 탄다는 마침내 청무 산맥 속으로 미끄러져 들어갔다.

고향의 산 냄새가 몸을 감싸, 조금은 몸이 편해졌다.

'조금만 더… 조금만 더 가면 된다….'

자신의 집이 보이기 시작했을 때, 탄다는 깊은 실망에 사로잡혔다.

집이 어두웠고, 사부의 그 밝은 혼의 빛이 안 보여서다.

날개가 더 이상 안 움직였다. 내린다기보다 떨어지듯이 탄다는 지붕을 빠져나가서 집 속으로 들어갔다.

그 순간 밝은 빛이 확 피어오르며 탄다의 몸을 감쌌다.

'아…!'

집의 네 귀퉁이에 세워진 참억새가 반짝이면서 흔들리기 시작해, 그 빛의 그물이 탄다의 혼을 붙잡아 휘게 해서 천천히 밖으로 밀어냈다.

정신을 차리고 보니, 탄다는 또다시 밤하늘을 날고 있었다. 그물에 둘러싸인 채로, 뭔가에 끌려서 날고 있었다. 수많은 빛으로 가득 찬 산과 강을 넘어서, 이윽고 몸이 천천히 골짜기를 향해 내려갔다.

청무 산맥의 북쪽 깊숙이, 청궁천의 사아난(수원지) 부근에 눈부실 정도로 빛나는 노파가 양손을 벌리고 서 있었다.

토로가이는 양손으로 탄다의 혼을 받아서 안더니, 입김을 내뿜으며 흔들었다.

"아이고, 이 멍청한 제자 녀석아. 얼어서 꼼짝도 못 하는 거냐. 자, 몸을 덥혀라. 덥힌 다음에 팔다리를 펴는 거다."

탄다는 덜덜 떨면서 팔다리를 뻗고, 사람의 모습으로 돌아와서 사부 앞에 섰다.

토로가이는 탄다의 양손을 쥔 채로 화난 듯이 말했다.

"이 멍텅구리 제자 같으니라고! 아무리 기다려도 안 날아오더니."

탄다가 웃음을 터뜨렸다.

"아이고…. 사부님이 찾아와주셨으면 좀 더 일찍 만날 수 있었을 텐데."

토로가이가 눈썹을 치켜올렸다.

"바보 같은 소릴! 이 늙은이한테 그렇게 멀리까지 날라는 것이냐. 혼을 날리는 건 젊은 사람들이나 하는 거야. 늙은이가 하다가 저세상으로 불려 가면 어쩔 셈이냐!"

그렇게 소리치고 나서 토로가이는 갑자기 양손을 뻗어 탄다의 뺨을 감쌌다.

"…용케도 여기까지 왔구나. 잘 날아왔다."

쭈글쭈글한 손에 감싸여서 탄다는 목구멍 근처로 뜨거운 것이 올라오는 것을 느꼈다.

"사부님, 들어보세요. 사부님께 전해야 할 말이 있어서 여기까지 날아왔어요…."

탄다는 둑이 터진 것처럼 이야기하기 시작했다. 토로가이가 시킨 대로 나유그의 대하를 따라간 것에 대해. 아스라와 코챠에 대해. 그리고 끔찍한 예감에 대해.

이야기를 마치자 토로가이가 깊이 고개를 끄덕였다.

"그럴 거다. 네 생각이 아마 맞을 거다. 나도 그럴 거라고 생각하기 시작하던 참이다. 잘 가르쳐주었구나. 마을이랑 고을의 주술사들과도 의논해서 어떻게든 방법을 찾아보자."

탄다는 마음이 좀 가벼워지는 것을 느꼈다.

이제 돌아가야 한다. 몸과 이어진 실이 한계에 이르렀음을 알리고 있었다. 토로가이도 그것을 느끼고 탄다가 새 모습으로 변하는 것을 도와주었다.

탄다의 혼을 실은 새를 양손으로 감싸듯이 하고서, 토로가이는 잠시 가슴에 끌어안았다.

"…죽어서는 안 된다, 탄다야. 반드시 살아서 집으로 돌아와라."

그리고 주문을 외우며 힘을 불어 넣는 입김을 내뿜으면서, 토로가이는 탄다를 하늘로 내던졌다.

탄다는 날개를 퍼덕이면서, 작아져가는 노파의 모습을 눈에 새기려고 했다. 언제까지고 자신을 눈으로 좇고 있는 자그마한 노파의 모습을….

어느 틈엔가 날이 밝기 시작했다.

탄다는 덜덜 떨면서 눈을 떴다. 어렴풋이 피어오른 아침 안개 속에서 탄다는 양팔로 자신의 몸을 꽉 끌어안았다.

4
정령들의 혼례

차가운 물을 머금은 토갈 잎이 눈꺼풀에 닿았다.

"됐어. 눈 떠."

목동 요요의 말을 듣고 캇사는 눈을 떴다. 이제까지 칠흑 같은 어둠으로만 보이던 동굴의 암벽이 지금은 여러 개의 자그마한 별빛으로 빛나는 하늘처럼 보였다.

"느끼겠어? …보여?"

요요가 자고 있는 뭔가가 깰까 봐 두려워하는 것처럼 작은 소리로 속삭였다.

캇사는 귀를 기울이고 눈을 한곳에 집중시켰다. 요요가 자신에게 느끼게 하려는 것을 어떻게든 느끼고 싶었다. 하지만 평소와는 다른 미지근한 온기가 어렴풋이 느껴질 뿐, 요요가 보여주고 싶어 하는 것은 전혀 안 보였다.

"미안, 요요, 아무것도 안 보여."

나지막이 말하자 요요가 한숨을 쉬었다. 옆에서 요요의 아버지 도도가 고개를 살짝 흔드는 것이 보였다.

'역시 칸발인한테는 안 보이는구나.'

요요는 자기보다 훨씬 키가 큰 칸발인 젊은이를 올려다봤다. 원래 산속 지하에서 태어나 이런 어둠과 친근한 자신들과, 태양 아래에서 태어난 칸발인의 감각이 다른 것은 어쩔 수 없는 일이다.

'하지만 어떻게든 이것을 알려줘야 하는데….'

지금 일어나고 있는 이변은 목동들만이 아니라 칸발인들의 생사와 관련된 일이다. 캇사가 사태의 절박함을 깨닫게 해야만 한다. 그리고 캇사의 큰아버지이자, 이 무사 씨족령의 씨족장인 카그로의 마음을 움직이게 해야 한다.

만약 이대로 눈 녹는 계절을 맞았다가는 큰일 난다.

"수면을 보여주면 어떻겠느냐."

도도가 불쑥 말했다. 요요가 놀라며 아버지를 봤다.

"그렇네. 수면이라면 눈에 보이겠네."

요요는 캇사의 손을 잡더니 동굴 속으로 끌고 갔다. 어릴 적부터 동굴은 무서운 곳이라는 말을 들으며 자란 캇사는,

동굴을 지키는 효율(어둠의 수호자)들의 본모습을 알고 난 지금도 이 어둠에 공포를 느끼지 않을 수 없다. 떨고 있는 모습을 요요에게 들키지 않으려고 하면서, 캇사는 잠자코 자그마한 친구 뒤를 따라갔다.

자잘한 나뭇가지처럼 나뉘어 있는 동굴의 샛길들을 빠져나가, 이윽고 그들은 넓은 호수 근처로 나왔다.

맞은편은 희미한 어둠에 녹아들어, 어디까지 펼쳐져 있는지 짐작조차 할 수가 없었다. 조심스럽게 수면으로 눈을 돌리자, 맑은 물속에 비치는 경사면도 깊은 어둠 속으로 미끄러져 들어갔다.

"집중해서 잘 봐봐. 물결이 보이니?"

요요가 시키는 대로 캇사는 수면을 응시했다. 그러자 요요가 말한 것이 마침내 보이기 시작했다.

수면에 수없이 많은 물결이 일었다. 밑바닥에서부터 거품이 올라오는 늪지에서 이런 광경을 본 적이 있지만, 아무리 뚫어지게 봐도 이 맑은 물에는 거품이 안 보였다. 도대체 무엇이 수면을 떨게 하는 걸까? 마치 눈에 보이지 않는 뭔가가 물속에서 몸을 떨고 있어서, 그 진동이 수면에 전해지는 것 같았다.

캇사에게는 안 보이는, 몸을 떨고 있는 존재들의 모습이 요요를 비롯한 목동들에게는 어렴풋이 보였다. 이쪽 세계에 있는 생물은 아니다. 노유크(저쪽 세계)의 생물들이 반짝이면서 환희에 차서 몸을 떨며 혼례의 춤을 추고 있었다.

물고기를 닮은 정령, 도마뱀을 닮은, 손발과 긴 꼬리를 가진 정령, 뱀처럼 생긴 정령… 다양한 존재들이 제각각의 방식으로 혼례의 춤을 추고 있었다. 땅속 호수 안에서만이 아니다. 이쪽 세계의 암벽에도 그들의 모습은 겹쳐 보였다. 이쪽 세계의 암벽은 그들에게는 남빛 물속인 것이다.

정령들이 떼를 지어 노유크의 따뜻한 물속을 흘러와서 이유사 산맥의 땅속에 펼쳐져 있는 광대한 노유크의 바다로 흘러든 후로, 그들의 혼례의 춤은 이미 한 달 이상이나 계속되고 있었다. 이쪽 세계의 생물로서는 생각할 수도 없을 정도로 길고 긴 혼례였다.

'노유크와 이쪽 세계는 시간의 흐름이 다르니까.

아마도 혼례에 걸리는 시간이 다를 거다. 몇 달씩 계속될지도 모른다.'

하고 토토 장로가 말했다.

노유크의 정령들의 혼례 춤은 이쪽 세계의 존재들에게도 그 요염한 고동을 전해주었다.

처음으로 이 유사 산맥에 노유크의 강이 흘러온 날 밤, 남향의 비탈에 늘어서서 노유크의 정령들을 맞이한 티티란 (족제비를 쫓는 사냥꾼)들은 그날 밤부터 산속 지하로 모습을 감췄다.

태양 아래로 나온 지가 오래된 목동들은, 달밤에 족제비에 올라타 사냥을 하는, 벌레처럼 작은 사람들을 치루칼(자그마한 형제)이라고 부르며 숭배해왔다. 하지만 그들이 어떤 생활을 하고 있는지 구체적인 것은 모른다.

다만 토토 장로는 선대 장로로부터 티티란에게는 장수를 하는 여왕이 있으며, 몇백 년에 한 번 혼례를 치러, 다음 여왕을 낳는다는 말을 들은 적이 있다고 했다. 그 혼례가 시작되면 그들은 일제히 산속 지하로 모습을 감춘다고도 했다.

'아마 티티란의 혼례가 시작되었을 거야.

노유크의 혼례의 계절과, 산의 민족은 서로 깊은 관련이 있을 거다…'

토토 장로가 쓸쓸해하는 목소리로 말했다.

'우리는 까마득한 옛날에 땅속에서 태양 아래로 나와서 목동으로 살아가는 사이에, 반은 칸발인처럼 되어버렸다. 못 느끼게 된 것도 많을 거다.'

그래도 토토 장로는 몇 가지 전설은 잊지 않았다.

노유크에 봄이 오면 무슨 일이 일어나는지… 그것을 잊지는 않았다.

"저 물결은 도대체 무엇이 일으키는 거지?"

캇사가 뒤돌아보며 물었다.

요요가 대답하려고 한 바로 그때, 발밑의 암반이 떨리기 시작했다. 마치 커다란 생물이 몸을 떤 것처럼 암반이 흔들흔들하더니, 머리 위에서 뭔가가 삐걱거리는 소리가 들렸다.

"위험해! 바위가 떨어진다!"

도도가 소리쳤다. 처음에는 모래랑 자갈이 조금씩 떨어지나 싶더니, 이어서 수면에 물보라가 몇 개씩 일기 시작했다. 세 사람이 서 있는 곳에도 바위가 떨어져 엄청난 소리를 내며 부서졌다.

"물로 뛰어들어라!"

도도가 캇사와 아들의 등을 밀면서 소리치고, 세 사람은 물속으로 뛰어들었다. 그 순간 떨어진 바위 조각들이 캇사의 이마를 스치고 어깨를 세게 쳤다. 그 충격으로 캇사는 물을 마셔 어둠 속으로 가라앉았다.

🍂✖🍂

그러기 조금 전에, 산기슭의 베 짜는 오두막에서는 칸발인 여자들과 목동 여자들이 입과 손 모두 열심히 움직이면서 베를 짜고 있었다.

칸발의 겨울이라고는 생각할 수 없는 포근한 날이었다.

옛날에는 베를 짜는 것보다 밖에서 노는 것을 더 좋아했던 지나가 요즘은 베 짜는 재미를 알게 돼, 엄마와 함께 매일같이 일하게 되었다.

오빠 캇사가 아침부터 목동 요요에게 이끌려서 몰래 외출한 것이 신경 쓰였지만, 그것보다도 지금은 절반 정도 짠 천의 문양을 머릿속에 막 떠오른 새로운 문양으로 어떻게 바꾸어갈까 하는 생각으로 머리가 가득 차 있었다.

엄마한테 상의하려고 말을 걸려고 했을 때, 옆자리에 앉아서 계속 지나 엄마와 수다를 떨던 요요 엄마가 갑자기 말을 멈췄다.

오두막 안에 있던 목동 여자들이 일제히 손을 멈추고 서로의 얼굴을 봤다.

"들렸어?"

한 사람이 말하자 모두 고개를 끄덕였다. 하나같이 파랗게 질린 얼굴을 하고 있었다. 칸발인 여자들은 무슨 일이 일어났는지 모른 채로, 의아해하는 얼굴로 목동 여자들을 쳐다보고 있었다.

요요 엄마가 의자를 걷어차듯이 하며 일어서더니 밖으로

뛰쳐나갔다.

그런 다음 곧바로 돌아와서 오두막 문을 활짝 열어젖히고 소리쳤다.

"모두! 밖으로 나와! 서둘러! 빨리 서둘러야 한다!"

목동 여자들이 마치 염소를 쫓을 때처럼 기합을 넣어 칸막이인 여자들을 몰아쳐서, 여자들은 영문도 모른 채 발밑에서 놀고 있는 아이들을 안고서 밖으로 나갔다.

죽 늘어선 오두막의 모든 문이 열리고 여자들이 목동 여자들에게 쫓겨서 뛰쳐나왔다. 목동 여자들은 염소우리의 문을 열어 염소까지 밖으로 쫓아냈다.

"저걸 봐"

누군가가 소리쳤다.

여자가 가리키는 쪽을 본 지나는 몸이 얼어붙는 듯한 공포를 느껴 꼼짝도 할 수가 없었다.

바로 앞의 눈 덮인 비탈이 온통 흰 연기에 휩싸여 있었다. 그 연기가 점점 커져 이쪽으로 미끄러져 내려왔다.

"눈사태다!"

여자들은 아이를 안은 채로 필사적으로 뛰기 시작했다. 사람들 앞을 염소들이 날쌔게 달려갔다.

마치 격류가 흘러 내려오듯이, 눈사태가 흰 연기를 일으키면서 비탈을 내려와 눈사태 방지용 축대를 밀어서 쓰러뜨리고, 그걸 넘어서 염소우리를 부수고 베 짜는 오두막을 찌부러뜨렸다.

목동 여자들이 눈사태가 오지 않을 방향을 미리 예측해 여자들을 몰아치지 않았다면, 대부분의 여자들이 눈 속에 파묻혔을 것이다.

이윽고 눈사태가 멈췄을 때, 여자들은 뒤돌아서 조금 전까지 자신들이 있던 곳이 설원으로 변해버린 광경을 멍하니 바라봤다.

5
이변의 전조

무사 씨족장 카그로의 관사는 날이 저물어도 계속 사람들이 찾아와 불안한 웅성거림에 휩싸여 있었다.

눈사태로 베 짜는 오두막을 잃은 것은 지나를 비롯한 '향' 사람들의 생활에 심각한 타격이었지만, 죽은 사람도 다친 사람도 없었으며 염소도 무사해, 사람들은 목동 여자들한테 무척 고마워했다.

있잖아, 저 사람들은 귀가 밝아서…. 여자들은 흥분이 가라앉지 않은 듯한 모습으로 그런 말을 주고받고 있었다.

관사 집회실에서 씨족 사람들의 이야기를 들으며 앞으로의 대응책을 검토하던 카그로는, 복도 쪽에서 갑자기 뭔가 이제까지와는 다른 웅성거림이 들리는 것을 느끼고 얼굴을 들었다. 많은 장화들이 복도를 밟는 소리가 들리고, 이윽고 문짝 위에 누운 채로 젊은이가 집회실로 옮겨져 왔다.

핏기가 전혀 없는 그 젊은이의 얼굴을 보고, 카그로가 눈을 크게 떴다.

"캇사가 아니냐! 무슨 일이냐!"

남자들이 집회실 난로 앞에 캇사를 실은 문짝을 내려놓자, 부탁을 받고 달려온 것 같은 관사의 의술가가 캇사 옆에 무릎을 꿇었다.

캇사 곁에서 시중을 들며 온 목동 요요가 의술가에게 말했다.

"바위가 머리에 맞았고, 그리고 쇄골이 골절되었어요. 물 속에 있었기 때문에 물도 먹어서 몸이 얼었지요. 우리가 물을 뱉어내게 해서 호흡은 돌아왔고, 바로 몸도 따뜻하게 해 주었으니까 생명에는 지정이 없을 거라고 생각하지만, 뼈가…."

캇사 옆으로 가려던 카그로는 갑자기 누군가가 자신의 소매를 끌어당기는 것을 느꼈다. 뒤돌아보니 쭈글쭈글한 목동 노인이 서 있었다.

카그로는 깜짝 놀라 노인을 응시했다. 노인이 입에 손가락을 갖다 대며 조용히 하라는 몸짓을 하더니, 카그로의 소매를 또다시 끌어당겼다.

씨족 남자들이 있는 이 자리에서는 할 수 없는 말을 하고 싶어 한다는 것을 알아차리고, 카그로가 고개를 끄덕였다. 그리고 조용히 목동 장로를 옆방으로 안내해, 아무도 들어오지 못하게 문에 자물쇠를 걸었다.

장작을 아끼기 위해 잿불만 남겨둔 난로의 재를 쑤석거리고, 불 앞에 둔 의자에 앉으라고 노인에게 권하면서, 카그로가 낮은 목소리로 말했다.

"토토 장로, 당신이 자진해서 이 관사로 오셨다는 것은…."

무사 씨족장인 카그로가 목동 노인 따위에게 존댓말을 쓰는 것을 들었다면, 씨족 남자들은 깜짝 놀랐을 것이다.

그러나 카그로는 바로 앞에 있는, 보잘것없는 염소가죽 옷을 걸친 자그마한 노인이 칸발 전체의 목동들 가운데 가장 나이가 많은 어른이며, 유사 산맥을 통치하는 '산왕'의 백성인 것을 알고 있었다.

'산왕'은 스스로 파랗게 빛나는 보석 루이샤(청광석)를 칸발왕에게 주고, 칸발 왕은 그 보석을 팔아서 대량의 곡물을 사들인다. 곡물을 거의 수확할 수 없는 이 가난한 산악국가에서 '산왕'이 주는 선물은 모든 백성을 먹여 살리는 소중한 보물이었다.

그러나 '산왕'은 그냥 선물을 주는 것은 아니다. 루이샤를

얻으려면 칸발 왕은 '산왕'에게 진심을 담은 성의를 보여줘
야 하고, 또한 백성들의 동의를 얻어 왕이 되었다는 것을 보
여줘야만 한다.

칸발 왕은 '왕의 창'으로 불리는, 칸발 최강의 단창술사들
의 인정을 못 받으면 왕이 될 수 없다. 이 '왕의 창' 중에서도
가장 강한 자가 춤추는 자가 되어, 산속 지하의 깊은 어둠 속
에서 산왕의 가신인 효울(어둠의 수호자)과 검무를 춰서 마음을
열어야만 비로소 루이샤를 얻을 수 있다.

4년 전에 산속 지하에서 효울과 검무를 춘 사람은 '왕의
창'이 아니라, 카그로의 죽은 동생의 양녀 바르사였다. 카그
로는 그 모든 과정에 관여하다 보니, 원래는 왕과 '왕의 창'
이외의 사람은 절대로 알 수 없는 목동들의 비밀을 엿보게
되었다.

"씨족의 아버지여…."

토토 장로가 힘없는 목소리로 불렀다.

"먼저 용서를 빌고자 한다. 우리가 옆에 있었으면서도 캇
사를 저렇게 다치게 하고 말았다. 참으로 미안하게 되었다."

카그로가 눈살을 찌푸렸다. 그런 표정을 짓자 오른쪽 눈에
서부터 턱에 걸쳐서 있는 오래된 상처가 일그러져, 그의 얼
굴은 평소보다 더 어둡고 엄격해 보였다.

"당신들이 캇사와 함께 있었다고요? 뭔가 특별한 용건이 있었던 건가요?"

토토 장로가 고개를 끄덕였다.

"사실은 캇사를 통해서 자네한테 전했으면 하는 말이 있었다. 캇사는 워낙에 성실하고 솔직한 사내니까, 그가 전하면 자네도 믿어줄 거라고 생각했기 때문이지.

하지만 더 이상 그렇게 여유를 부릴 수가 없게 되었다. 내가 생각했던 것보다 훨씬 더 빨리, 훨씬 더 강하게 천재지변의 물결이 유사 산맥의 산들을 흔들고 있다."

카그로가 한층 더 눈살을 찌푸렸다.

"이변의 물결이라고요?"

"그렇다. …이제부터 봄에 걸쳐서 엄청난 천재지변이 유사의 산들을 덮칠 것이다."

토토 장로는 말해도 되는 것과 숨겨야 하는 것을 마음속으로 구분하면서 천천히 이야기하기 시작했다.

"자네는 노유크에 대해 알고 있나?"

카그로가 고개를 저었다.

"노유크…? '노유크의 양지바른 곳'의 노유크인가요?"

아주 오래전에 눈 속을 걷다가 갑자기 다른 곳보다 따뜻한 곳으로 나왔을 때, 할머니가 그렇게 말했던 것을 떠올리며 카그로가 말했다.

토토 장로가 살짝 미소를 지었다.

"그렇다. 바로 그 노유크다. 이 세상에는 두 세계가 있다. 지금 여기에 있는 이 세계와, 평소에는 눈에 안 보이지만, 확실하게 여기와 겹쳐 있는 또 하나의 세계가.

우리는 눈에 안 보이는 그 세계를 노유크라고 부른다. … '산왕'이 계시는 곳도 바로 노유크다."

카그로가 눈을 깜빡였다. '왕의 창'이 아닌 카그로에게는 '산왕' 이야기는 들어서는 안 되는 신성한 금기사항이었다.

토토 장로가 카그로의 긴장을 느끼면서 말을 이었다.

"이미 한 달 이상 지난 일인데, 노유크의 대하가 청무 산맥을 넘어서 이 땅으로 흘러왔다. 흘러왔다…라는 표현은 적절하지 않을지도 모른다. 본래 노유크의 강은 유사 산맥과 땅 속으로 이어져 있으니까.

아마도 노유크의 강의 수량이 늘어난 것일 게다. 엄청 수량이 불어나서 수면이 계속 올라와, 지금은 옷크루봉(峰) 정상까지 노유크의 물에 잠겨버렸다."

카그로는 어안이 벙벙한 채로 그 기묘한 이야기를 듣고 있었다. 옷크루봉이란 유사 산맥의 일부로, 그렇게 높은 산은 아니다. 그래도 사람이 올라갈 수 있을 만한 낮은 산이 아니라, 이 관사에서도 보이는 눈 덮인 아름다운 봉우리다.

문득 카그로는 오늘 눈사태가 난 곳이 그 옷크루봉 중턱이었다는 사실을 떠올렸다.

"그렇다면 오늘 일어난 눈사태는 그 노유크의 강이라는 것과 관련이 있다는 건가요?"

토토 장로가 고개를 끄덕였다.

"그렇다. 몇 년 전부터 노유크에 봄이 찾아왔다. 기나긴 봄의 시작이다. 노유크의 강물은 평소보다 훨씬 따뜻해. 그래서 이쪽 세계도 점점 따뜻해졌지.

느끼지 못했나? 올겨울이 묘하게 따뜻한 것을?"

카그로가 신음 소리를 냈다. 확실히 올겨울은 따뜻하다. 예년 같으면 눈이 단단히 얼어붙을 이 계절에 눈사태가 난 것도 그 탓이 아닐까 하고 조금 전에 이야기하던 참이다.

토토 장로가 어두운 표정으로 고개를 숙이고 있었다.

"노유크에 봄이 오는 것은 축하할 일이다. 노유크의 봄은 혼례의 계절이기도 하다. 수많은 정령들이 환희로 몸을 떨며 혼례의 춤을 추지…."

토토 장로가 얼굴을 들어 카그로를 쳐다봤다.

"그러나 이것은 우리처럼 산기슭에서 사는 사람들에게는 무서운 일이기도 하다."

"무서운 일이라고요?"

토토 장로가 깊이 고개를 끄덕였다.

"산이 흔들리고 있다. 따뜻한 노유크의 대하를, 마치 벼의 해충떼처럼, 수없이 많은 것들이 건너와 이 땅에 널리 퍼져서 일제히 혼례의 춤을 추고 있기 때문이지. 그것은 우리가 예상했던 것보다 훨씬 커다란 물결이 되어 산을 흔들고 있다. 산 내부에서는 암벽이 흔들리며 갈라져 이제까지 없던 균열이 생겨서, 새로운 지하수가 흘러나오기 시작했다."

토토 장로의 눈에 있는 불안한 빛이 카그로의 가슴을 뒤흔들었다. 토토 장로가 조용히 말을 이었다.

"나는 모든 목동들에게 고지를 돌려 산속 지하가 어떻게 되었는지 조사하게 했다. 그 답이 계속해서 도착하고 있지. 머나먼 서쪽의 욘토 씨족한테서도 어젯밤에 도착했다.

칸발 서쪽의 욘토와 욘가 씨족령은 그다지 심하지 않지만, 다른 씨족령의 산 지하에 퍼져 있는 동굴들은 전부 노유크의 따뜻한 대하에 흔들려서 균열이 생긴 곳이 있다. …하지만 가장 심한 곳은 바로 이 무사 씨족령과 바로 옆의 욘사 씨족령, 그리고 왕의 씨족령이다."

카그로가 얼굴을 찡그린 채로 나지막이 말했다.

"가장 심하다는 것은 균열이 많이 생긴다는 뜻인가요? 이 근처 산들의 지하에?"

고개를 끄덕이며 토토 장로는 잠시 눈을 감았다. 그런 다음 눈을 뜨더니 카그로를 올려다봤다.

"씨족의 아버지여. 눈 녹는 계절이 오면 이 땅에는 엄청난 일이 벌어질 것이다.

예년보다 따뜻한 만큼 눈이 빨리 녹아, 눈 녹은 물도 많을 것이다. 예년 같으면 땅으로 스며들어서 강이나 샘이 되어 우리를 적셔주는 물이, 약해진 바위의 균열을 더욱 심화시켜 여기저기서 솟아 나올 게 틀림없다.

땅이 흔들려 눈사태도 많이 일어날 거다. 강의 수량이 늘어 밭이 쓸려나가고, 산사태도 일어날 거다. 도망치지 않으면 수많은 사망자가 나올 것이다."

카그로는 아무 소리도 내지 않고 토토 장로의 쭈글쭈글한 얼굴을 쳐다보고 있었다.

숨을 들이마시고 입술을 닫고서 카그로가 밀어내듯이 말했다.

"믿을 수가 없다."

토토 장로가 얼굴을 찡그리며 카그로를 쳐다봤다.

"믿어줘야만 한다. 나는 가족 같은 당신들이 눈사태나 산사태로 죽기를 원치 않는다. 모두가 도망쳐야 하는 것은 아니지만, 적어도 우리가 위험하다고 판단한 곳에 있는 '향' 사람들은 도망쳤으면 한다."

한참을 두 사람은 잠자코 서로를 쳐다봤다.

잠시 후에 눈을 움직인 사람은 카그로였다.

"도망친다고 해도 어디로 가죠? 어디라면 그런 재앙을 피할 수 있지요?"

오랫동안 생각해온 것이리라. 토토 장로가 즉각 대답했다.

"서쪽으로. 동쪽의 산맥은 너무 험해서 사람이 살 수가 없다."

"서쪽이라고 해도…."

카그로의 목소리에 덧씌우듯이 토토 장로가 말을 이었다.

"윤사나 왕의 씨족령도 위험한 곳이 많이 있다."

카그로가 창백한 얼굴로 되물었다.

"왕의 씨족령도 그렇다고요? 왕도는… 어떤가요?"

"왕성을 떠받치고 있는 암반은 무척 단단하니까 왕도 자체는 아마 괜찮을 거다. 하지만 왕도 남쪽의 '향'은 위험하다."

그렇게 말하고 나서 토토 장로는 한동안 주저하다가, 마침내 결심한 듯이 말을 이었다.

"사실은 우리가 가장 두려워하는 것은 '산왕'의 혼례다."

카그로가 눈을 크게 떴다. 토토 장로가 낮은 목소리로 속삭이듯이 말했다.

"'산왕'의 궁전은 왕성 바로 밑에 있다. 작은 정령들의 혼례로 이 정도로 땅이 흔들린다면, '산왕'의 혼례가 시작되면 무슨 일이 일어날지… 확실한 것은 우리도 모른다."

슬픔에 찬 눈으로 토토 장로가 카그로를 올려다봤다.

"아주, 아주 오래전에 '산왕'이 혼례의 춤을 추었을 때 땅이 흔들리고, 물이 솟아 나오고, 하늘에 무지개가 걸렸다는 전설이 있다. …부끄러운 일이지만 우리도 그것밖에 전해 들은 것이 없다."

카그로가 턱을 손으로 받치고서 생각에 잠겼다. 오랫동안 그렇게 하고 생각에 잠겨 있다가 얼마 후에 초조한 듯이 고개를 흔들었다.

"설령 당신 말씀을 믿는다 해도 이 시기에 많은 씨족들을 다른 곳으로 이동시키는 것은 꿈같은 이야기입니다. 그것도 무사 씨족령만이 아니라 욘사나 왕의 씨족까지라면…."

무릎을 잡고 있는 손에 힘을 주며 카그로가 혼잣말처럼 말을 이었다.

"예년 같으면 신요고나 로타로 돈벌이를 보내는 방법도 있었을 텐데. 그럴 수도 없는 시기이니…!"

그 말을 듣고 토토 장로가 눈살을 찌푸렸다.

"로타는 괜찮지만 신요고 황국은 안 된다."

카그로가 얼굴을 찡그리며 내뱉듯이 말했다.

"알고 있습니다. 그 나라는 쇄국을 하고 있는…."

그 말을 끊듯이 토토 장로가 말했다.

"그 말이 아니다. 신요고 황국은 청무 산맥의 기슭에 퍼져 있지 않느냐? 그렇다면 여기보다도 더 위험하다. 유사 산맥의 눈 녹은 물과 청무 산맥의 눈 녹은 물이 한꺼번에 흘러 내려가니까."

카그로가 잠자코 토토 장로를 응시했다.

목동들은 자신들과는 다른 눈으로 이 세상을 보고 있다. 그렇기 때문에 그들이 하는 말을 무시할 수는 없었다. 카그로는 배 속에서부터 떨림이 올라오는 것을 느꼈다.

'물의 재앙과 전쟁의 재앙과….'

두 재앙 사이에 자신들은 끼어 있다.

목동들이 모르는 것도 있다. 남쪽 대륙으로부터 공격해 오는 적의 존재. 그리고 왕이 무슨 생각을 하고 있는지….

카그로는 해묵은 상처를 한 손으로 덮었다.

'무슨 일이 일어나든 나는 무사 씨족 사람들을 지켜야만 한다.'

그러기 위해서 무엇을 해야 할지, 카그로는 마룻바닥을 응시한 채로 계속 생각에 잠겨 있었다.

제3장

칸발에
숨어 있는
음모

1
배반의 이면

눈을 떴을 때, 순간 바르사는 자신이 어디 있는지 알 수가 없었다.

주위는 어두컴컴했으며 불이 타오르는 소리가 들렸고, 불빛이 벽에 흔들리는 것이 보였다.

부드러운 마 베개가 뺨에 닿았다. 짚으로 짠 요 위에 눕혀져 있는 것 같았다. 하지만 그냥 누워 있는 것이 아니다. 단단하고 두꺼운 밧줄로 팔꿈치 바로 윗부분이 묶여 있었다.

몸을 일으키려고 하자 머리에 묵직한 통증이 느껴졌다. 신음하며 몸을 꺾듯이 해서 간신히 상반신을 일으켰지만, 그 이상은 움직일 수가 없었다. 몸을 칭칭 동여매고 있는 밧줄 끝이 등 뒤의 뭔가에 묶여 있는 것 같았다.

"바르사!"

목소리가 들린 쪽을 유심히 쳐다보니 챠그무의 모습이 보였다. 짚으로 된 요 위에 앉아 있었다. 역시 몸이 밧줄에 감긴 채 굵은 기둥에 묶여 있었다.

아무래도 지하의 식량창고 안에 있는 것 같았다. 벽 가장자리에 많은 나무통들이 늘어서 있었고, 천장에 훈제고기가 매달려 있었다. 등에서 손목을 묶고 있는 밧줄에 뭔가가 살짝 닿은 느낌이 있었다. 밧줄에 약한 진동이 전해져 왔다. 쥐 같은 것이 밧줄에 닿은 것 같았다. 식량창고다. 쥐도 많을 것이다.

오른쪽 벽에 철제로 된 횃불 받침대가 있었고, 비스듬해진 횃불이 탁탁 소리를 내며 타오르고 있었다. 불꽃이 흔들리는 것을 보면 어딘가에 자그마한 창문이라도 뚫려 있는 것이리라. 견딜 수 없을 정도는 아니지만 꽤 추웠다.

"바르사, 괜찮아?"

챠그무의 불안해하는 목소리에 바르사가 천천히 대답했다.

"그럭저럭. …두통은 심하지만 머리가 깨지지는 않은 것 같구나."

자신의 목소리를 듣는 사이에 무슨 일이 일어났는지가 생각났다.

"…미안하다. 내가 엄청난 실수를 한 것 같구나."

챠그무가 한숨을 쉬었다.

"바르사 탓이 아니야. 알 수가 없었는걸. 그 내통자가 지그로의 조카였다니."

대답하려다가 바르사가 깜짝 놀라 입을 다물었다. 발소리가 들려왔기 때문이다.

삐걱거리는 소리가 나며 문이 열리더니, 촛불을 손에 들고서 카무가 들어왔다.

나무통 위에 초를 두고, 카무가 바르사와 챠그무를 마주 봤다. 약한 빛에서도 그 얼굴에 떠오른 고뇌의 깊이는 또렷이 읽을 수가 있었다.

"…가능하면 이런 짓은 하고 싶지 않았는데."

카무가 갈라진 목소리로 말했다.

"목숨을 빼앗을 생각은 없다. 하지만 모든 일이 끝날 때까지, 챠그무 전하는 여기에 계셔야만 한다."

챠그무는 타오르는 듯한 눈으로 카무를 노려봤지만, 극심한 분노로 목소리도 안 나오는 것 같았다.

바르사가 내뱉듯이 말했다.

"네가 타르슈와 내통해서 고국을 팔 생각을 하는 남자였다니. …내가 잘못 봤구나."

카무의 뺨 근육이 부풀어 올랐다. 숨을 들이쉬고 카무가 굵은 목소리로 말했다.

"나는 고국을 팔거나 하지 않는다. 고국을 지키기 위해 최선의 길을 계속 찾다가, 생각하고 또 생각한 끝에 이 방법을 택한 것이다.

게다가 왕을 배반하고 내통한 것도 아니다. 왕은 모든 것을 알고 계시고, 내 생각을 지지해주시고 있다."

카무의 시선은 흔들리지 않았다.

바르사는 오늘 슬쩍 본 왕성의 광경을 떠올렸다. 그러고 보니 수많은 기마가 드나들었고, 마치 전쟁 준비를 하고 있는 듯한 긴장감에 휩싸여 있었다.

'카무가 거짓말을 하고 있지는 않다.'

그는 교묘하게 거짓말을 할 수 있는 남자는 아니다. 그렇다면 카무의 말대로, 칸발 왕은 이미 타르슈 편에 서기로 한 것인가….

마음을 누르는 묵직한 것을 뱉어내듯이, 카무는 자신이 취한 행동의 이유를 말하기 시작했다.

"이 나라 안에 있으면 바깥 세계의 소식을 잘 알 수가 없다.

그런데 나는 요 몇 년 로타 왕의 왕성에서 북쪽 대륙의 상황과 타르슈 제국의 움직임을 보고 들을 기회가 있었다.

특히 남부의 대영주들이 해주는 이야기는 참으로 다양하고 유익한 것이었다. 원래 루이샤(청광석)를 사주고 곡물을 팔아주는 사람들은 풍요로운 곡창지대를 가진 남부의 대영주들이다. 우리 칸발인은 북부보다도 남부와 관계가 깊다.

그들은 산갈 왕국이 무너지고, 신요고 황국이 타르슈 제국의 대군의 공격을 받게 될 거라는 사실을 가르쳐주었다. 신요고 황국이 무너지면, 결국은 타르슈의 손이 우리 나라로도 뻗쳐 올 거라고.

칸발의 무인들은 용감하다. 목숨을 아끼지는 않는다. 그러나 타르슈의 병력은 20만이라고 한다. 열 배가 넘는 병력을 가진 상대와의, 게다가 몇 년에 걸친 전쟁이 벌어진다면…."

어두운 눈으로 카무가 바르사에게 말했다.

"당신이라면 알 것이다. 이 나라는 오랜 전쟁에는 견딜 수가 없다. 로타 남부나 신요고가 곡물 공급을 중단해버리면 백성들은 굶어 죽고 만다.

도대체 어떻게 하면 칸발의 국토를 지킬 수 있을까? '왕의 창'으로서, 소중한…."

말을 중간에서 끊고 카무가 말을 얼버무렸다.

"…성스러운 이 땅을 다른 나라에 짓밟히지 않고 지킬 수 있을까? 왕도, 우리 '왕의 창'도 필사적으로 생각해왔다."

바르사는 카무가 입에 담으려다가 만 말이 뭔지 알고 있었다. 챠그무가 듣고 있어서 확실히 말하지 않은 것이리라.

타르슈의 병사들이 칸발로 공격해 오면, 귀중한 보석인 루이샤를 파려고 땅속으로의 침입이 시작될 것이 분명하다. 그것은 '산왕'의 성스러운 영역을 침범하는 만행이다. 그런 행위를 허용하면, 두 번 다시 루이샤는 얻을 수 없게 될 것이다.

한목숨을 바치더라도 '산왕'의 비밀의식을 지킬 것을 맹세하고, 죽으면 산속 지하로 돌아가 산의 어둠을 지키는 효울(어둠의 수호자)이 되는 '왕의 창'으로서, 카무는 타르슈가 칸발을 침공하는 것을 막으려 한다는 말을 하고 싶었던 것이다.

바르사가 눈살을 찌푸렸다.

"아무래도 잘 모르겠는데. 타르슈에 굴복함으로 해서, 도대체 어떻게 이 나라와 '산왕'을 지킬 수 있다는 거지?"

"그건…."

카무가 하려던 말을, 갑자기 챠그무의 쩌렁쩌렁한 목소리가 중간에 잘랐다.

"로타 왕국 침공에 협력하고, 싸우지 않고 칸발 왕국을 속국으로 바치겠다고 약속하면, 자치권을 주겠다는 말을 들었을 거다."

카무의 눈이 흔들렸다.

챠그무가 카무를 똑바로 쳐다보며 날카로운 어조로 말했다.

"아니냐? 자기 나라를 지키기 위해서 너는 다른 나라를 멸망시키는 것을 도울 생각인 것이다."

카무가 주먹을 꽉 쥐었다.

"실례지만, 다른 나라 사람인 당신은 잘 모르는 것이 이 나라에는 있다. 그것을 지키는 것이야말로 '왕의 창'의 사명이다."

챠그무가 카무를 응시한 채로 고개를 저었다.

"'왕의 창'의 사명이 뭔지, 그런 것은 나는 물론 모른다.

하지만 잘 아는 것이 있다. 타르슈가 약속하는 자치권은 허황된 것에 불과하다. 일단 그들에게 무릎을 꿇으면 그들은 교묘하게, 그리고 철저하게 지배를 시작한다. 나는 내 눈으로 그것을 보고 왔다!"

상기된 얼굴로 눈을 반짝이며 소리치는 챠그무를 바르사는 멍하니 보고 있었다. 챠그무의 목소리에는 마치 격류와도 같은 기세가 있었다.

"너는 남쪽 대륙이 어떻게 되었는지 본 적이 있느냐? 나는 타르슈의 밀정한테 붙잡혀서 라울 왕자 앞으로 끌려갔다. 그의 손아귀에서 벗어날 때까지의 기나긴 여정 동안, 나는 타르슈 제국을 보고, 속국을 보고 왔다."

카무가 기가 죽은 듯이 입을 다물고서, 아직 젊은 황태자의 말을 듣고 있었다.

"타르슈 제국은 확실히 거대하다. 우리 나라하고는 비교가 되지 않는 부와 힘을 갖고 있다. 그러나 속국이 된 나라의 백성은 다른 나라를 침략할 전비를 무거운 세금으로 부담하고, 친형제를 병사로 보내야 한다. 타르슈 제국을 위한 싸움에서 죽은 속국 병사들의 장송 행렬을 동포들이 어떤 심정으로 바라보는지 너는 본 적이 있느냐!"

카무가 입술을 떨면서 중얼거리듯이 말했다.

"…우리의 대응 방법에 따라서는."

그 말을 또다시 챠그무가 끊었다.

"세금이 경감된다는 말을 들었을 것이다. 싸우지 않고 협력하면 전비가 안 든다고.

나도 그런 말을 들었다. 너한테 제시된 조건들은 전부 나한테도 제시된 것들이다."

챠그무의 목소리가 분노로 떨렸다.

"내가 망설이지 않았을 것 같으냐? 네 나라와 달리, 우리 나라는 맨 먼저 공격당하는 나라다. 백성들이 살해당하고, 마을들이 불타는 광경이 내 마음에 떠오르지 않았을 것 같으냐?

라울 왕자는 내 어머니를 참살하고, 어린 여동생의 팔다리를 잘라 울부짖는 모습을 나에게 보여주겠다고 했다. 내가 지키고 싶은 것은 네가 지키고 싶은 것보다 가치가 없다고 생각하느냐?"

카무가 나지막이 말했다.

"…그런데도 왜 당신은 그 제안을… 거절한 겁니까?"

챠그무가 반짝이는 눈으로 카무를 응시하며 한마디, 한마디 밀어내듯이 말했다.

"왜냐하면, 그 제안으로, 간신히 지킬 수 있는 것은, 우리 황족의 목숨과 특권뿐이기 때문이다.

그들이 산갈 왕이나 나 같은 사람에게 들먹이는 자치권이란 너희들의 백성들을 전과 똑같이 통치해도 좋다는 것이다.

하지만 그것은 헛된 환상이다. 그렇지 않느냐? 자기 나라 백성을 다른 나라와의 전쟁을 위해 바치고, 세금 조정도 마음대로 할 수 없는 것이 어떻게 자치라는 거지?"

챠그무는 숨을 크게 들이마시더니 내던지듯이 말했다.

"타르슈 제국의 속국이 되어버리면 절대로 자치권은 지킬 수 없다. 이익을 얻기 위해서 그들은 저 멀리서 광대한 바다를 건너, 엄청난 전비를 써서 공격하는 것이다. 이 나라를 갖고 싶어서 공격하는 거다.

알고 있느냐? 자치를 약속받았을 산갈의 섬들에는 견고한 요새가 건설되었고, 타르슈 병사와 속국 병사들이 산갈 병사를 속국 병사로 편입시키는 훈련을 시작했다. 그 호락호락하지 않은 산갈 왕족들조차도 농락당한 셈이다.

일단 그들의 손아귀에 들어가버리면… 저항할 엄니를 잃어버리면, 그 후에는 저들한테 놀아날 따름이다.”

카무는 할 말을 잃고 우두커니 서 있었다.

슬그머니 손을 얼굴에 갖다 대고 얼이 빠진 표정으로 이마를 닦더니, 카무가 나지막이 말했다.

“그래서 전쟁을 택하겠다고? 20만 대군을 상대로? 처참하게 전쟁에 져서 지배당하는 쪽을 택하겠다고?”

챠그무가 내던지듯이 말했다.

“고명하신 칸발의 ‘왕의 창’이란 자가 한심한 말을 하는구나! 아직 패배가 정해지지 않았을 텐데! 로타 왕은 칸발 왕과의 동맹을 원하신다. 로타와 칸발이 손을 잡으면 견고한 벽이 생기지 않느냐!”

카무의 얼굴에 혈색이 돌아왔다. 한참을 카무는 잠자코 챠그무를 바라보다가, 이윽고 애써 가라앉힌 목소리로 말했다.

“…로타 왕이 건강하시고 로타가 양분되지 않은 시기라면,

그건 멋진 계책일 것이다. 우리도 그걸 생각하지 않은 것은 아니다.

하지만 로타 왕은 병으로 쓰러졌고, 왕의 권한을 위임받은 이한 왕자는 가난한 북부와 결탁해, 풍요로운 남부의 대영주들과 전쟁을 치를 위기에 있다.

전쟁이 일어나면 타르슈의 대군의 후원을 받는 남부연합이 압도적으로 유리하다. 지는 말에 나라의 미래를 걸 수는 없다."

갑자기 챠그무가 웃음을 터뜨려, 카무는 깜짝 놀라 말끄러미 챠그무를 봤다.

"내 말이 뭐가 이상하죠?"

챠그무가 여전히 미소를 지은 채로 고개를 저었다.

"네 말이 스안 대영주 아들의 말과 너무나도 똑같은 것이 이상했다. 그는 나에게도 똑같은 말을 했다. 그의 말만 들으면 확실히 남부는 압도적으로 강한 것처럼 생각되지."

챠그무가 미소를 거두고 강렬한 빛을 띤 눈으로 카무를 응시했다.

"하지만 그들은 타르슈의 대군의 후원을 받고 있지 않다. 그런 것처럼 꾸미고 있을 뿐이다. 카샤루(사냥개)들한테서 들은 말이니까 틀림없다. 그들이 손을 잡고 있는 것은 하잘 왕자 쪽이고, 라울 왕자 쪽이 아니니까."

무슨 말을 하는 건지 잘 모르겠다는 얼굴로 카무가 눈을 깜빡였다.

"그건 무슨…."

눈살을 찌푸리며 카무가 말하려고 했을 때, 갑자기 바르사가 소리쳤다.

"카무, 위험해!"

등 뒤의 문을 걷어차며 검은 그림자가 뛰어들어 왔다.

카무가 뒤돌아본 순간, 그 그림자가 카무의 귀밑을 칼집이 씌워진 칼로 철썩 때렸다. 카무는 통나무처럼 바닥에 쓰러져 움직이지 못했다.

횃불의 불빛에 떠오른 것은 처음 보는 요고인 얼굴이었다. 남자는 벽 가장자리의 나무통 하나를 소리 내지 않고 쓰러뜨렸다.

걸쭉한 기름이 바닥으로 흘러나왔다. 기름이 천천히 흘러가는 쪽에 카무의 몸이 있었다. 남자는 벽에 걸려 있는 횃불을 들더니, 기름을 밟지 않도록 신중하게 가랑이를 벌리고 서서 카무의 몸에 기대어 세워놨다. 횃불 받침 밑바닥이 평평해서 카무의 몸이 횃불이 흔들리지 않도록 받치고 있지만, 카무가 몸을 움직이면 바닥에 쓰러져서 기름에 불이 붙는다.

거기까지 손을 쓰고 나서 남자가 얼굴을 들었다. 그리고 아무런 감정도 나타나지 않은 눈으로 바르사와 챠그무를 쳐다보면서 칼집에서 칼을 뺐다. 손도끼처럼 생긴 짧은 칼. 챠그무를 쫓아온 자객들이 들고 있던 독특한 형태의 칼이었다.

어두운 빛의 칼날에 횃불의 불빛이 흔들렸다.

자객이 칼을 옆으로 거머쥐었다. 그 칼날이 똑바로 자신의 목을 겨누고 있는 것을 보고, 챠그무는 공포로 움츠러들었다. 주위가 하얗게 보일 정도의 공포가 온몸을 사로잡아, 머리가 마비되었다.

앉은 자세에서 비틀거리며 일어서려고 한 순간, 자객이 챠그무를 향해 미끄러지듯이 돌진해 왔다.

바르사는 혼신의 힘을 다해서 챠그무 쪽으로 몸을 내밀었다. 뒤로 기둥에 묶여 있는 밧줄이 바르사의 몸을 끌어당기더니, 다음 순간 소리를 내며 끊어졌다.

자객이 칼을 수평으로 흔들어 챠그무의 목을 베려고 한 그때, 바르사의 몸이 칼과 챠그무 사이로 들어갔다.

핏방울과 함께 밧줄이 뚝뚝 끊어지며 튀어 올랐다. 바르사는 자객의 입을 머리로 박더니 무릎으로 급소를 걷어찼다.

자객은 간신히 급소를 차이지 않도록 몸을 틀고는, 입이 피로 범벅이 된 채 비틀거리며 뒷걸음질을 쳤다.

자객이 팔꿈치를 꺾어서 칼을 거머쥐는 것을 보면서, 바르사는 왼손을 몸 앞으로 갖고 왔다. 그 손에서 피가 뚝뚝 떨어졌다. 챠그무는 전에도 바르사가 같은 자세를 취했던 것을 떠올렸다. 왼팔을 희생시킬 생각인 것이다….

전에는 챠그무가 단창을 건네줄 수가 있었다. 하지만 지금은 묶여 있어서 제대로 움직일 수도 없었다. 이를 악물고 몸을 비틀었을 때, 발끝에 뭔가가 닿았다. 그게 뭔지 보지도 않고, 챠그무는 그것을 발끝으로 건져 올리듯이 해서 자객을 향해 차올렸다.

눈가에 검은 것이 비치자, 자객은 순간적으로 그것을 왼손으로 쳐냈다. 쥐의 부드러운 몸이 자객의 손에서 튕겨나가며, 찍 하고 작게 신음 소리를 내면서 바닥으로 떨어졌다. 쥐는 바닥에서 튀어 오르더니 당황한 듯이 구석으로 도망쳤다.

그 짧은 순간이 바르사의 생사를 갈랐다. 바르사는 자객의 가슴으로 뛰어들자마자, 칼을 든 손목을 왼손으로 잡아 몸을 둥글게 말아 그의 겨드랑이 밑으로 오른팔을 밀어 넣더니, 온몸의 체중을 실어서 뛰어올라 단숨에 메치기를 했다.

기습을 당한 자객의 몸은 허공을 날아 벽에 머리를 박으면서, 나무통을 요란하게 쓰러뜨리며 바닥에 세게 부딪쳤다.

그 진동으로 카무의 몸에 기대어 있던 횃불이 쓰러져 기름에 불이 붙었다.

바르사는 자객의 칼을 주워 챠그무의 밧줄을 끊고 끌어당기듯이 해서 일으켜 세웠다. 기름에 불이 붙어 검은 연기가 피어올랐다.

바르사는 쓰러져 있는 카무한테로 달려갔다. 불이 소매로 옮겨붙었다. 챠그무가 카무의 발을 들고 몸을 질질 끌어, 타고 있는 기름으로부터 떼어냈다. 그런 다음 소매의 불을 둘이서 손바닥으로 쳐서 껐다.

불이 다른 나무통으로도 옮겨붙기 시작했다.

"챠그무, 먼저 나가라!"

바르사가 소리치자 챠그무가 되받아서 소리쳤다.

"바르사는 다쳤잖아. 내가 카무를 안고 나갈게. 바르사가 먼저 나가!"

챠그무는 카무의 겨드랑이 밑으로 손을 넣고 들어 올려서 끌었다. 카무는 신음 소리를 냈지만 눈은 뜨지 않았다.

활짝 열려 있는 문을 빠져나가니 좁은 계단이 있었다. 저 위로 바깥의 어둠이 보였다. 차가운 눈바람이 뺨을 스쳤다. 예상대로 그곳은 칸발의 관사에 흔히 있는, 정원 밑에 만드는 식량창고였다.

카무의 몸을 층계참까지 끌어 올리더니, 느닷없이 챠그무가 몸을 되돌렸다.

"…챠그무?"

놀라서 말리려는 바르사의 손을 뿌리치고, 챠그무는 또다시 창고 안으로 뛰어들어 갔다. 뒤쫓아 간 바르사는 챠그무가 축 늘어진 자객의 몸을 안아 올리는 것을 보고 얼굴을 찌푸렸다. 달려오려는 바르사를 챠그무가 말렸다.

"나 혼자서 해도 돼. 거기 있어."

약간 비틀거리면서도 챠그무는 자객을 안아서 입구까지 나왔다. 자객을 층계참에 내려놓더니, 챠그무는 등을 굽히고 기침을 하면서 바르사를 봤다.

바르사는 아무 말도 하지 않고 자객 옆에 쭈그리고 앉더니, 느닷없이 자객의 흉골 부근을 주먹으로 세게 밀었다. 그 갑작스러운 통증에도 자객이 아무런 반응을 안 하는 것을 확인하고, 바르사는 챠그무를 계단 밑에서 기다리게 하고서 계단을 올라갔다.

사람의 기척을 느끼고 바르사는 계단 도중에서 멈췄다. 머리 위에서 목소리가 들렸다.

"…바르사 씨, 괜찮아요. 올라오세요. 지금 이 근처에는 우리 외에는 아무도 없어요."

로타어였다.

'카샤루(사냥개)다….'

바르사는 방어 자세를 취하며 계단을 올라가, 눈 냄새가 나는 바깥 어둠 속으로 얼굴을 내밀었다. 시하나가 붙여준 카샤루 젊은이와 치료사 치카리가 계단 옆 정원수 밑에 웅크리고 앉아 있었다. 치카리는 계속 턱 주변을 문지르고 있었다.

그 두 사람 외에는 사람의 기척이 없는 것을 확인하고 바르사가 카샤루에게 말했다.

"도와주세요! 불이 창고 전체로 번지면 문도 탈지도 몰라요."

카샤루 젊은이가 고개를 끄덕이고 바르사 옆을 빠져나가, 챠그무와 분담해 카무와 자객을 안고 올라왔다. 두 사람을 마당의 풀 위에 눕히고 나서, 카샤루 젊은이는 품에서 밧줄을 꺼내 자객의 손목을 뒤로 돌려서 묶었다.

그렇게 해놓고서 바르사 일행은 정원수 속에 몸을 숨겼다.

싸늘한 나무 밑으로 들어가자 챠그무가 크게 한숨을 쉬었다.

치료사 치카리가 턱을 어루만지면서 어딘가 초점이 안 맞는 눈으로 두 사람을 보며 미소를 지었다.

"…쥐도 도움이 되는 생물이죠?"

앗 하고 놀라며 바르사가 눈을 크게 떴다.

"그게 당신이었군요!"

치카리가 쓴웃음을 지으면서 고개를 끄덕였다. 카샤루 중에는 짐승에 혼을 실을 수 있는 주술사가 있다. 이 여성도 그중 하나였던 것이다. 쥐한테 혼을 실어, 바르사를 기둥에 묶어놓은 밧줄을 갉아서 끊어지기 쉽게 해준 것이다.

"아이, 참. 턱이 아파서 견딜 수가 없네. 게다가 차이기도 했고. 엎친 데 덮친 격이라는 게 이런 거네."

이런 때인데도 챠그무는 자기도 모르게 미소를 지었다. 자신이 걷어찬 쥐도 이 사람이었던 것 같다. 밟아 뭉개지 않은 게 천만다행이었다.

"…부상을 입었군요. 보여주세요."

치카리의 말을 듣고 바르사가 왼팔을 쳐다봤다.

"괜찮아요. 위로 단단한 밧줄이 몇 겹으로 감겨 있기도 했고, 몸을 비틀며 기합을 넣은 상태에서 공격을 받은 거니까요."

그래도 꽤 깊은 상처였다. 치카리는 재빨리 헝겊으로 묶어서 지혈해주었다.

"꿰매는 게 좋겠어요. 빨리 이 관사를 나갑시다."

바르사는 시간 감각을 잃고 있었는데, 이미 밤이 깊은 것 같았다. 관사는 정적에 휩싸여 있었다. 카무는 부하들이 잠든 후에 바르사와 챠그무를 찾아온 것이다.

"타르슈의 자객은 한 명뿐이었나요?"

바르사가 속삭이자 카샤루 젊은이가 고개를 끄덕였다.

"왕성에는 타르슈의 밀정이 있는 듯하지만, 이 관사에는 저 남자밖에 없었다."

카무는 그 남자를 타르슈 제국과의 연결고리로 생각했던 것 같다. 하지만 그 남자는 카무의 행동도 감시하고 있었던 것이다.

바르사는 한숨을 쉬었다. 사정을 알고 보니 카무를 미워할 수가 없었다.

"미안하지만 이 관사의 무인들이 카무를 발견할 수 있도록 적당한 때에 불이 났다고 소리쳐줄래요?"

카샤루 젊은이가 고개를 끄덕여줬다.

바르사와 챠그무는 치카리의 안내에 따라 관사 뒤쪽으로 돌아갔다. 정원수를 올라가서 담 밖으로 내려가는 것은 부상을 입은 바르사한테는 꽤나 고통스러웠다. 상처가 무척 아팠고 두통도 심했다. 구역질이 올라오는 것을 참으면서, 바르사는 잠자코 챠그무와 함께 카샤루의 뒤를 따라 어두운 길을 달리기 시작했다.

카샤루는 등불도 들지 않고 두 사람의 손을 잡고 달려간다. 챠그무는 넘어지지 않고 달리는 게 고작으로, 달리 아무 생각도 할 수가 없었다.

어두운 하늘에서 눈이 내리기 시작했다.

2
불확실한 길

　카샤루는 두 사람을 산 쪽으로 데리고 갔다. 왕성 동쪽에 펼쳐져 있는 침엽수림에 도착했을 때는, 바르사는 어깨로 숨을 쉬고 있었다.

　카샤루는 눈에 묻힌 숲속의 석굴로 두 사람을 데리고 갔다. 산속 지하에 있는 동굴이 아니라 암벽의 움푹 들어간 곳으로, 덤불로 가려져서 밖에서는 안 보인다. 치카리는 벽 가장자리에 돌을 쌓아 만들어둔 임시 화로의 재를 쑤석거리고 섶나무 가지를 보충해 불을 살렸다.

　불 옆에 있어도 추워서 몸의 떨림이 가라앉지 않았다. 챠그무는 이를 딱딱 부딪치면서, 치카리가 바르사의 상처를 치료하는 모습을 보고 있었다. 상처 위의 헝겊을 떼어내자, 피로 범벅이 된 깊은 상처가 나타났다. 그것을 본 순간, 추위와는 다른 떨림이 시작되었다.

"이것을 씹고 있어요. 조금은 통증이 가라앉을 거예요."

바르사는 치카리가 건네준 약초 덩어리를 입에 물었다. 씹었더니 씁쓸한 즙이 나와 입 안이 마비되어 왔다. 치카리는 같은 풀을 비벼서 바르사의 상처에 즙을 떨어뜨렸다. 그런 다음 바르사의 상처를 꿰매기 시작했다.

약초 탓일까? 상처 치료가 끝날 무렵에는 바르사는 잠이 들었다.

치카리가 헝겊으로 손을 닦으면서 챠그무를 봤다.

"오늘 밤은 열이 날지도 모르니까 잘 간병해주세요. 내가 붙어서 간병하면 좋겠지만, 두령의 전갈을 받으러 매가 날아오는 장소로 가야만 해서."

챠그무는 깜짝 놀랐다.

"또 다른 젊은이가 있었던 것 같은데, 그 사람을 보내면 안 될까요?"

치카리가 고개를 저었다.

"그는 카무 무사의 관사로 돌아갔어요."

'참, 그렇지. 그랬었지….'

그렇다면 오늘 밤 그가 돌아오리라는 보장이 없다.

챠그무가 긴장한 얼굴로 치카리에게 부탁을 했다.

"간병하는 법을 가르쳐주세요. 나는 그런 걸 전혀 모릅니다."

치카리는 지친 얼굴을 하고 있었지만 간병 방법을 자세히 가르쳐주었다.

그녀가 석굴을 나가버리자 주위가 갑자기 조용해졌다.

챠그무는 눈을 비볐다. 몸속이 재가 되어버린 것 같은, 묵직한 노곤함이 온몸을 감쌌다. 점심을 먹은 후로 아무것도 안 먹었지만, 화로에 있는 냄비를 봐도 뚜껑을 열어볼 마음조차 안 생겼다.

카무가 했던 말이 계속 머릿속에서 울렸다.

'왕은 모든 것을 알고 계시고, 내 생각을 지지해주시고 있다….'

기마가 오가던 왕성의 삼엄한 광경이 그 말을 입증하고 있었다.

'힘들여 여기까지 왔는데, 타르슈가 한발 먼저 칸발 왕을 포섭해버렸다니….'

이런 상황이라면 이제 왕성에는 갈 수가 없다.

카무는 챠그무가 올 것을 예측하고, 관사로 오면 붙잡을 태세를 갖추고 있었다. 그렇다면 왕도 챠그무를 같은 식으로 다룰 것이다. 어슬렁어슬렁 왕성 문을 들어섰다가는 붙잡힐 따름이다.

아무리 바르사가 강해도, 카샤루가 지켜주고 있어도, 한 나라의 왕이 붙잡을 마음으로 기다리고 있다면 빠져나가는 것은 불가능하다. 무리하게 밀어붙이려다가는 바르사가 살해당할 것이다.

챠그무는, 살짝 입을 벌리고 자고 있는 바르사의 얼굴을 쳐다봤다.

이런 식으로 무방비 상태로 자고 있는 바르사를 처음 본 것 같았다. 계속 바르사를 큰 사람이라고 생각해왔는데, 지금은 자신의 키가 더 크다. 이렇게 가는 몸이, 깨어나서 움직일 때는 왜 크게 보이는 걸까?

자신의 몸을 방패로 해서 챠그무를 감싸고, 피를 뚝뚝 흘리면서 왼손을 자객의 칼 쪽으로 내밀고 있던 바르사의 모습이 떠올랐다.

바르사는 아무렇지도 않게 자신의 몸을 칼날에 내맡긴다. 버려도 되는 것처럼 자신의 몸을 다룬다….

삶과 죽음의 갈림길을 바르사는 항상 스윽 발을 내딛으며 간다.

말에 이름 같은 걸 붙이면 헤어질 때 괴로워지지 않겠느냐고 했던 바르사의 말이 귓전에서 되살아났다.

'…그런 식으로 바르사는 살아온 거야.'

그렇게 생각하자 분노인지 슬픔인지 분간할 수 없는 것이 솟구쳐 왔다.

챠그무는 살며시 바르사의 이마에 손을 갖다 대 열이 없는 것을 확인하더니, 바르사한테 바람이 가지 않도록 그 몸을 감싸듯이 하고 누웠다.

얼마나 잤을까. 바르사가 몸을 꿈틀거려서, 챠그무는 깜짝 놀라 눈을 떴다. 불이 꺼져가고 있었다. 챠그무는 황급히 일어나서 화로에 섶나무 가지를 보충했다.

바르사가 살짝 눈을 뜨고 있었다. 이마에 손을 갖다 대니 역시 열이 있었다.

챠그무는 배운 대로 눈을 녹여서 물을 만들어, 바르사를 안아 일으켜서 입에 머금게 했다. 그리고 얼굴의 땀을 닦고는 이마에 차가운 헝겊을 얹어줬다.

"…고맙다."

바르사가 미소를 지으며 눈을 감았다. 숨소리가 들리기 시작할 때까지, 챠그무는 지그시 바르사를 바라보고 있었다.

치카리가 돌아온 소리에 챠그무는 눈을 떴다.

어느 틈엔가 동틀 녘의 희미한 빛이 덤불 틈새로 들이쳤다.

치카리는 이를 딱딱 부딪치면서 화로의 불을 쑤석거리고, 한동안 손을 쬐고 있었다. 그런 다음 챠그무를 돌아보더니 품에서 통을 꺼냈다.

"두령이 이걸 보내왔어요."

챠그무에게 통을 건네고 나서, 그녀는 입가를 손으로 가리고 하품을 했다.

"죄송하지만, 조금 자야겠어요. 거기 있는 주머니에 라가(치즈)와 바무(발효시키지 않은 빵)가 들어 있어요. 좀 드세요."

그렇게 말하더니 그녀는 털가죽을 뒤집어쓰고 화로 옆에 누웠다. 무척이나 피곤했던 것이리라. 곧바로 코 고는 소리가 들려왔다.

챠그무는 떨리는 손으로 통의 뚜껑을 열었다. 안에서 두루마리를 꺼내 펼쳐, 글자를 눈으로 쫓아갔다. 마지막까지 다 읽었을 때, 챠그무는 얼굴이 창백해졌다.

바르사가 눈을 떴을 때, 챠그무는 석굴 입구의 암벽에 등을 기대고 앉아 있었다.

덤불 틈새로 들이치는 빛이 땅에 복잡한 문양을 드리우고 있는 근처를 멍하니 바라보고 있었다. 손에 자그마한 통을 쥐고 있었다.

"무슨 일이지?"

말을 걸자 챠그무가 툭 말했다.

"…이한 왕자가 답을 주셨어."

그 목소리에 너무 힘이 없어 바르사는 깜짝 놀랐다.

"동맹을 거절했니?"

챠그무가 고개를 저었다.

"내가 황제가 될 때까지 정식으로 조인(調印)할 수는 없지만, 이한 왕자에게로 칸발의 기마병단을 데리고 갈 수 있다면, 로타와 칸발이 동맹을 맺어 북쪽 대륙의 수호에 전력을 다하겠다고 타르슈 제국에 선언해주겠대."

"…바라던 답장이잖아."

챠그무가 지그시 땅바닥을 응시한 채로 나지막이 말했다.

"이한 왕자가 한 가지 더 덧붙인 것이 있어."

묘하게 담담한 목소리로 챠그무가 말을 계속했다.

"산갈 반도에는 신요고 국경에 접해 있는 해안선이 있어. 그 해안선의 앞바다는 옛날부터 영유권이 애매모호한 장소인데… 산갈과의 관계를 악화시키고 싶지 않아 애매모호한 채로 놔둔 그곳에 타르슈군 선단이 나타났대. 그 타르슈군 선단이 해안선으로 향하는 것을 저지하려고 신요고 황국 해군의 군선이 공격을 했다는 거야."

깜짝 놀라 바르사가 눈을 크게 떴다.

갈라진 목소리로 챠그무가 말했다.

"타르슈의 군선은 150. 신요고의 군선은 60. 신요고의 수병들이 선전을 해서 타르슈 군선의 절반 이상을 가라앉혔지만… 신요고 쪽은 전멸했다고 해."

챠그무가 떨면서 숨을 들이마셨다.

"부상 없이 산갈 반도에 상륙한 타르슈 병사는 약 2만. 이미 산갈 반도에 주둔하고 있던 기마병단과 보병단이 합해서 2만. 육로를 진군할 태세를 갖추기 시작했어. 첫 전투에 참가하는 병력은 이 정도겠지만, 초여름이 되면 시쿠마(여름바람)를 돛에 받으며 계속해서 타르슈군의 선단이 산갈 반도로 올 거야.

신요고 황국으로 보낸 최후통첩에 대한 응답 기한은 토울(눈 녹는 달)의 열이틀. 전쟁이 시작되기까지 앞으로 한 달도 안 남았어…."

그렇게 말하고는 챠그무는 조각상처럼 꼼짝도 하지 않고 한 점을 응시하고 있었다.

바르사가 몸을 일으키자, 챠그무는 얼굴을 안 보이려고 벌떡 일어서서 밖으로 나가버렸다.

바르사는 담요에 손을 짚고서 한동안 가만히 있었다. 주위가 천천히 돌았다. 피가 부족한 탓이리라. 상처가 아픈 것은 당연하지만, 넋이 나간 것처럼 몸이 나른하고 뼈 마디마디가 아팠다. 두통도 심했다.

현기증이 조금 가라앉기를 기다렸다가, 바르사는 일어서서 덤불 위에 쌓인 눈을 한 손으로 떠서 화로 쪽으로 갖고 가서 작은 냄비에 넣었다.

바르사는 물을 끓이고 화로 옆에 놓여 있는 주머니를 열어봤다. 쿳카(벌꿀을 굳힌 것)가 있기에 뜨거운 물에 떨어뜨려 녹여 천천히 마셨다.

꽤나 소리가 시끄러웠는데도 화로 옆에서 코를 골며 자고 있는 치카리는 눈을 뜨지 않았다.

꿀 녹인 물을 다 마시고, 바르사는 일어섰다.

석굴 밖의 숲은 겨울 특유의 은은한 빛으로 감싸여 있었다. 구름 사이사이로 이따금 비치는 빛이 얼어붙은 나무의 가지들을 도드라져 보이게 했다.

나무들'속에서 챠그무가 우두커니 서 있는 것이 보였다.

바르사가 다가가자 챠그무가 돌아봤다. 눈은 새빨갰지만

더 이상 눈에 눈물은 없었다.

챠그무가 조용한 어조로 말했다.

"…나는 신요고로 돌아갈 거야."

바르사는 아무 말도 못 하고 챠그무를 응시했다.

챠그무가 낮은 목소리로 말을 이었다.

"칸발 왕이 타르슈에 포섭된 이상, 이한 왕자한테로 칸발의 기마병을 데리고 갈 가능성은 거의 없어. 지금 나한테 가능한 일이 있다면, 한시라도 빨리 신요고 황국으로 돌아가서 타르슈군과의 전쟁의 시작을 고국에서 맞이하는 것뿐이야."

그 눈에 있는, 더 이상 어린애 같은 면이라고는 조금도 없는 냉담한 결의의 빛을 보고, 바르사는 챠그무가 아버지를 죽일 결심을 굳힌 것을 느꼈다.

구름 사이가 닫히고 해가 가려져, 주위가 갑자기 어두워졌다. 눈이 잿빛을 띠었다.

많은 죽음을 짊어진 것이 챠그무를 단숨에 어른으로 만들어버렸다. 지금의 챠그무의 눈은 자신의 사사로운 생각을 버리고 나라를 지키는 것을 우선시하는 위정자의 눈이었다.

챠그무의 결의는 아마도 가장 현실적인 길일 것이다. 하지만 그 길 끝에 있는 것은 끝없는 어둠이다.

첫 전투만 치르고 항복하면 전쟁으로 인한 피해는 최소한으로 막을지도 모른다. 하지만 그걸 위해서 챠그무는 아버지를 죽이고 타르슈에 복종해, 로타와 칸발과의 전쟁에 병사를 보내게 된다….

바르사는 망설이고 있었다.

마음속에 한 가지 길이 보였다. 그 길을 갈 수 있다면, 챠그무를 잔혹한 어둠 속에 빠뜨리지 않아도 될지도 모른다. 시도해보고 싶었지만, 엄격한 관습을 생각하면 우선 가능성이 있을 것 같지 않았다. 전쟁 시작까지 고작 한 달이라는 제한된 시간 안에 그 길을 가보라고 챠그무에게 말해야 할지 말지.

뒤에서 덤불이 흔들리고 치카리가 얼굴을 내밀었다.

"어머, 그런 곳에서 뭐 하고 있어요? 바르사 씨, 상처를 봐줄게요. 들어와요."

태평한 목소리로 그녀는 그렇게 말하고서 석굴 안으로 들어갔다.

잠시 바르사는 석굴 쪽을 보고 있다가, 챠그무를 돌아보더니 마음을 정하고 입을 열었다.

"챠그무, 타르슈의 밀정이 들어올 수 없는 곳에서 왕과 회견을 할 수 있다면 해보겠니?"

챠그무의 눈에 놀라는 빛이 지나갔다.

"그런 방법이 있어?"

바르사가 중얼거리듯이 말했다.

"딱 한 가지 생각하고 있는 것이 있다. 하지만 그것은 반드시 뚫려 있다는 보장은 없는 길이다. 그래도 사흘만, 내 도박에 시간을 내준다면 시도해보고 싶구나."

챠그무가 미간을 모았다.

"…안색이 안 좋아, 바르사. 어디를 가더라도 그 몸으로 오늘 움직이는 것은 무리야."

바르사는 순간 쓴웃음을 지었다가, 곧바로 미소를 거두고 지그시 챠그무를 응시했다.

"지금은 단 하루도 보석보다 귀중하잖아. 후회하지 않도록 잘 생각하고 나서 대답해주기 바란다."

그 말만 하더니, 바르사는 챠그무 곁을 떠나 석굴로 돌아갔다.

챠그무는 움직이지 않았다. 심각한 표정으로 석굴 쪽을 바라보며 생각에 잠겨 있었다.

치카리는 바르사의 상처를 깨끗한 눈을 녹인 물로 씻고 약초 즙을 발라주었다.

"…다행이에요. 곪지는 않았고 출혈도 멈췄어요. 하지만 아직 열이 내려가지 않았으니까 누워 있어야 해요."

그녀가 상처에 헝겊을 대고 능숙한 손놀림으로 헝겊을 말기 시작했을 때, 덤불이 흔들리고 챠그무가 들어왔다.

챠그무가 바르사를 똑바로 쳐다보며 말했다.

"불확실한 길이라도 길이 있다면 그것에 모든 걸 걸어보고 싶어. 바르사가 알고 있다는 그 길로 데려가줘."

3
우울한 라달 왕

칸발의 왕성에는 매일같이 각 씨족령으로부터 기마병단이 도착해, 넓은 부지 전체가 삼엄한 분위기에 휩싸여 있었다.

집회실에는 새해를 축하하는 의식을 위한 화려한 색깔의 벽걸이 장식이 아직 벽에 걸려 있었지만, 집회실에 드나드는 무인들의 표정은 굳어 있었으며, 새해를 축하할 기분인 사람은 한 명도 없었다.

가신들의 장화가 바닥을 밟는 쿵쿵거리는 소리가 라달 왕의 집무실에도 끊임없이 들렸다.

눈구름이 하늘을 뒤덮어, 작은 창문으로 들이치는 빛이 흐릿했다.

왕의 집무실에는 커다란 난로가 있었다. 씨족장 관사처럼 소박한 것이 아니라 아름다운 조각을 새겨 넣은 난로였다. 해가 떠 있는 동안에도 굵은 장작이 타오르고 있었다. 그 불빛과 열이, 썰렁하고 어두침침한 방을 조금은 아늑하게 해주었다.

칸발 왕 라달은 난로 옆에 놓인 호사스러운 의자에 깊이 눌러앉아, 손님과 마주하고 있었다. 라달 왕은 호리호리한 남자였다. 20대 후반으로는 안 보이는, 어딘가 소년 같은 면이 있다. 눈이 끊임없이 불안하게 움직이는 탓인지도 모른다.

라달 왕이 바로 앞에 있는 다부진 체격의 요고인에게 미소를 지어 보였다.

"그대가 선물해준 목걸이를 왕비가 특히 기뻐했다. 좋은 선물이었다."

요고인이 미소로 화답했다. 그는 타르슈 제국의 제1왕자 하잘을 모시는 밀정이었다. 로타 남부의 대영주들과 칸발의 동맹을 맺기 위해 이 성에 온 지 벌써 보름이 된다. 그 보름 동안 그는 라달 왕의 성격도, 입장도, 칸발 정치의 특수성도 거의 파악했다.

"과분하신 말씀, 영광입니다. 여러 나라에 용맹하기로 소문 난 칸발의 기마병단을 이끄시는 라달 왕께서 도와주시는 덕분에 저희는 승리를 손에 넣을 수 있습니다.

그 목걸이는 제 자그마한 성의 표시에 불과합니다. 이제부터 폐하의 마음을 평안하게 해드리기 위해 하나하나 도와드리겠사옵니다."

매끄러운 칸발어로 그렇게 말하고서 그는 천천히 고개를 저었다.

"이 나라에 대해 알면 알수록 폐하의 노고를 충분히 이해하게 됩니다. 이런 말씀을 드려도 될지 모르겠습니다만, 씨족 남자들은 완고하고 독립심이 강하군요. …훈련받지 않은, 콧김이 센 말들을 옆으로 묶어서 마차를 달리게 하는 셈이지요."

난처하다는 듯이 그가 미소를 짓자, 라달 왕이 동감이라는 얼굴로 쓴웃음을 지었다.

"그대는 말을 참 잘하는구나. 적절한 표현이다. 이 나라를 통치하려면 사나운 말을 항상 다룰 수 있는 체력이 필요하지."

라달 왕이 작게 한숨을 쉬었다. 항상 몸속에 피로가 쌓여 있다. 아무리 자도 풀리지 않는 피로였다.

예전에 유그로 무사가 상담 역할을 맡아 옆에 있어줄 때는 뭐든지 그에게 물으면 됐다. 그는 신속하게 올바른 판단을 내려주었기에 안심할 수가 있었다.

하지만 그가 절대로 품어서는 안 될 야심을 품어 땅속 어둠에 마음을 빼앗겨버린 후에는 스스로 모든 것을 생각하고 결정해야만 했다.

'왕의 창'들이 자신을 믿음직스럽지 못한 왕으로 생각하는 것을 라달은 알고 있었다. 그들은 라달의 판단을 도와주려고 하지 않는다. 항상 라달의 역량을 저울질하고, 잘못된 결정을 하면 뒤에서 한숨을 쉰다. …이런 나날이 끝없이 이어질 거라고 생각하면 라달은 항상 감당할 수 없는 피로를 느낀다.

움푹 들어간 눈을 비비고 있는 라달에게, 타르슈의 밀정이 온화한 목소리로 말했다.

"폐하, 폐하의 노고를 저희들은 충분히 알고 있습니다. 많은 나라들의 내면을 봐왔으니까요…. 가신에게는 보여줄 수 없는, 털어놓을 수 없는, 그런 것도 있을 겁니다.

괜찮으시다면 제가 힘이 되어드리겠습니다."

라달이 손을 무릎으로 내리고 요고인의 얼굴을 응시했다. 정사의 속사정을 훤히 꿰뚫고 있는 남자의 차분한 눈이 자신을 응시하고 있었다.

이 남자를 적으로 돌리면 무서울 거라는 생각이 들었다. 그러면서 한편으로 이런 남자가 은밀히 자신을 지원해주면, 무척 편해지지 않을까 하는 생각도 들었다.

남자가 목소리를 낮춰 속삭였다.

"폐하의 무사 평안한 통치는 우리의 이익과도 깊은 연관이 있사옵니다. 폐하의 통치를 위협하는 자를, 가령 폐하의 지위에 야심을 품는, 매우 위험한 혈족분들을 제거하시고 싶을 때는 부디 저한테 맡겨주시기 바랍니다.

요고에는 은밀히 사람을 제거하는 많은 방법이 전해 내려오고 있습니다. 아무도 모르게 폐하의 눈앞에서 사라지게 해드리지요."

라달의 얼굴이 굳어졌다.

아무렇지도 않게 형님에 해당하는 왕의 독살을 명령한 아버지와 달리, 그는 사람을 죽인다는 생각을 하는 것조차도 싫어했다. 이 남자에게 암살 같은 걸 부탁하면 타르슈에 약점을 잡히고 만다. 그런 위험한 짓을 저지를 생각은 없었지만, 마음 한구석에서는 어두운 유혹도 느꼈다.

숙부들이랑, 특히 사촌 아론…. 라달보다 세 살 어리지만, 키가 크고 거침이 없는 무인이며, 쾌활한 말투로 가신들의 마음을 사로잡는 그가 이 세상에서 사라져준다면 얼마나 편해질까.

얼마 전에 태어난 아들의 장래를 왕비는 매일같이 염려하고 있다. 왕위에 야심을 품은 아론한테 암살당하지나 않을까 하고. 라달은 아직 소녀 같은 이 왕비를 진심으로 사랑했기에, 왕비의 불안을 없애줄 수 있다면 좋겠다고 항상 생각하고 있었다.

왕으로 사는 것은 괴로운 일이었지만, 경멸당하는 것은 더욱 괴로웠다.

누구나 그를 두려워하고 공경하며 반론을 제기하지 않고 그 앞에 무릎을 꿇는… 그런 힘을 갖고 있다면 얼마나 편해질까.

바로 앞에 있는 남자. 이런 남자를 적절히 활용할 수 있으면, 그런 힘이 수중에 들어올지도 모른다. 갑자기 화제를 바꿔 밝은 이야기를 시작한 요고인과 담소를 나누면서 라달은 마음속으로 그런 생각을 하고 있었다.

왕의 집무실에서 나오자, 요고인은 자신의 숙사로 왕이 배정해준 호사스러운 객실로 돌아왔다.

방에서 기다리고 있던 부하가 벌떡 일어섰다.

"…기다리고 있었습니다. 큰일 났습니다."

젊은 부하가 어젯밤 늦은 시각에 카무 무사의 식량창고가 불탔다는 보고를 했다.

"오늘 아침 카무 무사에게 면회를 청했는데, 갑작스러운 병으로 앓아누웠다고 해서 만나지도 못하고 쫓겨났습니다.

아무래도 이제까지의 태도와는 다릅니다."

요고인이 혀를 찼다.

"시아무 녀석, 실수를 했군…."

카무의 감시 역할을 맡긴 부하를 한바탕 욕하고 나서, 그는 젊은 부하를 추궁했다.

"식량창고가 불탔다면, 챠그무 황태자가 죽었다는 뜻이냐?"

젊은 부하가 대답했다.

"모릅니다. 다만 조금 전에 카무의 가신 세 명 정도가 관사를 나갔습니다. 같은 방향이 아니라 흩어져서 간 것을 보면…."

요고인이 말을 이어받았다.

"도망친 황태자를 찾으러 나갔군."

"어떻게 할까요?"

요고인은 한동안 대답을 하지 않고 턱을 움켜쥔 채로 생각에 잠겨 있었다.

이윽고 얼굴을 들더니 차분한 목소리로 말했다.

"뭐, 너무 소란을 피울 필요는 없다. 시아무가 붙잡혔다고 해도 빠져나갈 길은 있다.

카무는 우리한테 속은 것을 눈치챘을지도 모르지만, 자신의 실수를 일부러 왕에게 알리는 것은 망설여질 것이다. 게다가….”

요고인의 눈에 미소가 떠올랐다.

“라달 왕은 이미 결정을 가신들에게 전달해버렸으니, 이제 지나치게 걱정할 필요는 없을 거다. 그 왕은 가신한테 무능하게 보이는 것을 끔찍하게 두려워한다. 설령 새로운 사실이 나온다 해도, 가신 앞에서 창피당할 것을 각오하고, 한 번 내린 결정을 뒤집을 배짱은 없는 남자다.”

그렇게 말하고 나서 조용히 말을 덧붙였다.

“그러나 이런 일은 끝까지 긴장을 늦추지 말고 해야 한다. 가신이 챠그무 황태자를 데리고 돌아오기라도 한다면, 너희들 전원이 함께 습격해서 관사를 전부 불태워라. 로타 왕의 밀정의 짓으로라도 꾸미면 된다.”

젊은 부하가 힘찬 동작으로 경례를 하고서 잰걸음으로 방을 나갔다.

요고인은 자그마한 창문에 눈길을 주었다.

그 황태자가 도망친 후로, 매의 날갯짓 소리를 듣지 않는 날이 없을 정도로 수없이 매를 날려 편지를 주고받아왔다. 그는 암살을 처리할 때, 실행부대와는 별도로, 주술사들을 포함한 감시부대 여러 개를 움직이게 한다. 감시부대에 속한

자들은, 설령 실행부대가 열세에 몰리는 일이 있더라도 가세하지 않고, 단지 현장의 상황을 정확히 파악하는 것을 목표로 하고, 그 정보를 신속히 그에게 보내온다.

주술사들이 조종하는 매는, 그가 이동하고 있어도 실수하지 않고 그가 있는 곳을 찾아내서 날아온다. 그 덕분에 그는 시시각각으로 변화하는 상황을 알 수가 있는 것이다.

여자 단창술사가 끼어든 후로, 일이 흘러가는 방향이 미묘하게 변한 것을 그는 느꼈다. 챠그무 황태자가 나타났을 때 동요하지 않도록, 알려줘도 좋다고 판단한 상황만을 간추려서 카무에게 설명했을 때, 카무의 놀라움은 그의 예상을 뛰어넘었다. 황태자가 왕을 찾아올 거라는 것보다, 여자 단창술사가 함께 있다는 사실에 카무는 심하게 동요했다.

'…뭐, 그래도.'

아직 사태는 그의 손안에 있다.

어둑어둑한 하늘에서 어느 틈엔가 눈이 내리기 시작했다.

4

타르슈의 왕자들

타르슈 제국의 도읍 라한은 여름의 황혼을 맞이하고 있었다.

아지랑이가 화오루의 관목을 흔들어, 새빨간 화오루 꽃이 불꽃처럼 보였다.

이런 해 질 녘에, 노인은 시원한 물이 흐르는 정원의 꽃나무 그늘로 등나무로 짠 긴 의자를 옮기게 해서, 샘물 소리를 들으면서 누워 있는 것을 습관으로 삼고 있었다.

귀가 안 들리는 하녀 둘이 긴 의자의 발치 쪽에 붙어 서서 커다란 부채로 펄럭펄럭 바람을 보내고 있다.

이렇게 고령과 병으로 지친 몸을 눕히고 샘물 소리를 듣고 있으면, 이제까지 살아온 오랜 세월의 온갖 일들이 떠올랐다가 사라져간다.

의자의 베개로 발소리가 전해져 왔다. 그는 눈을 뜨고 흔들리는 석양 속을 걸어오는 사람을 바라봤다. 두 아들과 그들의 재상들. 그가 이룩한 이 제국의 다음 세대를 책임질 남자들이었다.

그가 누워 있는 의자 옆에 의자를 붙이고 앉아서 조용히 책을 읽고 있던 남자가 얼굴을 들고 일어섰다.

이 남자는 항상 그의 옆에 있다. 타르슈 제국의 '태양'인 그의 재상으로서, 이 나라의 정사를 그 어깨에 짊어지고 있는 '태양 재상' 아이올은, 그러나 타르슈인이 아니다.

그가 아이올을 만난 것은 전쟁터의 한구석에 설치된 천막 안에서였다.

그날, 오래된 문명을 계승해 오랫동안 번영을 자랑해온 코라나무 왕국의 왕국군은 그의 군대에 대패했고, 코라나무 왕은 천막 안에서 자기 나라를 속국으로 바치는 문서에 인장을 찍었다.

그것은 그가 처음으로 다른 나라의 정복에 성공한 순간이었다.

흥미롭게도, 보통 같으면 또렷이 기억하고 있어야 할, 패배를 인정한 코라나무 왕의 표정을 그는 전혀 기억하고 있지 않다. 그 추억 속에서, 마치 번개로 인해 느닷없이 나타난 경치처럼 선명하게 그의 눈에 새겨져 있는 것은 천막 한구석에서 있던 젊은이의 얼굴이었다.

코라나무 왕의 첩의 아들로 태어나, 출중한 능력을 타고났으면서도 무능한 왕 밑에서는 타고난 재능을 발휘하지 못했던 그 젊은이는, 마치 먹잇감을 보는 매와 같은 눈으로 정복자인 그를 응시하고 있었던 것이다.

그날로부터 40년 이상의 세월이 흘렀다. 묘한 인연으로 맺어진 그와 그 젊은이는 타르슈라는 나라를 여덟 개의 속국을 거느리는 강대한 제국으로 키워냈다.

"아드님들은 이 더위도 안 느끼시는 것 같군요."

아이올이 속삭이자 그가 쓴웃음을 지었다.

"배 속에 천둥을 품은 구름 같구나."

이윽고 왕자들이 황제의 의자 앞에 이르러, 무릎을 꺾어 아버지에게 머리를 숙였다. 이 두 사람은 전혀 형제로는 안 보인다.

장남 하잘 왕자는 어머니를 닮아 얼굴이 길고 장신이다. 책을 좋아하는 조용한 남자다.

그에 비해 차남 라울 왕자는 아버지를 닮아 타르슈인치고는 체구가 작다. 그러나 그가 옆에 오면 압력 같은 것이 느껴진다. 배 속에 불꽃을 품고 있는 것 같은 남자다.

"아레무 오라(하늘의 은총을), 황제 폐하."

두 사람은 목소리를 맞추어서 그렇게 말하더니 얼굴을 들었다.

황제는 알았다는 눈짓을 하고, 편한 자세로 있어도 좋다고 허락해주었다.

귀가 안 들리는 하녀들이 관목 뒤에서 나타나서, 의자를 왕자들과, 그 뒤에 엎드려 있는 두 재상에게 주었다.

왕자들의 대조적인 모습에 맞춘 것처럼, 그들의 재상들 역시 전혀 다른 외모를 하고 있었다. 라울 왕자의 오른팔인 '북익 재상' 쿠르즈는 순수한 타르슈인이지만, 하잘 왕자의 오른팔인 '남익 재상' 하밀은 칠흑처럼 까만 피부를 하고 있다. 그는 카랄 속국 출신의 카랄인으로, '태양 재상' 아이올과 마찬가지로, 타르슈인에게 정복당한 나라에서 태어나 제국 안에서 승승장구해온 남자다.

재상들은 일어서더니 황제에게 가볍게 절을 하고, 황제가 누워 있는 의자 뒤에 있는 관목 뒤로 돌아갔다. 그리고 아무도 숨어 있지 않은 것을 확인하고 돌아오더니, 또다시 각자의 주인 뒤에 수행하는 형태로 의자에 앉았다.

여기에는 화오루의 관목 이외에, 사람이 몸을 숨길 수 있는 곳은 없다. 하녀들은 귀가 안 들린다. 여기에서의 이야기가 밖으로 새어 나갈 일은 없었다.

라울 왕자가 입을 열었다.

"아바마마, 건강은 좀 어떠십니까?"

황제가 미소를 지으며 대답했다.

"상당히 좋다. 그대들도 건강한 듯하구나."

이 나라에서는 장남이 차남보다도 우선시되는 일은 없다. 제국에 대한 공헌도가 모든 것을 결정한다.

형보다도 많은 나라를 정복해 북쪽 대륙으로의 발판을 먼저 마련한 라울 왕자는, 형보다도 먼저 아버지와 대화할 권리를 부여받았다.

"북쪽으로의 침공 상황은 어떠냐?"

갈라진 목소리로 아버지가 묻자, 라울 왕자는 차분한 목소리로 현재의 상황을 이야기했다.

황제는 눈을 가늘게 뜨고서 고개를 끄덕이지도 않고 아들의 보고를 듣고 있다가, 라울이 말을 마치자 시선을 장남에게로 돌렸다.

"…하잘, 뭔가 하고 싶은 말이 있는 얼굴을 하고 있구나. 무엇이냐?"

하잘 왕자가 미소를 지으며 입을 열었다.

"아바마마, 제가 오랫동안 뿌려온 씨앗이 마침내 열매를 맺으려고 합니다. 열매를 맺게 되면, 라울의 뒤를 지켜줄 수 있을 것 같습니다."

라울 왕자가 형의 얼굴을 봤다. 하잘은 미소를 지은 채로 동생에게 눈썹을 찡긋해 보이고, 그런 다음 아버지에게로 시선을 되돌려 말을 이었다.

"라울의 침공 책략은 훌륭하지만, 한 가지 약점이 있습니다. 예전부터 검토되어온 것이긴 합니다만, 신요고 황국을 둘러싸고 있는 로타 왕국과 칸발 왕국이 막강한 군사력을 갖고 있는 것을 역시 잊어서는 안 됩니다.

신요고 황국에 원정군의 병력을 집중시키고 있어, 로타와 칸발이 동맹을 맺어 공격해 오면 큰일이 날 수도 있습니다."

하잘은 거기서 잠깐 말을 끊고, 무릎을 문지르면서 말했다.

"라울은 어렵게 붙잡은 신요고의 황태자를 놓치고 말았는데, 그 애송이는 라울이 생각한 것보다 훨씬 만만치 않았던 것 같다. 로타 왕의 대리 역할을 하는 이한 왕자의 마음을 움직이고, 칸발 왕을 설득하기 위해 칸발로 가고 있다고 한다. …너답지 않은 실수를 했구나, 라울."

가슴속에 분노가 꿈틀거렸다 해도 그것을 털끝만큼도 얼

굴에 드러내지 않고 라울은 미소를 지었다.

"뭐 별로 대단한 실수도 아니야, 형님. 이한 왕자가 동맹을 거절했다고 내 밀정이 전해 왔거든. 당연하지. 챠그무는 이미 신요고 황국에서는 죽은 사람 취급을 받고 있으니까. 황태자도 아닌 평범한 젊은이와 동맹을 맺을 왕이 있을 리가 없지.

녀석이 칸발로 향한 것은 이한 왕자한테 거절당한 후야. 칸발 왕에게 희망을 걸고 매달리러 간 셈이지만, 결과야 뻔하지, 뭐."

하잘이 입을 열려고 하는 것을 황제가 기침을 해서 막았다.

"…하잘, 너는 너무 빙빙 돌려서 말하는구나. 하고 싶은 말의 요점을 먼저 말해라."

하잘이 표정을 가다듬고 고개를 끄덕였다.

"네, 아바마마. 그럼 요점을 말씀드리겠습니다. 제가 키우고 있던 씨앗이란 로타 왕국을 양분하는 불씨입니다. 로타 왕 요사무가 병상에 있다는 것, 우리 군이 북쪽으로 침공을 시작한 것, 이 두 가지가 꽁무니바람이 되어서 마침내 남부의 대영주들의 연합이 무거운 허리를 들어 올렸습니다. 또한…."

거기서 말을 끊고 하잘이 조용히 말했다.

"저는 칸발 왕을 포섭하는 데 성공했습니다."

이 한마디는 모두를 깜짝 놀라게 했다.

라울은 등을 꼿꼿이 세웠고, 그 뒤에서 재상 쿠르즈의 얼굴이 창백해졌다.

한동안 아무도 입을 열지 않았다.

황제의 눈에서 빛이 움직였다. 입가에 흡족해하는 미소가 떠올랐다.

"그건 훌륭한 공적이구나, 하잘. 너희 형제는 신요고 황국을 남과 북 양쪽에서 협공할 수 있는 상황을 만들어낸 셈이로구나."

그 말을 들은 순간, 하잘의 시선이 흔들렸다.

"…아니, 아바마마, 제 설명이 조금 부족했던 것 같습니다. 용서해주십시오.

저는 신요고 황국을 공격하라고 칸발 왕을 설득한 것이 아닙니다. 로타 왕국 남부의 대영주들의 연합군과 동맹을 맺어 지원군을 보내라고 설득한 것입니다."

복잡한 표정이 된 아버지와 아이올을 보면서 하잘이 말을 이었다.

"칸발이 로타 남부와 힘을 합쳐 남과 북 양쪽에서 협공을 하면, 로타 왕 쪽은 반드시 쓰러뜨릴 수 있습니다. 그렇게 되면 로타를 우리의 영향권하에 둘 수가 있습니다."

하잘의 말투에는 동생과 달리 사람을 압도하는 힘이 없었다. 그러나 황제는 냉정하게 이 장남의 이야기를 듣고 있었다.

북쪽 대륙의 지배를 성공시키는 관건은 로타 왕국의 지배에 있다.

라울은 신요고 황국을 무너뜨려 발판을 확실히 구축하고 나서 로타를 공격할 생각이었다. 그에 비해서 하잘은 먼저 로타의 분열을 유도했다. 둘 다 나쁜 책략은 아니다.

"…요컨대 너는 로타를 완전히 장악하기 위해 병력을 움직이고 싶다는 것이로구나."

직설적으로 요점을 짚은 황제의 말에 하잘의 얼굴이 상기되었다.

"말씀하신 대로입니다, 아바마마. 부디 저에게 병력을 움직일 권한을 주시기 바랍니다. 지금 산갈에 집결해 있는 병력 중 2만이라도 좋습니다. 저에게 지휘권을 주시면 로타를 함락시켜 보이겠습니다."

형의 말을 들으면서 라울은 마음속으로 이를 갈고 있었다.

형의 수법은 인정할 만한 것이었다. 그것이 화가 나서 견딜 수가 없었다. 칸발에도 손을 뻗쳐둘 생각을 왜 미처 못 했을까?

신요고를 무너뜨리고 확고한 군사 거점을 구축하고 나서,

차분히 로타와 칸발을 함락시킨다…라고 하는 책략에만 골몰한 나머지, 미처 못 본 것이 있었던 것이다.

아버지가 자신을 보고 있는 것을 라울은 느꼈다. 얼굴을 들어 아버지의 시선을 받아들이자, 아버지가 입을 열었다.

"어떻게 하겠느냐, 라울. 형에게 병력을 나눠주겠느냐?"

라울은 아버지의 시선을 맞받은 채로 움직임을 멈췄다.

형에게 병력을 나눠주면 형은 틀림없이 로타를 함락시킬 것이다. 자신도 안심하고 신요고를 함락시킬 수 있다. 북쪽 대륙의 공격은 성공하고, 타르슈 제국에 손해를 입히는 일도 없다. 그러나 그것은 형에게 공적을 나눠주는 일이었다. 이제까지 하나하나 발판을 다지기 위해 라울은 많은 노력을 해왔는데, 형이 느닷없이 맛있는 부분만 쏙 빼 가는 셈이 된다.

'…그렇게 놔둘 수는 없지.'

이제까지 자신이 해온 것이 잘못된 것은 아니다. 그렇다면 망설일 필요는 없다. 이 길을 어디까지고 밀고 나가면 된다.

조용하고 흔들림 없는 것이 가슴 밑바닥으로 퍼지며, 이글거리던 분노가 사라져갔다. 마음이 가라앉자 형의 책략의 약점도 보였다.

라울이 허리를 쭉 펴고 아버지를 응시했다.

"아닙니다, 아바마마. 병력을 나누는 것은 잘못된 책략입니다.”

확신에 찬 라울의 목소리가 그 자리에 있는 사람들의 가슴
을 울렸다.

“형님은 훌륭한 일을 해냈다. 형님이 이미 칸발 왕을 동맹
에 끌어들였다면 병력을 나눠줄 필요는 없다. 로타는 자기네
들끼리 서로 싸워 병력을 잃을 테고, 칸발도 덩달아서 병력
을 잃을 것이다. 모처럼 주어진 좋은 기회인데, 굳이 우리 병
사를 참전시킬 필요는 없을 겁니다.”

하잘의 얼굴이 창백해졌다. 라울이 강한 어조로 말을 이었다.

“우리 군은 정면으로 공격해 신요고 황국을 쳐부수겠습니
다. 형님이 로타를 혼란에 빠뜨려준 것은 매우 고마운 일이
야. 계획대로 잘되기를 나도 빌지.”

대담한 미소를 지으며 라울이 아버지에게 말했다.

“아바마마, 우리 형제는 아바마마의 피를 이어받은 타고
난 정복자입니다. 반드시 북쪽 대륙을 손에 넣어 보이겠습니
다.”

황제는 한참을 잠자코 아들의 번쩍이는 눈을 보고 있다가,
이윽고 중얼거리듯이 말했다.

“…그래? 기대하고 있겠다.”

아들들이 각자의 재상을 데리고 돌아가는 뒷모습을 바라

보면서, 황제가 아이올에게 말을 걸었다.

"그대는 어느 쪽이 황제의 그릇이라고 보느냐?"

아이올도 왕자들의 뒷모습에 시선을 둔 채로 대답했다.

"글쎄요. 그것은 앞으로 이 나라가 어떤 길을 가야 하는가 하는 점과 관련이 있지요."

흠 하고 황제가 작게 숨을 내뱉었다. 아이올이 조용히 말을 이었다.

"본인이 직접 말씀하셨듯이, 라울 왕자는 타고난 정복자입니다.

이제까지와 마찬가지로, 계속 다른 나라를 정복해 확장해가는 것이 타르슈 제국을 위한 길이라면, 그가 차기 황제에 적합한 것은 분명합니다."

그 말만 하고 아이올은 입을 다물었다. 황제도 굳이 그다음 말을 들으려고 하지는 않았다.

아이올은 마음속으로 중얼거렸다.

'라울 전하는 재상 복이 없어. 유감스러운 일이다.'

쿠르즈는 머리가 좋은 남자지만, 순수한 타르슈인이라서 정복당한 경험이 없다. 그렇기 때문에 속국이 된 나라 백성들의 심정을 헤아리지 못한다.

북쪽 대륙으로의 원정은 이제까지의 침략 전쟁과는 다르다.

대해를 건너 보급로를 확보하고, 병사를 이송시키면서 전쟁을 하기 위해, 라울 왕자가 세밀하고 탄탄한 계획을 세운 것은 아이올도 인정했다.

그러나 산갈이라는 해양 왕국은 이제까지 지배해온 육지의 왕국과는 기질이 다르다. 떠 있는 배 몇 척을 묶어두고 있는 것과도 같은데, 꽉 누르고 있는 듯해도 언제 손 밑에서 스윽 빠져나가버릴지 모르는 불안정한 면이 있다.

라울 왕자가 병력을 나눠주지 않은 것은 어떤 의미에서는 옳다. 이 전쟁이 성공하느냐 여부는 얼마나 신속하게 신요고 황국을 무너뜨리느냐에 달려 있기 때문이다.

그러나 신요고 황국을 함락시키는 데 시간이 걸렸을 때는… 여러 가지 장애가 발생할 것이다.

로타나 칸발만이 문제가 아니다. 타르슈 제국 내부에서도 엄청난 전비에 대한 불만이 터져 나올 것이다. …이미 그런 징조가 여기저기서 나타나고 있다.

아이올은 문득 한 젊은이를 떠올렸다. 속국 출신 관료들로부터 신뢰를 받고 있는 그 젊은 남자.

그 남자는 신요고의 황태자를 납치한 공적으로 라울 왕자한테서 아 타루(빛으로 이르는 길)를 얻었을 때, 맨 먼저 그 권한을 아이올을 만나는 데 사용했다.

원래 아이올은 토론을 좋아하는 성격이다. 특히 그 젊은 남자하고는 처음에 마음먹은 것보다도 훨씬 오랜 시간 이야기를 나눈 것을 기억하고 있다. 그 남자의 성장 과정이나 사고방식이 자신과 닮은 점이 많았던 탓인지도 모른다.

'이 제국은 너무 늘어난 가죽포대와 같습니다.'

그렇게 말한 남자의 눈에는, 아이올에게는 익숙한 고뇌의 빛이 있었다.

'이 나라는 이제 슬슬 밖으로 팽창해가는 것을 멈춰야만 합니다. 전쟁 이외의 방법으로 나라를 부유하게 할 길을 찾지 않는 한, 반드시 가죽포대가 터지는 날이 올 겁니다…'

'…휴유고라고 했던가, 그 남자는.'

라울 왕자의 공격으로 멸망한 요고 황국 출신이라고 했다. 고국의 멸망을 경험하고, 속국이 된 나라에서 자란 사람만 볼 수 있는 풍경이라는 것이 있다.

아이올은 마음속으로 한숨을 쉬었다.

'그런 젊은이가 좀 더 나이가 많아 라울 전하의 재상이었다면, 타르슈 제국 전체를 두루 살피면서, 전쟁을 그만둘 시기를 라울 전하에게 말해줄 수 있을 텐데…'

아이올은 어릴 적부터 라울 왕자를 귀여워했다. 일찍부터 싹튼 정복자 기질을 간파해 키워왔다.

라울 왕자는 선두에 서서 제국을 이끌어 갈 사나운 말이다. 지칠 줄을 모르는 그 힘과 자신감이 없으면, 이 정도의 대국을 책임질 수 없다. 하지만 그 힘은 이 나라를 무리하게 벼랑 끝으로 끌고 갈 가능성도 내포하고 있다. …그렇게 된다면 '태양 재상'으로서 그는 힘든 결단을 내려야만 한다.

저물어가는 여름의 정원을 아이올은 지그시 바라보고 있었다.

제4장

황태자의
자긍심

1

밤의 바위산

가느다란 눈이 가루처럼 떨어지기 시작했다.

대낮인데도 하늘은 배 속에 눈을 채우고 있는지 묵직한 납빛을 띠고 있었다. 그래도 산의 능선 근처는 어렴풋이 밝았다.

땅딸막한 말을 타고 있는 바르사는 평소보다 조금 앞으로 몸을 숙인 자세였다.

석굴을 나올 때, 치료사 치카리가 걱정스러운 얼굴을 했다. 동맹이 의미를 가지려면 조금도 지체할 여유가 없다는 것을 알고 있기에 말리지는 않았지만, 치카리의 심각한 표정이 챠그무의 마음을 무겁게 했다. 바르사의 상처는 결코 가볍지 않다. 열도 아직 완전히 내리지 않았다.

살을 에는 듯한 추위 속을 챠그무는 어두운 기분으로 말을 몰았다.

지금 두 사람은 거의 짐을 갖고 있지 않았다. 카무의 관사에 두고 온 말들을 대신할 말을 살 돈은커녕, 식량을 살 돈도 갖고 있지 않았다. 치카리가 약초나 식량을 나눠주긴 했지만, 그것도 며칠분 정도밖에 안 된다.

카샤루들한테서 말을 못 빌렸다면 걸어서 갈 수밖에 없었을 것이다.

'어디로 가는 걸까?'

아무리 물어도 바르사는 이제부터 뭘 할 생각인지를 가르쳐주지 않았다.

"너는 아무것도 모르는 게 낫다. 네가 비밀을 알고 있다는 것을 느끼게 되면, 그들은 바로 마음의 문을 닫아버릴 테니까."

그렇게만 말하고 그들이 누구인지도 말해주지 않았다.

챠그무에게 말을 안 하는 것만이 아니라, 카샤루들에게도 절대로 따라오지 말라고 바르사는 설득했다. 그들이 따라오면 절대로 성공할 수 없다고 하며.

"왕성을 지켜보고 있으세요. 우리가 왕을 설득하는 데 성공한다면, 왕성을 지켜보고 있으면 알게 될 거예요. …만약 우리의 모습이 안 보이는 상태에서 칸발 기병이 로타를 향해

움직이기 시작하면, 곧바로 이한 왕자에게 전해주세요. 칸발
은 남부의 대영주와 손을 잡고, 배후에서 이한 왕자의 군대
를 공격할 생각이라고."

바르사가 그렇게 말하자, 치카리는 창백해지며 고개를 끄
덕였다.

두 사람은 캇루(망토)를 몸에 친친 둘러 감고서 눈보라 속을
묵묵히 갔다.

이윽고 눈 속에서 칸발인 마을, '향'이 어렴풋이 보였다.
'향'을 둘러싸고 있는 돌담 외곽의 바깥쪽에는 염소우리가
있고, 그 옆에 자그마한 오두막들 여러 채가 따닥따닥 붙어
있었다.

바르사는 그 오두막을 향해 말을 몰았다.

다가가자 오두막 아래에는 땅바닥을 약간 파서 만든 반지
하 공간이 있는 것이 보였다. 그 어두컴컴한 움막에서 염소
울음소리와 발소리가 들려왔다. 확 풍겨 오는 냄새에, 챠그무
는 자기도 모르게 얼굴을 찌푸렸다.

'와. …용케도 이런 곳에서 사는구나.'

가축이 마루 밑에 있으면 조금은 따뜻할지도 모르지만, 그
냄새가 견디기 힘든 챠그무에게는 상상할 수 없는 생활이었다.

"여기서 잠깐 기다리고 있어라."

그렇게 말하더니 바르사는 말에서 내려, 통나무에 칼자국만 낸 단순한 사다리를 올라가기 시작했다. 2층에 이르자 판자문을 두드리며 칸발어로 방문을 알렸다.

문이 열리고 안에서 자그마한 여성이 나왔다.

챠그무는 깜짝 놀라며 그 사람을 쳐다봤다. 키가 바르사의 허리 정도밖에 안 됐다. 순간 어린애인가 했지만, 얼굴은 어른 얼굴이었다. 더부룩한 갈색 머리를 하고 있었고, 부리부리한 큰 눈이 풍부한 표정을 담고 움직였다. 그녀를 따라 나온 아이는 바르사의 무릎에 간신히 머리가 닿을 정도로 작았다.

'이 사람이 목동이로구나…!'

바르사한테서 얘기는 들었지만 정말로 이렇게 작을 줄은 몰랐다.

여자가 놀란 듯이 고개를 흔들었다.

"…그렇구나! 어머, 어머!"

두 사람이 무슨 이야기를 하고 있는지 바람 소리가 시끄러워서 잘 안 들렸다.

바르사가 뭐라고 말하자 여자의 얼굴이 흐려졌다. 그녀가 손으로 살짝 미는 듯한 동작을 하자, 바르사는 고개를 끄덕이고 사다리를 내려오기 시작했다. 그 뒤를 따라서 여자도 내려왔다.

여자는 챠그무에게 가볍게 인사를 하고 옆을 지나쳐서 이웃 오두막 앞에 서더니, 느닷없이 휙, 휙 하고 날카로운 소리로 휘파람을 불었다.

"무슨 일이야?"

놀라서 바르사에게 묻자, 바르사가 목동 여성 쪽을 보면서 나지막이 말했다.

"휘파람은 목동들한테는 언어와도 같은 거야."

늘어선 오두막의 문들이 잇달아 열리고, 안에서 여자들이 나타났다. 젊은 사람도 나이 든 사람도 줄줄이 내려왔다. 그녀들은 눈 속에서 원을 이루고서, 뭔가 작은 소리로 상의를 하기 시작했다.

조금 떨어진 곳에서 그 광경을 보면서 바르사가 말했다.

"여기 목동 노인한테 왕성 지하까지 안내를 부탁하려고 했는데, 그가 작년에 돌아가셨다고 한다."

"뭐? 그럼 어떻게 할 거야?"

"또 아는 사람이 있다. 그 사람들에게 급히 만나고 싶다고 했더니, 그들이 있는 곳으로 안내해도 좋을지를 자기 혼자서는 결정할 수 없다는 거야."

찬바람 속에서 기다리는 것은 힘들었다.

제자리걸음을 하면서 기다리는 사이에, 마침내 어떻게 할지 정해진 듯, 처음에 바르사가 찾아간 여성과 함께 전원이 바르사와 챠그무 쪽으로 걸어왔다.

최연장자로 보이는 노파가 바르사를 올려다보며 입을 열었다.

"…'춤추는 자' 역할을 맡았던 당신이라면 모시고 가도 남편들이 화를 내지는 않겠지요.

하지만 그 다른 나라 젊은이를 데리고 갈 수는 없어요."

바르사가 조용히 말했다.

"이 젊은이를 데리고 가기 위해서 저는 여기에 왔습니다. 제발 부탁드립니다. 이 젊은이가 왕성으로 들어갈 수 있느냐 여부에 수천, 수만의 사람의 목숨이 달려 있습니다."

노파가 난처한 듯이 얼굴을 일그러뜨렸다.

"…어떻게 해야 하지."

그렇게 중얼거리고 그녀는 생각에 잠겼다. 휙, 휙 하고 여자들이 계속을 휘파람을 불기 시작했다. 마치 작은 새가 서로 주고받으며 지저귀는 것 같았다.

그것을 들으면서 노파는 고개를 숙이고 있더니, 잠시 후에 고개를 끄덕였다.

"그렇다. 모두가 있는 곳으로 데려가자. 그런 다음 어떻게 할지는 거기서 정하기로 하자."

　다부진 체구의 젊은 여성이 길안내를 해주기로 했다.

　말을 타고는 절대로 못 올라가는 길이라고 해서 말은 맡겨 두고, 두 사람은 그녀를 뒤따라서 산길을 오르기 시작했다.

　작은데도 그녀는 놀라울 정도로 걸음이 빨랐다. 곧바로 울 퉁불퉁한 바위 사이를 오르는 짐승들의 좁은 통로 같은 길로 들어서게 되어, 장화에 미끄럼 방지용 새끼줄을 감았어도 조 심하지 않으면 미끄러져서 걷기가 힘들었다. 그런데도 털가 죽을 걸친 목동 여성은 마치 염소처럼 이 바위 저 바위로 옮 겨 가며 날렵하게 올라갔다.

　"…잠깐 기다려주세요."

　결국 챠그무가 칸발어로 여성에게 말을 걸었다.

　"저는 이런 길에 익숙하지 않으며, 바르사는 부상을 입었 습니다. 걸음을 좀 늦춰주시지 않겠습니까?"

　놀란 듯이 목동 여성이 뒤돌아봤다. 그리고 무척이나 미안 한 듯이 고개를 흔들었다.

　"미안. 당신들한테는 너무 빨랐구나. …밤이 오기 전에 가 야 한다고 생각해서 마음이 급했거든. 미안."

　그 목소리에는 진심으로 사과하는 마음이 담겨 있어 챠그무는 깜짝 놀랐다.

비정상적일 정도로 작은 체구나, 휘파람으로 대화를 하는
것 등, 이상한 것이 너무 많아 뭔가 섬뜩한 느낌이었는데, 그
목소리를 들은 순간 그 느낌이 씻은 듯이 사라졌다.

여자는 두 사람의 속도에 신경을 써주었지만, 도대체 어디
까지 올라가는 건지 알 수가 없기에 걷는 괴로움은 여전했다.

바르사가 약간 비틀거린 것을 보고, 챠그무가 엉겁결에 바
르사의 오른팔을 잡았다.

"괜찮아?"

바르사는 고개를 끄덕였지만 목소리는 안 나왔다. 주위가
이미 상당히 어두워져서 얼굴이 어렴풋이만 보였지만, 잡고
있는 오른팔이 가늘게 떨렸다.

챠그무는 바르사의 오른팔을 자신의 등으로 돌리게 해서
어깨 밑으로 몸을 넣어 부축을 했다.

잠시 망설인 다음 바르사가 자신의 어깨에 몸을 맡긴 것을
챠그무는 느꼈다. 두 사람은 서로를 의지하면서 한 발짝, 한
발짝 바위를 올라갔다.

주위가 칠흑 같은 어둠에 휩싸였을 무렵, 갑자기 챠그무는
미지근한 것이 얼굴에 닿은 느낌이 들어서 멈춰 섰다.

미지근한 물속에 들어간 것처럼, 살을 에는 것 같던 추위가

사라졌다.

자신을 감싸고 있는 것의 냄새를 맡은 순간, 챠그무는 떨기 시작했다.

주위의 풍경이 푸른빛을 띠고서 출렁이는 것처럼 보였다.

순식간에 챠그무는 수천만의 정령들이 꿈틀거리는 빛의 바닷속에 있었다.

멀리서부터 바르사의 목소리가 들려왔지만, 그것은 물속에서 듣는 소리처럼 웅웅거려서 무슨 말을 하는 건지 잘 알 수가 없었다. 그 목소리보다도 자신을 둘러싸며 헤엄치고 있는 정령들의 소리가 훨씬 더 크고 또렷이 들렸다.

챠그무는 눈을 감았다.

'…나유그다.'

여기는 나유그(다른 세계)와 사그(이쪽 세계)의 경계에 해당하는 곳이다.

'끌려가면 안 돼. 마음을 다잡아야만….'

마치 물결에 빨려 들듯이, 엄청난 힘이 자신을 감싸며 나유그로 끌어들이는 것을 챠그무는 느꼈다. 온몸에 나유그의 물이 스며들어 몸이 녹아들어간다. 촉촉한 온기가 몸으로 퍼져갔다.

어깨로 떠받치고 있는 바르사의 무게를 느끼면서, 챠그무는 필사적으로 자신의 마음을 사그 쪽에 붙잡아매려고 했다.

'챠그무?'

바르사의 목소리가 희미하게 들렸다.

그 얼굴이 남빛 물 너머로 출렁이는 것처럼 보인다. 녹아들고 싶은 마음이 너무나도 격렬하고 강했다.

챠그무는 바르사의 등에 두른 손으로 바르사의 캇루를 꽉 잡았다.

바르사는 당황하고 있었다.

자신을 부축하며 걷던 챠그무가 느닷없이 멈춰 서서 심하게 떨기 시작했기 때문이다. 자신의 등을 챠그무가 매달리듯이 붙잡는 것을 느끼고, 바르사는 황급히 챠그무를 끌어안았다.

그러자… 냄새가 났다. 비가 그친 후의 대기와도 같은 또렷한 물 냄새. 그 냄새를 맡은 순간, 기억이 되살아났다.

물의 정령의 알을 가슴에 품었던 어린 챠그무가 나유그에 끌려들었을 때, 항상 이런 냄새가 났다.

'여기는.'

나유그와 가까운 곳인가? 틀림없이 그렇다. '산왕'이 사는 어둠에 가까운 곳이니까….

기분 탓인지, 챠그무의 몸이 가벼워지는 느낌이 들었다. 꽉 안고 있을 텐데도, 손에 그런 감각이 전해지지 않는다. 눈앞이 일그러지며 흔들리기 시작했다. 뭔가에 빨려 들어간다….

챠그무가 이를 꽉 깨무는 소리가 났다. 등을 붙잡고 있는 손에 엄청난 힘이 들어가 있었다. 격류에 휩쓸리며 바위에 매달려 있는 듯한 동작으로, 챠그무는 바르사에게 매달리며 등을 폈다.

그 눈에 빛이 돌아오자 일그러져 있던 주위 풍경이 정상으로 되돌아왔다.

"괜찮니?"

나지막이 속삭이자 챠그무는 고개를 끄덕이고 등을 똑바로 세웠다. 이마에 땀이 흠뻑 배어 있었다.

안내를 해주던 목동 여자가 이상하다는 얼굴로 그런 두 사람의 모습을 보고 있다가, 챠그무가 등을 쭉 펴는 것을 보더니 높은 음으로 휘파람을 불었다. 무척 복잡한 곡조로 오랫동안 휘파람을 불고 있었다. 그 모습은 어둠에 녹아들어 거의 안 보였다.

푸른 어둠 속에서 바람 소리가 들렸다. 바르사와 챠그무는 무릎을 꿇은 채로 지그시 어둠을 응시하고 있었다.

문득 뭐가 보인 것 같아, 챠그무는 그쪽으로 눈을 돌렸다. 그리고 숨을 삼켰다.

수많은 기묘한 빛이 다가왔다. 짐승처럼 발소리도 내지 않고, 눈이 빛나는 어떤 형체들이 바위산을 주르르 내려온 것이다.

바르사가 속삭였다.

"괜찮아. 저게 목동들이야."

"눈이 빛나….'

"어둠 속에서도 눈이 보이도록 토갈이라는 독초 즙을 조금만 눈에 바르기 때문에, 저렇게 빛나는 것처럼 보이는 거야."

바람 속에 그들이 걸친, 염소가죽으로 만든 옷 냄새가 풍겨왔다. 챠그무와 바르사를 빙 둘러싸고서 목동들이 바위 위에 앉았다.

정면의 남자가 바르사에게 인사를 했다.

"오랜만입니다. '춤추는 자'를 다시 만나게 되어 기쁘군요."

바르사가 그에게 깊이 고개를 숙였다.

"그때는 저희를 안내해주셔서 감사했습니다."

남자가 고개를 끄덕이더니 챠그무를 흘끗 보고, 그런 다음 바르사에게로 시선을 되돌리며 말했다.

"우리를 만나러 온 이유를 당신 입으로 듣기로 하죠."

바르사는 이제까지의 경위를 이야기하기 시작했다.

챠그무가 신요고 황국의 황태자라는 것. 타르슈 제국이 북쪽 대륙을 공격하려 한다는 것. 칸발 왕이 무슨 생각을 하고 있는지. 로타 왕이 무엇을 원하는지. 왜 지하의 증정식장에 왕과 '왕의 창'을 불러내, 그 외에 다른 사람은 없는 상태에서 챠그무와 만나게 하고 싶은 건지.

전부 말하기에는 긴 시간이 걸렸지만, 목동들은 꼼짝도 안 하고 들어주었다.

"칸발 왕이 타르슈 제국에 복종해버리면, 타르슈인이 이 나라로 오게 됩니다. 그들은 반드시 루이샤(청광석)를 가지러 산속 지하로 들어가려고 하겠지요.

이 챠그무 황태자가 칸발 왕을 설득하는 데 성공하면, 칸발 왕은 로타랑 신요고와 손을 잡고 커다란 벽을 만들 수가 있습니다. 타르슈인이 이 땅에 들어오는 것도 막을 수가 있을 겁니다."

바르사가 입을 다물자 주위는 정적에 휩싸여 바람 소리밖에 안 들렸다.

이윽고 목동들이 수군거리기 시작했다. 말이 빨라서 무슨

말을 하는 건지 잘 알 수가 없었지만, 상의를 하고 있는 것만
은 알 수 있었다.

챠그무는 숨을 죽이고 일이 돌아가는 상황을 지켜보고 있
었다.

뭔가 결론이 나온 것이리라. 목동들이 말을 딱 멈추고, 조
금 전에 바르사한테 인사한 남자가 입을 열었다.

"바르사 씨, 챠그무 황태자, 당신들의 생각도 사정도 잘 알
았습니다.

이 나라가 어떤 위기에 있는지, 우리도 어느 정도는 알고
있습니다. 당신이 하려는 것은 중요한 일입니다. 우리도 잘되
었으면 합니다.

하지만 그런 이유로 증정식장에 왕과 '왕의 창'을 불러낼
수는 없습니다."

그 옆에 있던 노인이 갈라진 목소리로 말했다.

"우리가 증정식장으로 왕들을 부르는 것은 '산왕'과 '산 위
의 왕'과 관련된 중요한 일이 있을 때뿐이다. 설령 어떤 이유
가 있더라도, 다른 이유로 왕을 증정식장으로 불러낼 수는
없다. 그것은 우리와 왕 사이에 한 약속을 깨고, 신뢰를 무너
뜨리는 행위이기 때문이다."

그들은 그렇게만 말하고 입을 딱 다물었다. 몸도 움직이지

않았다. 그 정적은 산속 지하의 정적과 비슷했다.

가슴이 저리는 듯한 실망감이 몸에 스며드는 것을 바르사는 느꼈다.

갑자기 챠그무가 바르사를 부축하면서 일어섰다. 그리고 목동들을 둘러보더니 분명한 칸발어로 말했다.

"…이야기를 들어주어서 고맙습니다."

그리고 바르사에게 속삭였다.

"가자."

바르사가 고개를 끄덕였을 때, 목동이 말을 걸었다.

"오늘 밤은 '향'에 있는 우리 집에서 묵으시기 바랍니다."

챠그무가 지그시 목동을 바라봤다. 거절하고 싶었다. 진심을 담은 바르사의 이야기를 완강한 태도로 거절한 이 사람들에게는 조금도 신세를 지고 싶지 않았다.

성스러운 존재를 지키기 위해서는 어떤 사정이 있어도 귀기울여주지 않는 그들의 모습은 아버지의 모습을 떠올리게 한다. 이런 완강함을 챠그무는 무척 싫어했다.

그러나 어쩔 도리가 없었다. 숙소를 찾으려 해도 돈이 없고, 바르사의 몸도 온전치 못하다.

챠그무가 나지막이 말했다.

"…그럼 하룻밤 재워주시기 바랍니다."

목동은 고개를 끄덕이더니, 뒤를 돌아보며 누군가에게 신호를 보냈다. 그러자 소년이 나와서 뭔가를 그에게 건넸다. 그는 바위 위에 쌓인 눈을 손바닥 위에서 녹여, 그것에 뭔가를 담그더니 챠그무에게 말했다.

"눈을 감으세요."

의아해하면서도 눈을 감은 챠그무는 눈꺼풀을 차가운 것이 스치는 것을 느꼈다.

"…눈을 떠도 됩니다."

눈을 뜨고 챠그무는 흠칫했다. 주위의 풍경이 확 달라져 있었다. 조금 전까지 사물의 형체밖에 안 보이는 어둠 속에 있었는데, 지금은 보름달이 비치는 것처럼 바위도 사람의 모습도 보였다.

바로 앞에 서 있는, 자신의 허리 근처까지밖에 안 오는 목동의 얼굴도 지금은 잘 보였다. 눈이 번쩍이던 짐승 같은 인상과는 전혀 다른, 사람 좋아 보이는 중년 남자였다.

"옷에 붙은 염소털처럼, 행운이 당신에게 항상 함께하시길."

그렇게 중얼거리더니, 그들은 챠그무와 바르사를 남겨두고서 바위산의 어둠 속으로 모습을 감췄다.

2

목동의 집에서

돌아가는 길은 올라올 때보다도 시간이 더 걸렸다.

마침내 '향'에 도착했을 때는, 챠그무는 현기증이 날 정도
로 지쳐 있었다. 안내를 해준 젊은 목동 여자 집에 도착했을
때는, 그저 쉴 수 있는 것이 기뻐서 염소 냄새도 거슬리지 않
았다.

집 안은 모든 것이 작았다. 천장에 머리가 닿아 챠그무는
똑바로 설 수도 없었다. 그래도 집 안은 무척 아늑해 마음을
푸근하게 했다. 화로에는 말린 염소똥이 벌겋게 타고 있었고,
사기로 만든 부뚜막 위에서 냄비가 보글보글 소리를 내고 있
었다.

챠그무와 바르사가 들어간 순간, 방 한구석으로 도망쳐서

모여 있던 아이들이 호기심에 졌는지 배고픔에 졌는지, 슬그머니 화로 옆으로 다가왔다.

　이 집에는 길안내를 해준 젊은 아가씨 외에 노파와 중년 여자, 이렇게 셋이 있어, 이런저런 얘기도 걸면서 보살펴주었지만, 지쳐 있는 챠그무는 무슨 말을 들어도 고개만 끄덕일 수밖에 없었다.

　바르사는 이미 누워 있었다. 화로 옆의 가장 따뜻한 침상으로 데려가주자, 쓰러지듯이 누워서 눈을 감고 움직이지 않았다.

　"뭔가 따뜻한 것을 먹이고 싶은데…."

　챠그무가 나지막이 말하자, 바르사의 몸에 털가죽을 덮어주던 노파가 고개를 저었다.

　"우선 재웁시다. 우리가 잘 보살필 테니까 식사를 하시지요."

　젊은 아가씨가 화롯불 옆에 있는 둥근 돌 위에서 얇은 바무를 굽고 있었다. 살짝 부풀어 오르자 재빨리 뒤집어서 돌리고, 구석구석까지 다 익자 옆에 있는 바구니에 넣었다. 그 따끈따끈한 바무에, 중년 여자가 노란 라(버터) 덩어리를 얹었다. 향긋한 냄새와 함께, 라가 뜨거운 바무 위에서 녹아 스며들었다.

건네준 사발에는 김이 모락모락 나는 국물이 담겨 있었다.

닭고기와 감자를 젖으로 졸인 것인 듯했다. 염소젖으로 졸인 것이지만 좋은 냄새가 나는 잎이 들어 있어서, 생각보다 냄새는 거슬리지 않았다. 한 모금 후루룩 마시자, 간이 적당하고 깊은 맛도 있었다. 맹렬하게 배가 고파 와, 챠그무는 정신없이 국을 먹고, 라와 벌꿀이 듬뿍 스며든 향긋한 바무를 입으로 밀어 넣었다.

그 모습을 목동 아이들이 입을 떡 벌리고 보고 있었다. 여자들은 만족스러운 얼굴로 몇 번이나 음식을 보충해주었다.

겨우 정신을 차리고 목동들이 식사하는 모습을 보는 사이에, 챠그무는 문득 자신이 그들의 몇 배의 양을 먹어버린 것을 깨달았다. 가난해 보이는 그들의 소중한 월동 식량을 엄청 축낸 건지도 모른다.

그런 말을 하자 여자들이 웃음을 터뜨렸다.

"참 내, 쫄딱 굶은 늑대처럼 엄청나게 먹더니. 전부 먹어버리면 어떻게 하나 했어요."

그 표현이 재미있었는지 아이들도 낄낄거리며 웃었다.

챠그무의 얼굴이 빨개졌다.

"죄송합니다. …솔직히 말하겠는데, 감사 인사를 하고 싶어도 지금은 전혀 돈을 갖고 있지 않습니다."

중년 여자가 손사래를 쳤다.

"여행자를 대접하고 돈을 받는 박정한 사람이 어디 있을까. 우리 먹을 몫이 부족해지면, 모두한테 나눠달라고 하면 되니까."

젊은 아가씨도 웃으면서 말했다.

"작년도, 올해도 날씨가 계속 좋아서 염소가 살이 엄청 쪘고, 젖도 많이 나오고.

염려 말고 많이 드세요."

"아뇨, 이제 충분히 먹었습니다. …고맙습니다."

감사하다는 인사를 하고, 챠그무는 무릎에 손을 얹고 천장에 머리를 부딪치지 않도록 조심하며 일어섰다. 그리고 바르사 옆에 앉아 살며시 이마를 만졌다.

역시 열이 높았다. 입술이 갈라져 있었고, 호흡도 힘들어 보였다.

중년 여자가 나무그릇에 뭔가를 넣어서 갖고 왔다.

"이걸 마시게 합시다. 머리를 들어 올려요."

챠그무는 살며시 바르사의 목덜미 아래로 손을 넣어 바르사를 안아서 일으켰다. 바르사는 살짝 눈을 떴지만, 뭐가 보이는 것 같지는 않았다.

나무그릇에 들어 있는 국물 같은 것을 어떻게든 마시게 하고서 바르사를 눕히더니, 챠그무는 자신의 소매로 바르사의 입가를 닦아줬다.

챠그무의 표정을 보고 중년 여자가 말했다.

"이것은 웃카 나무의 뿌리를 푹 삶은 물인데 잘 들으니까 괜찮아요. 내일 아침에는 열도 내릴 거예요."

그렇게 말하고 중년 여자가 미소를 지었다.

화롯가에 앉아서 나무뿌리 같은 것을 씹고 있던 노파가 뒤에서 말을 걸어왔다.

"넌 그 사람의 양아들이냐?"

중년 여자가 당황한 듯이 노파를 나무랐다.

"할머니, 이 사람은 신요고의 황태자님이야."

놀라는 얼굴을 한 노파에게 챠그무가 말했다.

"당신 말대로 저는 바르사의 양아들 같은 사람입니다. … 어릴 적에 목숨을 구해줬고, 지금도 저를 지켜주고 있지요."

노파가 아무럼 그렇지, 하는 얼굴로 고개를 끄덕였다.

"그럴 거라고 생각했다. 네가 어머니를 염려하는 아들의 얼굴을 하고 있었거든."

챠그무가 멋쩍은 듯이 웃었다.

웃카 뿌리라는 것이 효과가 있었는지 바르사의 호흡이 전보다 조금 편안해졌다.

아이들이 뭔가 말싸움을 시작해 중년 여자한테 야단을 맞아, 형으로 보이는 남자아이가 울먹거리기 시작했다.

챠그무는 바르사 옆에 한쪽 무릎을 꿇고 앉아, 멍하니 그 모습을 바라보고 있었다. 내일 밤도, 모레 밤도, 한 달 후에도, 이 가족은 아마도 이런 밤을 보낼 것이다.

'한 달 후에 나는 어떤 밤을 맞이하고 있을까…?'

바로 옆에서 웃고 있는 사람들의 목소리가 멀리서 들리는 느낌이 들었다.

다음 날 챠그무는 한낮에 가까운 시각까지 정신없이 잤다.

횃불 불빛이 흔들리는 식량창고에서 카무와 말싸움을 하고 있는 꿈을 꿨다. 몇 번이고 반복해서 비슷한 말을 서로 외치는 꿈이었다.

잠이 깨기 시작했을 때, 꿈과 현실의 경계에서 카무의 당황한 듯한 얼굴이 떠올랐다. 그 순간 심장의 고동이 빨라지기 시작했다.

챠그무는 확실히 눈을 뜨고, 지금 무슨 생각을 떠올린 것인지 꿈의 여운을 붙잡으려고 했다. 중요한 것을 잊고 있는 것 같았다. 그러나 손을 뻗은 순간 공중으로 날아가버리는 연기처럼, 떨떠름한 기분만 남기고 그 기억은 사라져버렸다.

몸을 일으키려고 하자, 굳어 있던 온몸에 우두둑거리는 듯한 통증이 일었다.

집 안은 조용했다. 아무도 없는 것 같았다.

바르사가 화로 옆에 앉아 뭔가 먹고 있었다. 아직 안색은 나빴지만, 혈색이 많이 돌아온 것을 보고 챠그무는 안심을 했다.

"…뭐 먹고 있어?"

바르사가 뒤돌아보며 그릇을 들어 올려 보였다.

"미처 못 먹은, 어제 저녁의 국물을 데워서 먹고 있다."

목소리에도 힘이 돌아와 있었다. 챠그무가 웃으면서 바르사 옆에 앉았다.

"이 집 사람들은?"

"여자들은 베 짜는 오두막. 아이들은 염소를 돌보러 갔을 거야. 잠이 깼을 때는 아무도 없었으니까."

그렇게 말하고 바르사는 그릇을 무릎에 내려놓고 진지한 얼굴이 되었다.

"미안하다. 쓸데없이 길을 돌아서 가게 해서."

챠그무가 고개를 저었다. 그리고 화롯불을 멍하니 보면서 나지막이 말했다.

"…지금 나한테는 돌아서 가는 길이라는 건 없어. 어느 길이 가장 나은 미래로 이어지는 길인지 모르는걸."

얼굴을 쓰다듬자 턱 근처에서 뭔가가 닿았다. 그러고 보니 한동안 수염을 깎지 않았다. 머리도 빗지 않았다. 목동 여자들은 꽤나 지저분한 황태자라고 생각했을 것이다.

챠그무가 문득 쓴웃음을 지었다.

"바르사, 우린 빈털터리야. 먹을 걸 조금 갖고 있을 뿐이야. 길을 돌아서 가는 정도가 아니라 어디선가 일을 해서 여비를 벌지 않으면 신요고까지 못 돌아가."

바르사의 얼굴에 미소가 떠올랐다.

"그러네. …뭐 어떻게든 될 거야. '향'에서 '향'으로 목동들을 의지해서 가다 보면 그들이 하룻밤 숙소 정도는 빌려줄 테니까. 그렇게 해서 욘사 씨족령에 도착하면 숙모가 있어. 여비 정도는 어떻게든 해줄 거다."

모래가 흐르듯이 시간이 흘러가는 것을 두려워하는 마음이 항상 마음속에 있다. 챠그무는 더 초조할 것이다.

불에 손을 쬐고 있는 챠그무에게 바르사가 말했다.

"밖에 우물이 있으니까 얼굴을 씻고 와라. 출발이 너무 늦어지면 어두워지기 전에 다음 '향'에 도착할 수가 없다."

하룻밤 재워준 것과, 맛있는 식사에 대한 감사 인사를 목동 여자들에게 하고, 바르사와 챠그무는 염소우리에 묶여 있던 말들을 끌어냈다.

챠그무는 바르사의 말에 안장을 얹고 복대를 묶어주었다. 손으로 부축해서 말에 태워주자 바르사가 싱글싱글 웃었다.

"이렇게 네 도움을 받는 것도 꽤나 기분이 좋은데."

챠그무가 웃으면서 자신의 말에 올라탔다.

구름이 걷혀 파란 하늘이 반짝였다. 겨울의 칸발다운, 얼어붙은 듯한 푸르스름한 하늘이었다. '향'의 칸발인 눈에 띄지 않도록 염소우리 뒤편 숲을 돌아서 가도로 나왔을 때, 작은 새가 획 길을 가로질러 와서 챠그무의 얼굴 앞에서 날개를 퍼덕였다.

깜짝 놀라 말고삐를 잡아당기자, 작은 새는 마치 친숙한 주인에게 하듯이 챠그무의 어깨 위에 앉아버렸다.

"깜짝이야. …이상한 새네."

그렇게 말하면서 바르사를 보고 챠그무는 깜짝 놀랐다. 바르사가 굳은 표정으로 숲 쪽을 보고 있었다.

"왜 그래?"

"…그들이 우리를 뒤쫓아 온 것 같구나."

그렇게 말하며 바르사가 숲 쪽을 가리켰다. 그쪽으로 시선을 돌린 순간, 새가 어깨에서 날아올라 스윽 활공을 해서 바르사가 가리킨 쪽으로 날아갔다. 그리고 나무 뒤에 말을 세워둔 사람이 내민 손에 앉았다.

치료사 치카리와 카샤루 젊은이가 나란히 손짓을 하고 있었다.

챠그무는 심장의 고동이 빨라지는 것을 느꼈다. 신요고로 돌아가기 위해서는 그들을 뿌리쳐야만 한다. 하지만 몇 번이나 도움을 받은 그들을 배반하기에는 마음이 무거웠다.

"어떻게 하지…?"

그렇게 나지막이 말하자, 바르사가 카샤루들을 쳐다본 채로 말했다.

"가자. …지금의 우리 몸 상태로는 뿌리치고 도망치는 것은 무리다."

말을 숲속으로 몰아 옆에까지 가자, 치카리가 빠른 속도로 말했다.

"오해하지 마요. 약속을 어긴 것은 아니니까. 하지만 좀 신경 쓰이는 일이 일어나서 당신들한테 전해야 한다고 판단했어요."

작은 새를 어깨에 얹은 젊은이가 덧붙였다.

"이 녀석을 날려 보냈더니 저 '향'의 염소우리에서 당신들한테 빌려준 말을 발견해서 여기서 기다리고 있었어요."

챠그무가 바르사를 흘끗 봤다. 바르사가 얼굴을 찡그리며 치카리를 쳐다보다가 이윽고 입을 열었다.

"…신경 쓰이는 일이란 게 뭐죠?"

치카리가 낮은 목소리로 말했다.

"카무 무사가 당신들을 필사적으로 찾고 있어요."

젊은이가 새를 어루만지면서 뒷말을 이었다.

"이 녀석에게 혼을 실어서 관사 창가에서 듣고 있었더니, 카무가 가신들에게 당신들을 찾으라고 명령하고 있었어요. 왕도만이 아니라 근처 랏살이나 '향'도 찾으라고 하며."

바르사가 미간을 찌푸렸다.

"타르슈의 자객은…?"

젊은이가 대답했다.

"카무 무사는 그 후에 타르슈의 밀정을 단단히 묶어서 감금했습니다. 살해당할 뻔했으니 당연하지만…."

그 말의 어떤 부분이 챠그무의 가슴에 기묘한 술렁임을 일으켰다.

비몽사몽간에 중요한 것을 잊고 있다…라고 생각한 그 감각이 되살아났다. 이번에는 놓쳐서는 안 된다. 챠그무는 머릿속에 막 떠오른 것을 필사적으로 붙잡으려고 했다.

'카무가 타르슈의 밀정을 감금했다. 살해당할 뻔했으니 당

연⋯.'

그 말을 더듬어가는 사이에, 신경 쓰이던 것이 마침내 또렷이 모습을 드러냈다.

"바르사!"

챠그무가 큰 소리로 부르며 바르사의 오른손을 잡았다.

"⋯그거야! 있잖아, 바르사. 왜 타르슈의 밀정이 카무를 때렸지? 왜 카무까지 죽이려고 했지?"

바르사는 챠그무가 갑자기 무슨 말을 꺼낸 건지 알 수가 없어 눈을 깜빡였다.

"그거야 우리가 쓸데없는 말을 카무에게 하니까, 카무가⋯."

그렇게 말하면서 바르사는 갑자기 말을 끊었다. 챠그무가 하고자 하는 말을 이해했기 때문이다. 챠그무가 눈을 반짝이며 고개를 끄덕였다.

"맞아. 타르슈의 밀정은 우리 말을 듣고서 카무가 변심할 것을 두려워한 거야. 그래서 카무까지 죽이려고 한 거지.

왕이 결정을 내려버렸으니 이제 틀렸다고 생각했는데, 그렇지 않은 게 틀림없어. 카무가 변심했다면, 아직 사태가 뒤집힐 가능성이 있어! 그렇지 않으면 왕의 중신을 죽이는, 그런 위험한 짓을 할 리가 없지."

그때 카무는 묘한 얼굴을 했었다. 챠그무의 말을 들은 순간 당황하며 되물었었다. 타르슈의 밀정이 뛰어들어 온 것은 그때였다.

타르슈의 밀정에게 카무를 죽일 결심을 하게 한 것. 그것은 그때 챠그무가 하려던 말이다.

심장의 고동이 빨라지는 것을 느끼면서 챠그무가 말했다.

"바르사, 아마도 카무도 칸발 왕도 모르는 것 같아. 로타 남부의 대영주들을 후원하고 있는 사람이 라울 왕자가 아니라 하잘 왕자라는 사실이 갖고 있는 의미를.

카무 스스로도 말했잖아? 정보는 거의 남부의 대영주들한테서 얻었다고. 그들이 자신들한테 불리한 정보를 가르쳐줄 리가 없지.

게다가 타르슈의 사정에 웬만큼 밝지 않고서는 라울 왕자와 하잘 왕자가 어떤 식으로 경쟁하고 있는지 알 리가 없어."

챠그무는 들끓는 마음을 억누르듯이 낮은 목소리로 덧붙였다.

"뭔가 이상한 느낌이 들었어. 카무가 왕을 배반한 내통자가 아니라면, 타르슈의 자객이 나를 그렇게 혈안이 되어서 뒤쫓을 이유가 없어. 다른 이유가, 나를 그들과 만나게 하고 싶지 않은 이유가 없다면 이상하잖아.

카무도, 칸발 왕도 착각하고 있는 거야. 지금 북쪽 대륙으로 공격해 오고 있는 군대가 로타 남부의 대영주를 후원하고 있는 군대라고. 내가 그 사실을 그들한테 알려줄 것을 타르슈의 밀정들은 두려워한 거야."

눈을 동그랗게 뜨고 그 이야기를 듣고 있던 치카리가 흥분해서 말했다.

"그건 있을 수 있는 일이네요. 타르슈의 밀정이 두 파로 갈라져 있다는 것은 우리도 최근에야 겨우 안 사실이니까요."

젊은이도 눈을 반짝이며 고개를 끄덕였다.

"카무 자신도 살해당할 뻔하고서 신경이 쓰이기 시작한 게 아닐까요? 그래서 혈안이 되어서 찾고 있는 거죠. 그렇지 않고는, 왕은 이미 설득했는데 굳이 당신들을 찾을 이유가 없죠."

흥분이 평온한 열기가 되어 가슴 깊숙이 퍼져가는 것을 챠그무는 느꼈다.

바르사가 상기된 챠그무의 얼굴을 지그시 바라봤다.

"그것을 카무한테 가르쳐주러 갈 생각이냐? 카무는 설득할 수 있어도 왕은 어려운 남자다. 일단 내린 결정을 뒤집는 것을 싫어할지도 모른다."

모두 입을 다물고 챠그무를 응시했다.

나뭇가지에서 작은 새가 지저귀는 소리가 들려왔다. 그 소리에 화답하듯이 젊은이의 어깨 위에서 새가 짹짹거렸다.

챠그무가 입을 열었다.

"카무한테 가겠어. 설령 왕을 설득 못 하더라도 칸발의 '왕의 창'들에게 제대로 된 상황을 알리는 것만으로도 뭔가를 바꿀 수 있을지도 몰라."

챠그무가 바르사를 쳐다봤다.

"약간이라도 가능성이 있다면 그것에 걸어보고 싶어."

바르사가 고개를 끄덕였다.

"알았다. 하지만 우선 내가 혼자서 카무를 만나러 가겠다."

"그건⋯."

이의를 제기하려는 챠그무를 바르사가 가로막았다.

"나는 같은 실수를 되풀이하고 싶지 않다. 게다가 타르슈 녀석들이 카무의 관사를 감시하고 있을 게 틀림없다. 네가 가는 건 너무 위험해."

챠그무가 얼굴을 찌푸리며 나지막이 말했다.

"그렇구나⋯ 그렇겠어."

챠그무의 어깨에 바르사가 손을 얹었다.

"해보지, 뭐. 호위무사답게 뒷문으로 들어가보지."

챠그무가 의아해하며 미간을 찌푸리고 바르사를 보자, 바르사가 빙긋이 웃었다.

"도적이 노리는 집에 고용되었을 때는 도적을 잡는 호위 무사라는 걸 들키지 않을 차림으로 뒷문으로 들어가거든. 그 방법을 써보자."

그렇게 말하더니 바르사가 치카리에게 손바닥을 내밀었다.

"미안하지만, 돈을 조금만 빌려주세요. 카무한테서 짐을 찾으면 갚을 테니까요."

"그거야 괜찮은데… 뭘 살 거예요?"

바르사가 미소를 지었다.

"목동들한테서 라가(염소 치즈)와 라칼(젖술)을 살 거예요. 짊어질 수 있는 바구니도 살 수 있으면 좋겠지만, 못 사면 어디선가 구해주세요."

카무의 관사에는 행상하는 여자들이 아침부터 몇 명이나 와 있었다.

이 관사의 식량창고가 불탔다는 이야기를 들은 여자들이 이런저런 식량을 팔러 왔기 때문에, 바구니를 짊어지거나 짐수레를 끈 여자들이 오면 뒷문을 지키는 문지기들은 제대로 얼굴도 안 쳐다보고 안으로 들여보냈다.

그런 여자들은 관사 서쪽에 있는 주방으로 안내된다. 그리고 그곳의 돌바닥에 상품을 늘어놓고서 관사 여자들한테 보이며 팔러 온 물건에 대해 설명한다.

관사의 식사를 책임지고 있는 조리장은 몸집이 다부지고 큰 여자로, 여자들이 늘어놓은 라(버터)나 단지에 든 카루(장아찌) 등을 하나하나 꼼꼼히 보며 살 물건을 정하고 있었다.

갖고 온 상품이 팔리면, 여자들은 싱글벙글 웃으면서 돌아간다. 그중 영 서툰 여자가 하나 있었는데, 다른 여자들이 돌아간 후에도 팔고 남은 상품을 느릿느릿 정리하고 있었다.

"어이, 거기, 빨리빨리 좀 정리해. 언제까지고 거기 있어선 곤란하단 말이야."

조리장이 말을 걸자 여자가 일어섰다. 그 순간 여자의 키가 쑥 자란 것 같은 느낌이 들어 조리장은 깜짝 놀랐다.

여자가 뒤집어쓰고 있던 두건을 내리더니 조리장에게 미소를 지었다.

"오랜만입니다, 마나 씨."

3

호이

'왕의 창'들이 '왕과 창의 논의'(왕족과 '왕의 창'만 참가하는 회의)
를 열어달라고 청해 왔을 때, 칸발 왕 라달은 자신의 예감이
적중한 것을 알았다.

어젯밤 '왕의 창' 몇 명이 카무 무사의 병문안을 위해 일부
러 그의 관사를 방문했다는 이야기를 시종한테서 들었을 때
부터, 왠지 모르게 오늘 아침 '왕과 창의 논의'를 개최해달라
고 할 것 같은 예감이 들었다.

라달은 회의장 문 앞에 서기 전에 숨을 깊이 들이마셨다.
얼굴의 긴장을 조금이라도 풀고 여유 있는 태도로 회의장으
로 들어가고 싶었다.

문 양옆에서 등을 꼿꼿이 펴고 서 있는 병사가 왕의 왕림

을 알리는 피리를 소리 높여 불었다.

넓은 회의장 중앙에 놓인 탁자에는 이미 아홉 씨족을 대표하는 '왕의 창'들과, 라달의 두 숙부와, 그들의 아들들이 착석해서 라달을 기다리고 있었다.

문이 열리고 라달이 나타나자, 그들은 일제히 일어섰다. '왕의 창'들은 왼손에 든 단창으로 한 번 하늘을 찌르는 듯한 동작을 하더니, 다음 순간 일제히 창고달로 바닥을 찍었다. 탕 하고 큰 소리가 회의장을 뒤흔들었다.

옥좌에 이를 때까지 라달은 가신들과는 눈을 마주치지 않으려고 했다.

몸이 푹 파묻히는 커다란 옥좌에 앉자, 마침내 라달은 눈을 들어 가신들을 둘러보며 말했다.

"착석해도 좋다."

그 목소리와 함께 가신들이 의자에 앉았다. …단 한 사람, 카무 무사를 제외하고.

라달 왕은 카무의 모습을 보고 가슴이 철렁했다.

그가 애처롭게 붕대를 감은 왼손에 들고 있는 단창에 검은 헝겊이 묶여 있었기 때문이다. '창의 장례', 무인이 스스로 '왕의 창'의 지위에서 내려올 각오를 했다는 표시였다.

'왕의 창' 중에서 최연장자인 무로 씨족의 하구가 일어서서 라달에게 가볍게 절을 하고 이야기를 시작했다.

"번개신 요라무의 은총이 두터우신 왕이시여, 저희의 목소리를 들어주셔서 '왕과 창의 논의'를 열어주신 것에 감사드리옵니다.

오늘 저희 '왕의 창'들이 이 회의를 열고자 한 것은, 여기 있는 무사 씨족의 '왕의 창' 카무 무사가 자신의 실책을 털어놓으면서 동시에 왕께 부탁드리고자 하는 것이 있다고 말했기 때문이옵니다."

"카무의 실책…?"

그렇게 중얼거리면서 라달이 가신들의 얼굴을 둘러봤다.

무사 씨족과 인연이 깊은 몇 명의 '왕의 창'들은 이미 카무한테서 이야기를 들었는지 어두운 표정이면서도 놀라는 빛은 없었다. 하지만 왕족들과 다른 '왕의 창'들은 라달과 마찬가지로 놀라움을 감추지 못한 얼굴로 서로를 보고 있었다.

무슨 말을 들을지 불안에 떨면서 라달이 카무에게 말을 걸었다.

"…카무 무사, 발언을 허락하겠다. 설명하라."

카무는 바닥에 한쪽 무릎을 꿇고 단창을 앞에 놓더니 머리를 숙였다.

"왕이시여, 저는 이 나라를 위태롭게 할, 중대한 실책을 범하고 말았습니다.

제 실책을 들으신 후에 저를 벌하여주실 것을, 그리고 제 실책으로 인해 발생한 사태를 올바른 방향으로 이끌어주실 것을 간절히 바라옵나이다."

그렇게 말하더니 카무가 얼굴을 들었다. 그 얼굴은 창백하게 보일 정도로 핏기가 없었고, 말을 시작했을 때는 목소리도 떨렸다. 그러나 말을 이어나가는 사이에 차츰 목소리가 커져 또똑히 들렸다.

카무는 처음부터 하나하나 이야기하기 시작했다. 원래 로타 남부의 대영주와의 관계가 어떤 것이었는지. 거기서 얻은 정보가 어떤 성격의 것이었는지.

그리고 신요고 황국의 황태자 챠그무와의 만남과, 그 후의 경위를 카무는 말했다.

원래 별로 언변이 좋은 편이 아닌 카무의 이야기는 이따금 끊어지고, 이따금 단어를 찾는 듯이 머뭇거려 아주 매끄럽다고는 하기 어려웠지만, 그런 만큼 그의 성실한 마음이 절절히 전해져 왔다.

바르사가 또다시 관사를 찾아와서 챠그무 황태자의 말을 전한 곳까지 이야기하더니, 카무는 잠시 쉬었다가 왕을 응시하며 말했다.

"영민하신 왕이시므로, 이미 제 실책이 무엇인지 아셨을 거라고 생각합니다. …저는 로타 남부의 대영주들의 말을 그대로 믿고, 지금 산갈 반도로 상륙하고 있는 대군의 통솔자가 우리한테 협력을 제안하고 있는 거라고 믿고 있었습니다.

그러나 그렇지가 않았습니다. 그 군대를 이끄는 전권을 갖고 있는 사람은 우리에게 협력을 제안한 하잘 왕자가 아니라 그의 동생인 라울 왕자이며, 그들은 서로 어느 쪽이 북쪽 대륙을 손에 넣을지를 두고 경쟁하고 있다고 합니다.

그렇다면 형한테 공적을 빼앗기고 싶지 않은 라울 왕자가 신요고 황국을 공격하기 위한 군대를 먼저 로타 남부의 대영주들을 위해 보낸다는 것은 있을 수 없는…."

여기까지 말하자, 그때까지 숨을 죽이고 듣고 있던 왕족들도 '왕의 창'들도 참을 수가 없어진 것이리라. 안색을 바꾸고 작은 소리로 서로 속삭이기 시작했다.

그 술렁이는 소리를 억누르듯이 목소리를 높여 카무가 말했다.

"왕이시여, 저는 이 나라를 이기는 말에 태울 작정으로 남부에 붙으라고 설득했습니다. 그러나 저는 그것을 불충분한 정보로 판단하고 말았습니다.

타르슈의 대군의 원조가 없다면, 남부의 대영주들의 군세는 로타 왕의 군세와 거의 비슷하거나 조금 약합니다. 그리고 대의(大義)는 분명히 로타 왕 쪽에 있습니다."

술렁이는 소리가 더욱 커졌다.

라달 왕이 창백한 얼굴로 카무를 보고 있다가, 이윽고 귀에 거슬리는 남자들의 목소리를 가라앉히기 위해 단창의 창고달로 바닥을 세게 쳤다.

탕 하는 소리에 남자들이 입을 다물고 왕 쪽으로 얼굴을 돌렸다. 라달이 굳은 얼굴을 카무에게 향하며 힐책하듯이 말했다.

"이… 이제 와서, 사태가 여기까지 이르렀는데, 그대는, 무슨 말을…."

흥분해서 혀가 뒤엉켰다. 라달은 숨을 멈추더니 마음을 가라앉히려고 애를 썼다.

"설령 대의가 로타 왕에게 있다고 해도, 지금 와서 뭘 할수 있다는 것이냐. 동맹을 청해 온 것은 남부의 대영주들이지 로타 왕이 아니지 않느냐?"

카무가 왕을 똑바로 쳐다보며 대답했다.

조용해진 회의장 안에 그의 목소리가 울렸다.

"왕이시여, 로타 왕은 우리에게 동맹을 원하고 있사옵니다."

라달 왕이 눈을 크게 떴다.

"뭐… 뭐라고?"

카무가 긴장해서 목소리를 떨면서 말했다.

"대기실에 로타 왕의 사신이 있사옵니다. 불러도 괜찮겠는 지요?"

또다시 술렁이는 소리가 커졌다.

"기… 기다려, 기다려라."

라달 왕은 자기도 모르게 엉거주춤한 자세로 카무를 만류 했다.

"그 전에 우리 둘이서만 이야기를 해야만…."

라달의 가녀린 목소리에 덧씌우듯이, 최연장자인 '왕의 창' 무로 씨족의 하구가 말했다.

"왕이시여, 저희가 갖고 있는 정보 중 도대체 어느 것이 정 확한 것인지를 판단하시기 위해서도, 지금은 로타 왕의 사신 을 불러야만 합니다. 로타 왕이 뭘 바라는지를 듣고 나서 판 단하셔야 할 걸로 사료됩니다."

동의하는 목소리가 여기저기서 이는 것을 듣고, 라달은 옥 좌에 앉았다.

"…그대의 말도 지당하다. 로타 왕의 사신을 여기로 부르 도록 하여라."

하구가 일어서서 직접 가서 대기실 문을 열었다.

남자들의 눈이 일제히 쏟아지는 가운데, 한 젊은이가 시종을 데리고 들어왔다.

누가 오는지 몰랐던 '왕의 창'들이 의외의 인물이 나타난 것을 보고 술렁였다. 젊은이 뒤를 따르는 시종이 예전에 산속 지하의 증정식장에서 효율(어둠의 수호자)을 상대로 창춤을 춘 '춤추는 자'였기 때문이다.

그녀를 따라서 걸어오는 사람은 아직 젊은 요고인이었다. 칸발의 정장을 걸치고 늠름한 표정을 짓고 있었다.

챠그무는 회의용 탁자를 돌아서 왕 앞으로 나가더니 목례를 하고 칸발어로 말을 시작했다.

"라달 왕 폐하, 또다시 뵙게 되어 기쁩니다. 산갈에서는 많은 신세를 졌습니다."

라달은 말없이 젊은이를 응시하고 있었다.

그의 얼굴은 확실히 기억에 있었다. 신요고 황국의 황태자 챠그무인 것은 틀림없었지만, 눈앞에 있는 사람은 기억 속에 있는 앳된 티가 남아 있는 그 소년이 아니었다. 눈 옆에 칼자국이 있는, 햇볕에 탄 늠름한 젊은이였다.

라달은 똑바로 자신을 보고 있는 그 시선으로부터 눈을 피하고 싶었다. 그런 마음을 필사적으로 참으며, 라달은 턱을 끌어당기고 챠그무를 응시했다.

"챠그무 황태자 전하, 나도 뵙게 되어서 기쁘다."

차분한 목소리가 나왔기에, 라달은 긴장이 좀 풀리는 것을 느꼈다.

"그대는 바다에 떨어져서 죽었다고 들었는데, 카무 이야기로는 그렇지 않았던 것 같아… 다행이다."

챠그무가 미소를 지었다.

"감사합니다. 무모한 짓을 했습니다만, 많은 사람들의 도움을 받고 행운이 함께해줘 여기까지 왔습니다."

챠그무는 미소를 거두고는 품에 손을 넣어서 가는 통을 꺼냈다.

"칸발 왕 라달 폐하, 저는 여기에 로타 왕의 대리인으로서 왔습니다. 병상에 계시는 로타 왕의 전권을 위임받으신 이한 왕자께서 보낸 친서를 갖고 있습니다.

이 자리에서 소리 내어 읽어도 괜찮으시겠습니까?"

라달이 고개를 끄덕였다.

"허락하지. 모두에게 들려주도록 하라."

챠그무가 두루마리를 펼쳐 소리를 내어 읽기 시작했다.

"로타 왕의 전권을 위임받은 나 이한 로타는 칸발 왕이 로타 왕과의 동맹을 원한다면, 받아들일 의사가 있음을 여기에 맹세한다.

또한 이 건에 관해 신요고 황국의 황태자인 챠그무 전하가 동맹의 중개 역할을 맡아주신 것에 나 이한 로타는 감사를 드린다.

로타 왕국과 칸발 왕국이 동맹을 맺는 것은 지금 우리 국토에 침략의 손길을 뻗치고 있는 타르슈 제국의 위협으로부터 북쪽 대륙을 지키기 위한 가장 효과적인 수단이다.

영민하신 칸발 왕께서는 반드시 현명한 판단을 내리실 것으로 믿는다."

챠그무가 입을 다물자, 회의장은 물을 끼얹은 것처럼 고요해졌다.

챠그무가 한 단 높은 옥좌에 앉아 있는 라달 왕을 올려다봤다.

"라달 왕 폐하, 부디 로타 왕과 동맹을 맺어주시기 바랍니다. 로타 왕국을 남북으로 나누는 전쟁에 칸발군도 합세해서 북쪽 대륙 사람들끼리 서로 죽여 병력을 잃게 되면, 타르슈 제국이 의도한 대로 되는 것입니다."

챠그무의 목소리는 쩌렁쩌렁했다.

"왕이시여, 저는 이 눈으로 남쪽 대륙을 보고 왔습니다. 일단 타르슈 제국에 무릎을 꿇어 지배를 받게 되면, 왕의 손에 남는 것은 속국의 수장이라는 명목상의 지위뿐입니다. 자국의 백성을 타르슈 제국의 병사로 빼앗기고, 타르슈 제국의 전쟁을 위한 세금을 빼앗깁니다.

바다의 강국 산갈에도 이미 남쪽 절반의 섬들에 타르슈군의 요새가 건설되어 있습니다. 기세 좋게 바다를 주름잡던 산갈 남자들이 타르슈 병력에 편입되어, 일사불란한 대열을 이루며 싸우도록 타르슈식 훈련을 받고 있지요."

말로 표현되지 않는 술렁임이 회의장을 흔들기 시작했다.

챠그무는 똑바로 왕을 응시하며 말했다.

"왕이시여, 그런 운명을 북쪽 백성들이 맞이하지 않도록, 남쪽으로부터의 해일을 막을 견고한 벽을 세웁시다.

로타 왕국을 양분하는 전쟁이 일어나게 되면, 수많은 병사들을 헛되이 죽여, 그 벽을 세우지도 못하고 해일에 휩쓸리고 맙니다. 그러나 칸발 왕께서 로타 왕과 동맹을 맺은 것을 알면, 로타 왕국을 둘로 나누는 어리석은 전쟁은 아직 피할 수 있을 겁니다."

라달은 잠자코 챠그무를 바라보고 있었다.

챠그무는 진심을 담아 호소했다.

"남부의 대영주들이 병력을 일으키기 전에, 칸발 왕국의 군대를 이한 왕자에게 보내 로타 왕과 동맹을 맺은 것을 확실하게 보여주면 틀림없이 전쟁을 피할 수가 있습니다. 아니면, 혹시 남부의 대영주가 이미 군사를 일으켰는지요?"

라달 왕은 당황한 듯이 눈을 깜빡이더니 가신 쪽으로 눈길을 돌렸다. 옥좌 오른쪽 옆자리에 앉아 있던 사촌 아론이 몸을 앞으로 쑥 내밀며 대답했다.

"아니, 아직 군사를 일으켰다는 소식은 오지 않았습니다. 그보다도 그들은 우리가 군사를 일으키지 않는 한 행동을 개시할 마음이 없을 겁니다."

'이해하겠죠?'라고 말하듯이 챠그무에게 눈썹을 찡긋해 보인 아론 옆에서 라달 왕의 얼굴이 불쾌한 듯이 굳는 것을 챠그무는 봤다.

"결국 로타 남부의 대영주들은 자신들의 힘만으로는 왕을 이길 자신이 없는 겁니다. 당신이 카무에게 알려준 정보가 올바른 것이라는 증거가 되는 셈이지요."

'왕의 창'들이 동의하는 속삭임이 뒤에서 들려왔지만, 챠그무는 똑바로 라달 왕만 바라보고 있었다.

라달 왕은 창백한 얼굴로 챠그무를 처다보고 있었다.

사촌 아론 말대로, 아마도 카무나, 이 챠그무 황태자가 갖고 온 새로운 정보가 더 올바른 것이리라. 다른 나라의 꼬드

김에 넘어가 왕에게 반역해서 나라를 빼앗으려고 하는 로타 남부의 대영주들보다 로타 왕 쪽에 대의가 있는 것도 분명하다.

라달 왕은 가슴이 짓눌리는 듯한 통증을 느꼈다. 천천히 회의장 벽이 좁아져가는 느낌이 들었다. 숨 쉬기가 힘들었다.

이대로는 로타 남부에 가담하기로 한 결정을 뒤집지 않을 수 없다.

'…그런 짓을 하면 모두가 나를 비웃을 거야.'

가신들은 역시 이 왕은 무능하다고 한탄하면서 비웃을 것이다.

멍청하게 잘못된 정보에 넘어가 칸발 왕국의 군대를 대의 없는 전쟁에 참가시키려 한 자신, 타르슈의 밀정에게 목걸이 따위를 받고 기뻐서 왕비한테 걸어준 자신을 가신들이 뒤에서 어떤 식으로 조롱할까….

심장의 고동이 점점 빨라졌다. 숨을 쉴 수 없을 정도의 답답함이 배에서 가슴을 뒤덮었고, 머리 뒤가 마비되어 왔다.

가신들에게 무능한 왕이라고 조롱당하는 공포가 라달의 가슴을 짓눌렀다.

챠그무는 라달의 얼굴이 창백해지는 것을 보고 있었다.

눈이 도움을 청하듯이 이리저리 움직이고 있었다. …망설이고 있는 것이다.

어젯밤에 은밀히 챠그무를 숙소에서 데려다가 몰래 숨겨 주었던 무로 씨족의 '왕의 창' 하구가 했던 말이 귓전에서 되살아났다.

"라달 왕은 심성은 착한 분이지만 결단에 시간이 걸립니다. 망설이기도 하시고 주저하기도 하시죠. 하지만 우리는 충성을 맹세한 순간부터 왕에게 절대 복종을 하고 있습니다. 설령 왕이 잘못된 판단을 하셨다 해도, 우리는 잠자코 따르는 수밖에 없습니다."

갑자기 챠그무는 얄팍한 얼음판 위에 서 있는 듯한 심정이 되었다.

이제까지의 일이 잇달아 머릿속에 떠올랐다.

타르슈 제국의 라울 왕자와 마주해서 필사적으로 흥정을 하고, 그의 손아귀에서 벗어난 일. 달 아래에 펼쳐진 캄캄한 바다로 뛰어들었을 때의 그 심정. 도와준 많은 사람들…. 그들의 마음.

자신을 지키기 위해 목숨을 잃은 사람들. 타르슈의 대선단과 싸워서 죽어간 많은 수병들. 대군의 발소리를 들으면서, 살해당하기를 기다릴 수밖에 없는 고국의 백성들….

모든 것이, 그 모든 것이 눈앞의 창백한 남자의 결단 하나에 달려 있는 것이다.

　망설이고 있는 그 눈을 보는 사이에 격렬한 분노가 부글부글 올라왔다.

　그가 망설이는 것은 자신의 체면 때문이다. 아까 옆에 앉아 있는 왕족 젊은이가 훌륭한 언변을 피로했을 때의 표정을 보면, 그가 얼마나 자신의 체면을 신경 쓰는지를 알 수가 있다.

　일단 내린 결정을 뒤집어 어리석은 자라고 조롱당하기가 싫은 것이다.

　'그런 것 때문에….'

　수천, 수만의 사람이 목숨을 잃을 걸 생각하니 눈앞이 하얘질 정도의 분노에 사로잡혀, 챠그무는 떨기 시작했다.

　라달의 목덜미를 붙잡아 내동댕이쳐버리고 싶었다. 부디 체면 따위에 사로잡히지 말고 수많은 백성들을 위해 결단을 내려달라고 소리치고 싶었다.

　"폐하…."

　옆에서 느닷없이 아론이 왕을 불렀다.

　"폐하, 외람되지만 제 생각을 아뢰어도 된다면, 저는 이 동맹을 받아들여야 한다고 생각합니다. 모두 그렇게 생각하고 있지 않은지요?"

그 목소리를 들은 순간, 라달의 얼굴이 일그러지는 것을 챠그무는 봤다. 거의 광기에 가까운, 완고하고 걷잡을 수 없는 분노가 그 눈에 떠올랐다.

한기가 챠그무의 온몸을 관통했다. 왕의 내면에서 지금 마음이 한쪽으로 기울어졌다. 간신히 버티고 있던 얇은 얼음이 깨진다….

챠그무는 자신이 새된 목소리를 내는 것을 들었다.

"라달 왕 폐하!"

챠그무는 똑바로 왕을 쳐다보며 소리쳤다.

"신요고 황국의 황태자는 천신의 아들. 황제 이외의 그 누구 앞에서도 무릎을 꿇은 적이 없습니다. 그러나…."

라달 왕은 움찔했다. 느닷없이 무슨 말을 꺼내는 거냐는 눈으로 자신을 보고 있는 라달 왕의 눈을 응시하며, 챠그무는 떨면서 그 말을 밀어냈다.

"…저는, 지금, 폐하 앞에서 무릎을 꿇겠습니다."

회의장에 있는 남자들은 숨을 멈췄다.

자신을 신의 아들이라고 믿고, 사람 앞에 설 때는 얼굴을 얇은 천으로 가릴 정도로 자긍심이 높은 신요고 황국의 황태자가, 요고의 무인이 최대한의 경의를 표하는 동작으로 바닥에 무릎을 대고 라달 왕에게 깊숙이 고개를 숙이는 것을 그들은 멍하니 바라보고 있었다.

챠그무가 떨리는 목소리로 말했다.

"칸발 왕 라달 폐하, 저는 폐하께 엎드려 빕니다.

영민하신 결단을 내리시어 북쪽 대륙의 백성들을, 그리고 우리 고국의 백성들을 구해주시기 바랍니다."

챠그무는 바들바들 떨고 있었다. 온몸에서 식은땀이 배어나왔다.

가녀린 목소리가 들려왔을 때, 처음에는 챠그무는 무슨 말을 하는 건지 잘 알아들을 수가 없었다.

"…얼굴을 드시지요."

두 번쯤 라달이 말해줬기에, 그제야 챠그무는 얼굴을 들었다.

라달 왕은 묘한 것을 보는 듯한 눈으로 챠그무를 바라보고 있었다. 그리고 작은 목소리로 말했다.

"부디 얼굴을 들고 일어서시기 바랍니다. 로타 왕과 동맹을 맺겠습니다."

이명이 들렸다. 이마가 땀으로 범벅이 된 채로, 챠그무는 아무 말도 못하고 라달 왕을 올려다보고 있었다.

소리 없는 물결에 휩쓸리다가 느닷없이 조용한 호수의 수면으로 흘러나간 것 같은, 기묘한 허탈감을 느끼면서.

❧❀❧

동맹의 조인을 마치자, 왕은 카무 무사에게 판결을 내렸다.

부정확한 정보로 왕의 판단을 그르친 죄는 무겁다. 따라서 '왕의 창'의 지위를 박탈하겠다고 했다. 다만 왕은 카무가 자신의 잘못을 숨기지 않고 밝힌 것을 평가하여, 다른 나라의 전쟁에 나가는 역할을 그에게 맡겨, 멋지게 승리를 획득해 돌아왔을 때는 다시 '왕의 창'이 될 수 있다고 했다. 카무는 황공해하며 그것을 받아들였다.

회의는 그대로 군사회의로 옮겨 가, 챠그무는 타르슈 제국의 병력과 그 내부의 상황에 대해 알고 있는 모든 것을 이야기했다. 그 군사회의에서 이한 왕자에게 칸발군의 절반에 해당하는 1만 5,000명의 병사를 보낼 것이 정해졌다.

성 안에 있는 타르슈의 밀정을 즉각 붙잡아 포로로 삼을 것도 결정되었지만, 병사들이 잡으러 갔을 때는 이미 그들의 모습은 어디에도 없었다.

오찬회를 마친 후에, 챠그무는 혼자서 중정을 내려다볼 수 있는 타살(베란다)로 나갔다.

줄곧 원해오던 일이 이루어졌는데도 왠지 생각만큼 기쁨

이 솟구치지 않는다. 마음속에 응어리처럼 굴욕감이 남아 있는 것을 챠그무는 견디기 힘들어하고 있었다.

자신이 황태자라는 것을 이 정도로 자랑스럽게 여겼을 줄은 이제까지 미처 몰랐다. 천신의 아들인 것을 자랑스럽게 여기고, 숭배를 받는 것을 당연하게 여기는 아버지에게 반발했던 주제에, 막상 이토록 중요한 일을 위해서라 할지라도 남 앞에서 무릎을 꿇은 일이 견디기 힘든 치욕으로 느껴졌다.

아무도 그때 무릎 꿇은 자신을 비웃지는 않았으며 올바른 판단이었다는 걸 알고 있어도, 숨넘어가는 목소리로 라달에게 호소하고, 매달리듯이 무릎을 꿇은 자신의 모습을 떠올릴 때마다 참기 힘든 치욕감이 밀려왔다.

해를 품어 구름 가장자리가 금빛으로 빛나는 것을 멍하니 바라보고 있으려니, 뒤에서 발소리가 들리고 바르사가 옆에 나란히 섰다.

"…아까는 깜짝 놀랐구나."

바르사가 말했다.

"뒤에서 보고 있으면서 네가 왕에게 호통을 치지 않을까 조마조마했거든. 설마 무릎을 꿇을 줄은 몰랐다."

챠그무가 바르사한테서 눈을 피했다.

해가 구름 사이로 얼굴을 내밀었다가 바로 또다시 숨어버렸다. 챠그무의 굳은 옆얼굴을 보면서, 바르사가 조용한 목소리로 말했다.

"멋진 호이(버리는 짐)였어."

순간 챠그무는 의아해하는 얼굴로 바르사를 봤다가, 곧바로 무슨 뜻인지 이해한 빛이 눈에 나타났다.

험상궂은 표정으로 굳어 있던 챠그무의 얼굴에 서서히 쓴웃음이 떠오르는 것을 바르사는 미소를 지으며 바라보고 있었다.

4
땅속의 드넓은 바다

 챠그무는 꿈에서 쫓겨나듯이 하며 깨어났다.

 땀으로 흠뻑 젖어 있었다. 내빈용 침실의, 휘장이 쳐진 침대에 똑바로 누워서, 챠그무는 밤새 밝혀져 있는 자그마한 촛불에 어렴풋이 비친, 두툼한 휘장을 응시하고 있었다.

 어떤 꿈을 꾸었는지 눈을 뜬 순간 잊어버렸지만, 가슴이 짓눌리는 듯한 불안감은 잠에서 깨어나도 사라지지 않았다.

 이 왕성에서 밤을 보내게 된 이후로 매일 밤 꿈에 가위눌린다. 악몽을 꾸었다는 느낌은 안 드는데도, 살갗이 떨리면서 늦기 전에 뭔가 해야만 한다는 쫓기는 듯한 감각이 있었다.

 신요고 황국이 첫 전투를 맞이하기 전에 이한 왕자한테로 칸발군을 데리고 가야 한다는 초조함 탓이라고 생각했는데,

아무래도 그게 원인이 아닌 것 같았다. 말로 표현할 수 없는, 몸속에서 전해져 오는 뭔가가 자신을 불안하게 하고 있었다.

'여기는 나유그에 가깝다….'

그것은 왕성 문을 통과하기 전부터 알고 있었다.

나유그로 끌려들어 가지 않도록 항상 정신을 차리고 있지 않으면 그 물 냄새가 풍겨 온다.

'앞으로 이틀만 참으면 된다.'

모레에는 기병단의 출진 준비가 갖추어진다. 오늘 날이 밝으면, 보급부대의 짐마차에 짐 싣는 일이 마무리될 것이다. 원정을 위한 갈아탈 말도 각지에서 모여들었다.

챠그무는 눈을 감았다. 졸리기는 하는데도 잠들기가 무서웠다.

수면의 비탈을 내려가기 시작했을 때, 챠그무는 휘파람 소리를 들은 것 같은 기분이 들었다.

얼마나 잤을까?

누가 어깨를 살며시 흔들어, 챠그무는 깜짝 놀라 눈을 떴다.

바르사가 침대 옆에서 몸을 구부려 웅크리고 있었다. 동틀 녘에 가까운 시각이리라. 바르사 뒤에 있는 창문이 푸르스름하게 보였다.

"이런 시각에 미안하구나. …옷 갈아입고 함께 가줬으면 한다."

챠그무는 눈을 비비면서 침대에서 내려갔다. 얼어붙을 듯한 추위가 살갗을 파고들었다. 이를 딱딱 부딪치면서 챠그무가 물었다.

"무슨 일이 있어?"

바르사가 선반 위에 있던 옷을 집어서 챠그무에게 건넸다.

"목동들이 왕과 '왕의 창'을 동굴로 불렀다."

깜짝 놀라며 챠그무가 바르사를 봤다.

"목동들이 왕을 불렀다고?"

바르사가 고개를 끄덕였다.

"너도 어느 정도 눈치챘겠지만 목동들은 칸발인과는 출신이 다르다. 그들은 지상에서 태어난 우리와는 다른, 산속 지하의 백성들이지.

이 칸발에는 지상과 산 밑의 두 세계가 있다. 지상의 왕은 산왕의 백성인 목동들이 부르면 반드시 응해야만 하지."

두툼한 모직 옷을 걸치면서 챠그무는 잠자코 듣고 있었다.

"…지난번에 너는 화를 냈지만, 목동들과 왕 사이에 한 약속은 본래의 모습을 조금이라도 훼손시키면 그 의미를 잃어버리게 된다.

다른 나라와 동맹을 맺는다는 목적을 위해 왕을 불러달라고 목동에게 부탁하다니, 내가 어리석은 짓을 한 거지. 나중에 무척 후회했다."

쓴웃음을 지으면서 그렇게 말하고, 바르사는 캇루(망토)와 슈마(바람막이용 천)를 건넸다.

"그들이 너를 데리고 와달라는 부탁을 해 왔다. …산속 지하로 안내하지."

복도에는 아무도 없었다. 사람들이 깊은 잠에 빠져 있는 동트기 전의 왕성 안을 바르사와 둘이서 걷고 있자, 꿈속에 있는 듯한 느낌이 들었다.

평소에는 굳게 잠겨 있는 왕성 북쪽의 문이 열려 있었다. 문을 지키는 병사의 모습은 없고, 단지 문만 밖을 향해 열려 있었다.

그 문을 빠져나가 밖으로 나가자, 미지근한 물 냄새가 갑자기 강렬해졌다. 왕성 뒤에 우뚝 서 있는 바위산 밑에 동굴이 입을 떡 벌리고 있었다. 그 입의 조금 위까지 남빛 물이 가득 차 있었고, 수면이 물결치며 흔들려 보였다.

'…여기는 바닷속이구나.'

확 소름이 돋았다. 이 풍경을 정면에서 보고 마침내 깨달았다. 여기까지는 남빛 물속 저 밑으로 희끄무레한 모래가 보이지만, 저 동굴 근처는 벼랑처럼 푹 들어가 있어서 그 뒤로는 바닥이 안 보인다. 물 색깔도 짙은 감색으로 변해 있었다.

챠그무에게는 장대한 유사 산맥을 투과해서 저 멀리 퍼져가는 바다가 보였다.

"…괜찮니?"

멀리서 바르사의 목소리가 들렸다.

챠그무는 크게 숨을 들이쉬고 바르사 쪽으로 손을 뻗었다.

"바르사… 저 동굴에 들어가면 내 손을 붙잡고 있어."

고개를 끄덕이고 바르사가 챠그무의 손을 꽉 쥐었다. 그리고 두 사람은 어두운 동굴 속으로 발을 들여놓았다.

동굴 속은 어두웠지만, 암벽이 희미하게 빛나고 있어 칠흑같이 캄캄하지는 않았다. 완만한 긴 비탈을 내려가자, 이윽고 뻥 뚫린 넓은 공간이 나왔다. 예전에 바르사가 효율(어둠의 수호자)과 창춤을 추었던 증정식장이었다.

증정식장 바닥에 앉아 있던 왕과 '왕의 창'들이 일어서서 두 사람을 맞이했다. 암벽에 붙어서 많은 목동들이 서 있었다. 그들의 눈은 반짝이지 않았다.

챠그무에게는 그들의 모습 너머로 저 멀리까지 펼쳐지는 물과, 그 속을 날아다니는 무수한 정령들의 빛이 보였다.

얼마나 많은 빛일까? 떼를 지어 나는 반딧불이 무리 속으로 섞여든 것만 같았다. 방울을 흔드는 것 같은 높은 소리, 신음하는 것 같은 낮은 소리, 여러 가지 소리가 가득 차서 살갗을 간질였다.

요나로가이(물의 민족)도 떼 지어 있었다. 색깔이 좀 다른, 두 종류의 요나로가이들이 서로 뒤엉켜서 헤엄치고 있었다. 발밑에는 거대한 구멍이 있었다. 마치 어떤 생물이 사는 굴처럼 생긴, 매끄러운 벽이 있는 깊은 원형의 굴이었다.

이유는 모른다. 여기에서 도망치고 싶어졌다. 여기 있어서는 안 된다고 온몸이 소리치고 있었다.

챠그무가 바르사의 손을 꽉 잡았다. 바르사가 꽉 잡아준 힘이 챠그무의 마음을 이쪽 세계에 간신히 붙잡아 맸다.

땀을 흠뻑 흘리면서, 챠그무는 이쪽 세계에 서 있는 남자들의 모습을 뚫어지게 쳐다봤다. 서로의 얼굴이 어렴풋이 보일 정도의 약한 불빛 속에서, 왕도 '왕의 창'들도 뭔가를 기다리는 듯이 잠자코 서 있었다.

이윽고 벽에 붙어 서 있던 목동들 중에서 노인 하나가 앞으로 나왔다. 챠그무에게 왕성까지 안내할 것을 거절했던 그 목동 노인이었다.

그가 지그시 챠그무를 쳐다보며 말했다.

"…그대는 정말로 오이 라기였군.

그대를 바위산까지 안내한 내 손녀딸이 그대 몸이 노유크로 녹아들 뻔하는 것을 봤다고 하더군. 처음에는 모두 믿지 않았지만, 지금 이렇게 우리 눈으로 봐버렸으니 의심할 여지가 없군."

챠그무가 작은 목소리로 말했다.

"오이 라기?"

"'겹쳐진 몸'이라는 뜻이다. 아주, 아주 드물게 지상의 백성 중에 그런 자가 태어난다고 들은 적이 있다. 노유크와 이쪽 세계, 양쪽에 몸을 두고 살아가는 자가 있다고. …그대가 그럴 것이다. 저 바위산에서는 몰랐는데, 지금 여기서 보니 그대 몸이 양쪽 세계에 겹쳐 있는 것을 잘 알 수가 있다."

그가 노유크라고 부르는 것은 나유그를 뜻하는 것이리라. 그가 보기에 자신은 그런 식으로 두 세계에 겹쳐서 보이는 거구나….

챠그무는 잠시 눈을 감고서 깊이 숨을 들이마셔 마음을 가라앉히려고 했다. 조금 마음이 진정되자 눈을 뜨고 노인을 내려다봤다.

"그럴 거라고 생각합니다. 당신들은 나… 노유크 쪽이 아니라 이쪽 세계에 있군요. 그래도 노유크가 보이는 건가요?"

노인이 고개를 끄덕였다.

"보인다. 하지만 그대처럼 자유자재로 갈 수는 없다. …산왕의 입김에 둘러싸였을 때는 칸발인도 우리도 갈 수가 있지만."

그렇게 말하고 그가 왕 쪽을 돌아봤다.

"왕이여, 우리가 전한 말이 거짓이 아닌 것을 틀림없이 이 젊은이라면 그대에게 말할 수 있을 것이다. 들어봐라."

라달 왕이 눈을 깜빡였다. 그런 다음 기침을 하고 챠그무에게 물었다.

"그… 그대에게는 여기서 뭔가가 보이느냐? 어떤 풍경이 보이지?"

챠그무가 침을 삼키고 대답했다.

"여기는 짙은 감색에 가까운 어두운 푸른색의 맑은 물속입니다. 여기는 바닷속인 셈입니다. 아까 밖에 있을 때 깨달았지요. 우리가 사는 세계에서는 여기는 산속 지하이지만, 노유크에서는 여기는 바다입니다. 저 멀리까지 바다가 펼쳐져 있는 것을 봤습니다.

지금 여기서는 미지근한 바닷물 속을 묘한 형태를 한 수많은 정령들이 희미한 빛을 발하면서 춤추듯이 헤엄치고 있습니다. 그…."

잠깐 머뭇거리고 나서, 챠그무는 얼굴이 빨개지면서 빠른 속도로 말했다.

"…그들은 짝짓기를 하고 있는 것처럼 보입니다."

왕과 '왕의 창'들이 서로 얼굴을 마주 봤다.

목동 노인이 챠그무의 팔꿈치를 잡았다.

"뒤돌아봐라. 저쪽에는 뭐가 보이지?"

시키는 대로 뒤돌아서 챠그무는 숨을 멈췄다.

바닷속에서 산이 보인 것이다. 저 멀리 늘어선 산들이 투명한 물에 잠겨 있었다. 높은 산들은 해수면에서 산꼭대기가 나와 있었지만, 낮은 산은 완전히 물 밑에 있었다. 초록빛 나무들이 자란 채로 산이 바닷속에서 보이는 것은 너무나도 묘한 광경이었다.

챠그무는 멍하니 그 광경을 바라보면서 중얼거렸다.

"…바다의 수위가 높아졌다. 이제까지 산이었던 곳이 바다 밑이 되어버렸어."

노인이 고개를 끄덕였다.

"그렇다. 요 몇 년 사이에 조금씩 노유크의 해수면이 올라온 것은 알고 있었다. 노유크에 봄이 온 것이지. 노유크의 산들이 해빙기를 맞이해, 일제히 눈 녹은 물이 흘러나온 것이 아닐까.

몇백 년에 한 번 오는 봄이다. 수면이 올라가고, 산도 바다

밑이 되고, 이제까지 산으로 차단되어 있던 곳이 바다로 이어졌다. 그렇게 해서 멀리서부터 몇 줄기나 되는, 대하처럼 떼 지어 헤엄쳐 온 정령들이 이 바다에 도착한 것이다. …이 물가에서 짝짓기를 하여 새로운 생명을 낳기 위해서."

산갈의 바다에서 본 광경을 챠그무는 떠올렸다. 저 강처럼 흐르던, 몇 줄기나 되는 정령들의 무리. 남쪽에서 온 그들이 지금 이 북쪽 바다로 퍼져서, 북쪽 정령들과 만나 짝을 맺고 있다….

"이 바다는 따뜻하지? 이 따뜻한 물이 우리 세계도 따뜻하게 하고 있다."

노인이 왕과 '왕의 창'들에게로 시선을 돌렸다.

"그대들도 느꼈을 것이다. 요 몇 년 겨울이 예년보다 훨씬 따뜻했던 것을. 노유크에 봄이 온 덕분에 우리 대지도 따뜻해졌지. 노유크의 정령들의 정기로 가득 찬 이 물을 먹고 풀들이 잘 자라고, 염소는 많은 새끼를 낳았다. 어미 염소들한테서는 진한 젖이 나오고. 좋은 젖 덕분에 우리 가족도 불어나기 시작했지."

입을 다문 노인의 얼굴이 일그러지는 것을 챠그무는 봤다.

"노유크의 봄은 우리에게 더 많은 생명을 가져다준다. 하지만 한편으로 생명을 빼앗기도 한다."

왕이 나지막이 말했다.

"누… 눈사태가 일어난 것은 무사 씨족령과 무로 씨족령, 욘사 씨족령만이지요? 그것도 그렇게 대단한 눈사태는 아니었다고…."

노인이 날카로운 목소리로 말했다.

"더 따뜻해지면 더 많은 눈사태가 일어난다. 우리는 올겨울 내내 산들을 조사하고 다녔다. 이미 물의 무게에 눌려 암반에 균열이 생긴 곳도 많다."

'왕의 창'들이 어두운 표정으로 서로 속삭이기 시작했다.

카무가 말했다.

"황송하지만 왕이시여, 발언을 허락해주시겠습니까?"

왕이 고개를 끄덕이자 카무가 말했다.

"제 아버지, 무사 씨족장 카그로한테서도 어제 편지가 도착했습니다. 이 목동 노인의 말과 똑같은 내용이 적혀 있었습니다. 아버지는 눈사태와 산사태의 피해를 입을 가능성이 있는 '향' 사람들 약 80명을 올봄만이라도 다른 씨족령으로 피난시키고 싶다고 부탁해 왔습니다."

욘사 씨족의 다구가 품에서 두루마리를 꺼내면서 말했다.

"제 아버지도 같은 청원을 해 왔습니다. 씨족령 남쪽의 두 '향'의 약 100명을 어딘가 피해를 입을 가능성이 적은 씨족령으로 피난시키고 싶다고."

'왕의 창'들은 제각기 떠들어대기 시작했다.

"우리 씨족령은 어떤가? 우리 목동들은 아무 말도 안 해줬는데…."

"그건 씨족장이 목동들의 본모습을 모르니까 말을 못 해주고 있는 걸 거야."

"어디가 어느 정도나 피해를 입을까…?"

"게다가 설령 피해를 안 입는 토지인 걸 알더라도, 다른 씨족령 사람들을 받아들일 여유가 있을까…?"

왕이 양손을 올려 남자들의 말을 끊었다.

"기다려라, 기다려. 여기서 그런 이야기를 해봤자 혼란이 가중될 따름이다. 이것은 엄청난 사태다. 왕성으로 돌아가서 제대로 상의를 해보기로 하자. …어떻게든 해결 방법은 있을 것이다."

'왕의 창' 하구가 고개를 끄덕였다.

"왕이 말씀하신 대로다. 예를 들어 로타 왕에게 지원군을 보내는 조건으로, 눈 녹는 계절에만 백성들을 로타 북부로 피난시키게 해달라는 것도 가능할 것이다."

하구의 말을 듣는 사이에 남자들의 얼굴에 안심하는 빛이 돌아왔다.

왕이 목동 노인에게 물었다.

"그대들의 말을 믿겠다. …그 대신 우리한테 어디가 눈사태나 산사태의 피해를 입을 지역인지를 가르쳐주기 바란다."

노인이 고개를 끄덕였다.

"가르쳐주지. 산이 재앙을 초래할 때, 그것을 전하는 것이 우리 임무니까."

그들의 이야기를 들으면서 챠그무는 기묘한 불안감을 느꼈다. …도망치라고 몸속에서부터 들려오는 목소리는 틀림없이 목동들이 얘기하는 이 재앙과 관련이 있다.

노인이 뒤돌아서 챠그무를 올려다봤다.

"그대는 청무 산맥 너머에 사는 백성의 우두머리라고 했지?"

챠그무가 눈을 깜빡였다.

"우두머리의… 아들입니다."

노인이 고개를 끄덕였다.

"그렇다면 자네한테도 말하지. 청무 산맥도 나유그의 바다에 잠겨 있다. 예년 같으면 절대로 녹지 않는 산꼭대기의 만년설도 올해는 녹을 것이다…."

챠그무는 심장을 차가운 손으로 꽉 잡힌 듯한 느낌이 들었다. 심장의 고동이 빨라지고, 노인의 모습과 목소리가 멀어져

갔다. 두피가 차갑게 굳었고, 온몸이 마비되었다.

청무 산맥의 만년설이 녹으면, 그 산맥에서 흘러나오는 수많은 지류가 모이는 청궁천의 수량은 엄청난 기세로 불어날 것이다.

그렇게 되면 청궁천의 부채꼴 모양의 땅에 세워진 도읍 광선경은….

피가 소리를 내며 내려가는 것을 챠그무는 느꼈다. 눈앞이 하얗게 일그러져서 보였다. 귓속에서 큰 북을 두드리는 듯한 소리가 들렸다.

"챠그무…."

바르사한테 어깨를 붙잡히고, 챠그무는 살짝 숨을 들이마셨다. 식은땀이 흠뻑 몸을 적셨다.

"바르사… 도읍이…."

챠그무가 나지막이 말했다.

"…도읍으로, 돌아가야만…, 모두에게, 알려야만…."

바르사가 챠그무의 어깨에 얹은 손에 힘을 주었다. 바르사 역시 챠그무를 사로잡은 공포를 느꼈지만, 그래도 바르사는 침착함을 잃지는 않았다.

낮지만 분명한 목소리로 바르사가 말했다.

"너는 신요고로 돌아가면 안 된다."

챠그무가 눈을 크게 떴다.

"왜?"

"마음을 가라앉히고 생각해봐라. 이 시기에 네가 궁으로 돌아가서 천재지변이 일어난다는 것을 알리면 어떤 일이 일어나겠니?"

챠그무는 잠자코 바르사를 쳐다보고 있었다. 그 눈을 보는 사이에, 사고가 정상적으로 작동되었다. 바르사가 하고자 하는 말을 이해했다.

전란의 위기에 처해 있는 지금, 자신이 느닷없이 궁으로 돌아가서 천재지변이 일어날 거라고 예언하면… 천신의 아들이라는 아버지가 모르는 재앙을 예언해버리면, 아버지는 격노할 것이다.

챠그무의 말을 부정하기 위해서 재앙 같은 게 있을 리 없다고 말할 것이다. 아버지의 말은 신의 말이다. 일단 아버지가 그렇게 말해버리면, 백성들을 피난시킬 방법은 없어진다….

바르사가 조용한 목소리로 말했다.

"내가 가겠다. 내가 신요고로 돌아가서 토로가이나 슈가에게 이 사실을 전할게. 그들이라면 틀림없이 천재지변을 피할 수 있는 좋은 지혜를 갖고 있을 거야."

챠그무의 눈동자에 슬픔에 찬 빛이 떠올랐다.

그 눈동자를 보면서 바르사가 챠그무의 어깨를 흔들었다.

"탄다랑 토로가이가 걱정스럽기도 하고. …내가 가게 해줘라."

챠그무는 오랫동안 지그시 바르사를 쳐다보고 있었다. 그리고 입술을 꽉 다물고 고개를 끄덕였다.

아라무 라이 라

왕성 문이 크게 열어젖혀졌다.

환호성을 지르며 손을 흔드는 많은 사람들의 배웅을 받으며 칸발의 기마병들이 원정을 떠난다.

바르사는 환호성을 지르는 사람들에 섞여, 번쩍번쩍한 갑옷을 걸친 무인들이 자랑스러운 표정으로 다가오는 모습을 바라보고 있었다. 사람들이 환호성을 지를 때마다, 옆에 있는 말이 움찔하며 몸을 떨었다. 재갈을 꽉 쥐어 말이 날뛰지 않도록 달래면서, 바르사는 기마행렬을 바라보고 있었다.

선두를 가는 것은 이 원정군의 지휘를 맡은 무로 씨족 출신의 '왕의 창' 하구, 그리고 카무였다. 그 두 사람 사이로 호리호리한 젊은이의 모습이 보였다.

금테를 두른 칸발풍의 가죽 가슴보호대를 한 젊은이는 얼굴을 꼿꼿이 들고 있었지만, 굳은 표정을 짓고 있는 그 눈에는 다른 무인과 같은 자랑스러운 빛이 없었다.

거리에 서 있는 바르사를 발견하고 젊은이의 눈이 반짝였다.

바르사가 고개를 살짝 끄덕여 보였다.

순간 챠그무의 눈에 미소가 떠오르고 얼굴이 살짝 일그러졌다. 입술을 붙이고서 표정을 가다듬더니, 챠그무는 바르사에게 고개를 살짝 숙이고, 그리고 얼굴을 앞으로 홱 돌렸다.

많은 기마를 이끌고 사라져가는 챠그무의 뒷모습이 보이지 않자, 바르사는 말에 뛰어올라서 고삐를 당겨 기마행렬에 등을 돌렸다.

'바르사… 부탁해.'

말 등 위에서 흔들리면서 챠그무는 마음속으로 중얼거렸다.

'부디 무사히 토로가이와 슈가를 만나서….'

설령 바르사가 토로가이나 슈가에게 그 이야기를 전한다 해도, 청무 산맥 기슭에 퍼져 있는 마을들이나 도읍 사람들을 어딘가 안전한 곳으로 피난시키는 것은 무척 어려운 일일 것이다. 그래도 그들이 어떻게든 해줄 거라고 믿고 싶었다.

남쪽에서는 침략군, 북쪽에서는 천재지변… 고국은 두 재앙 사이에 끼어버렸다.

'지금은 천재지변에 대해서는 생각하지 말자.'

자신이 해야 할 일은 남쪽에서부터 밀어닥치는 침략군을 막는 것이다. 그러기 위해서 전쟁터를 향해 병사를 이끌고 가야만 한다. 머나먼 고국까지.

그렇게 생각했을 때, 메마른 바르사의 손바닥 온기가 문득 뺨에 되살아났다.

어젯밤 객실로 돌아오자, 왕이 보내준 번쩍번쩍한 갑옷과 무구 일체가 선반 위에 놓여 있었다.

이 갑옷을 걸치고 병사를 전쟁터로 이끌고 가는 자신, 사람을 죽이라고 명령하는 자신의 모습을 떠올리는 순간, 온몸이 떨려 왔다.

난로 앞의 바닥에 책상다리를 하고 앉아 단창을 손질하고 있는 바르사 옆에 앉으며, 챠그무가 나지막이 말했다.

"사람을 죽이는 자에게도 언젠가 고통을 잊고… 납득하며… 살 수 있는 날이 올까. 아니면 계속 괴로운 채로 살아갈까."

바르사가 창끝을 닦는 손을 멈추고, 한동안 잠자코 있다가 마침내 낮은 목소리로 말했다.

"사람을 죽인 자는 마음이 편해지려고 해서는 안 된다고 나는 생각한다. 이유를 갖다 붙여 납득을 하게 되면 자신이 죽인 사람이 안 떠오르겠지.

자신을 죽이려고 덤벼드는 놈을 자신의 몸을 지키기 위해서 죽였다 해도, 나는 내가 살인을 했다는 사실을 잊고 싶지 않아."

바르사가 얼굴을 들어 챠그무를 봤다.

"솔직히 말할까? 그렇게 생각하지 않으면 잊어버리거든, 사람을 죽인 고통을. 몸이 상처를 아물게 하려는 것처럼, 마음도 말이야, 상처를 덮으려고 온갖 변명거리를 찾아내지."

바르사의 입가에 옅은 미소가 떠올랐다.

"그런 변명이 교묘하게 상처를 덮어버리면… 내 마음속에 가까스로 남아 있는, 제대로 된 감정마저도 사라져가는 느낌이 들거든."

난로의 부드러운 불빛을 받은 그 얼굴에서 천천히 미소가 사라졌다.

"…미안. 내가 네 어머니였다면, 아마도 좀 더 다정한 말을 해줄 수 있었을 텐데. 세상에는 어쩔 수 없는 일이 있다. 한 사람의 힘으로는 어쩔 도리가 없는 일이 있단다. 그러니까 괴로워하지 말라고.

하지만 나는 그런… 너를 편하게 해줄 수 있는 말을 해줄
수가 없구나."

바르사가 갈라진 목소리로 말했다.

"사람을 돕기 위해 사람을 죽이는 모순은 지금도 나를 얽
어매고 있다. 같은 모순을 마주하고 있는 너에게 마음이 편
해지는 길을 제시해줄 수 있을 리가 없지."

그렇게 말하고 나서 바르사는 살짝 쓴웃음을 지었다.

"하지만 말이야, 이런 인생에도 슬픔만 있는 건 아니란다.
예를 들어서, 자…."

바르사가 오른팔을 살며시 뻗어서 챠그무의 뺨을 감쌌다.

"뽀로통한 얼굴을 하고 떼를 쓰던 꼬맹이가 어엿한 남자가
되어 지금 이렇게 옆에 앉아 있잖아…."

뺨을 감싸고 있는 메마른 손에서 전해져 온 온기는 천천히
마음속으로 스며들어, 손이 떠나간 후에도 거기에 머물러 있
었다.

기마행렬은 눈으로 뒤덮인 들과 산을 넘으며 천천히 전진
을 했다.

점심 후에 잠깐 휴식을 취한 이후로 날이 저물 때까지, 그
들은 말에서 내려오지 않고 진군을 계속했다.

이윽고 해가 기울기 시작하자, 석양을 품은 구름이 하늘 속을 빨갛게 물들이기 시작했다. 그 빛을 받아서 눈 덮인 봉우리들이 꼭두서니 빛으로 물들어갔다. 나이 든 산들이 빨간빛을 띠고 있었다. 아가씨의 뺨이 발그레해지듯이.

"아라무 라이 라…."

난데없이 챠그무가 중얼거리자, 바로 뒤에서 말을 타고 오던 욘사 씨족의 다구가 놀란 듯이 말을 걸어왔다.

"아니! 멋진 욘사 사투리인데요, 전하. 정말로 아라무 라이라네요. 연인의 손가락이 닿자 할머니가 뺨을 붉히며 웃고 있어."

챠그무가 미소를 지었다.

챠그무는 기울어가는 석양을 얼굴에 받으며, 눈을 가늘게 뜨고서 눈 냄새가 나는 맑은 바람을 가슴 가득히 들이마셨다.

저 산 너머에는 로타가 있다.

로타로, 그리고 고국으로, 자신이 걸어가는 머나먼 길이 석양 속에서 환영처럼 뻗어 있는 것이 보인 것 같았다.

옮긴이의 말

《수호자》시리즈의 저자 우에하시 나호코는 오스트레일리아의 원주민 애보리진을 연구하고 대학에서 문화인류학을 가르치는 교수 겸 문학가다. 1996년에 자신의 전문 분야에 문학적 상상력을 접목시킨 작품 『정령의 수호자』를 발표하면서 일약 일본 판타지 문학을 대표하는 작가가 되었다. 『정령의 수호자』의 인기에 힘입어 3년 뒤인 1999년에 후속작 『어둠의 수호자』를 발표하고, 이어서 작품 8편과 단편집 2권을 더해 총 12권에 이르는 대작《수호자》시리즈를 무려 16년에 걸쳐 완성했다.

이 역작으로 우에하시 나호코는 수많은 문학상을 수상했다. 그뿐만 아니라 해외 여러 나라에서《수호자》시리즈가 번역 출간되면서 국제적으로도 명성을 떨치게 되었다. 특히 2014년에는 아동문학계의 노벨상으로 불리는 국제 안데르센

상 작가상을 수상함으로써 세계적으로 주목받는 작가로 우뚝 섰다.

일본에서 《수호자》 시리즈의 인기와 위상은 일본 국영방송인 NHK에서 방송 90주년 기념작으로서 이 시리즈를 실사 드라마로 제작하기로 결정한 것만으로도 충분히 짐작할 수가 있다. 2016년 3월에 〈정령의 수호자〉라는 제목으로 방영을 시작하여 약 3년에 걸쳐서 방영할 예정이니, 일본 내에서 《수호자》 시리즈를 둘러싼 열기는 한동안 식지 않을 것으로 보인다. 이제까지 라디오 드라마나 애니메이션으로 제작된 적은 있으나 생동감 넘치고 현실감 있는 묘사가 가능한 실사 드라마의 제작은 처음이다. 게다가 유명 연예인까지 등장한 드라마이다 보니 지금 일본에서는 우에하시 나호코의 원작 소설이 다시금 주목받으며 많은 기대를 모으고 있다.

《수호자》시리즈는 종종 '아시아의 『반지의 제왕』'으로 비유되곤 한다. 『반지의 제왕』이 그렇듯이 이 작품 역시 아동부터 성인까지 두루 즐길 수 있는, 독자층의 폭이 매우 넓은 대작이다. 그러나 철저하게 현실과 동떨어진 판타지 세계를 그린 『반지의 제왕』과 비교해서,《수호자》시리즈가 그리는 판타지 세계는 우리가 살아가는 이 세계와 매우 가까운 곳에 공존한다. 다른 세계를 인정하고 다른 생각을 받아들일 수 있는 열린 마음을 가진 이라면 언제든 그 세계를 볼 수 있으며 두 세계의 경계를 넘나들 수 있다는 점에서 커다란 차이점을 보이는 것이다.

《수호자》시리즈는 30세인 주인공 바르사가 37세가 되기까지 7년 동안 경험하는 무용담이자 모험담이다. 또한 첫 번째 책인 『정령의 수호자』에서 바르사의 도움으로 목숨을 구한 챠그무가 11세 어린아이에서 18세 성인으로 성장하는 과정을 그린 성장 이야기이기도 하다. 본편 10권 가운데『정령의 수호자』,『어둠의 수호자』,『꿈의 수호자』,『신의 수호자』는 바르사가 주인공이며,『허공의 여행자』,『푸른 길의 여행자』에서는 챠그무가 주축이 되어 이야기를 이끌어나간다. 그리고 이 두 줄기의 이야기는 세 편 연작인『하늘과 땅의 수호자』에서 하나로 합류하게 된다. 그 과정에서 다양한 민족 문화에 대한 생생한 묘사, 여러 나라의 역사와 정치적 관계에 대한 묘사가 세밀하게 곁들여지면서, 여느 판타지 소설과 차별화되는《수호자》시리즈만의 독특한 세계가 형성된다.

주인공 설정 역시 매우 독특하다. 판타지 소설에서 바르사와 같이 서른 살 여성이 주인공으로 등장한다는 것은 이례적인 일이다. 실제로『정령의 수호자』출간 당시에 일본 출판사

측에서도 그 점에 대해 난색을 표했다고 한다. 하지만 우에하시 나호코는 무슨 일이 있어도 주인공은 어느 정도 나이가 들어 인생 경험이 풍부하며, 어린 생명을 푸근히 감싸 안을 수 있는 모성애를 지닌 여성이어야 한다는 생각을 떨칠 수가 없었다. 단창을 멘 30대 여성이 어린아이의 손을 잡고 도망치는 이미지가 불현듯 저자의 머릿속에 떠올랐고, 이것이 바로《수호자》시리즈를 저술하는 계기가 되었기 때문이다. 이렇게 해서 강인하면서도 심성 따뜻한 바르사, 약한 생명을 위험으로부터 구하는 역동적인 여성 무사 바르사가 탄생한 것이다.

바르사의 담대한 캐릭터와 굴곡진 삶 이외에, 황태자 챠그무의 성장 이야기 또한《수호자》시리즈에서 중요한 의미를 갖는다. 연약한 어린아이 챠그무가 어느덧 약한 자를 보호하고 생명을 지킬 줄 아는 강인한 어른이 되고, 나아가 주체적으로 이야기를 이끌어가는 중요 인물로 성장하는 과정을 지켜보는 것도 이 작품을 읽는 또 다른 재미다. 위험을 무릅쓰면서까지 자신을 구해준 바르사한테서 영향받아, 챠그무 역시 자신의 목숨이 위태로워지는 것도 개의치 않고 다른 생명을 구하기 위해 최선을 다하는 가슴 훈훈한 장면을 시리즈 곳곳에서 목격하게 된다.

이 작품을 번역하면서 자연과 생명에 대한 저자의 애정과 경의, 소외받는 이들과 약한 자들을 바라보는 따뜻한 시선에 깊이 감명받았다. 그리고 스스로 선택한 것이 아니더라도 어찌 되었든 자기가 태어난 세계에서 주어진 운명을 받아들이고 열심히 살아가는 사람들의 삶도 이 작품에서 만날 수 있었다. 또한 자칫하면 소홀히하기 쉬운 소중한 것을 지키기 위해 최선을 다하는 아름다운 모습도 곳곳에서 볼 수 있었다. 작품을 번역하며 이런 것들이 작품에 심오한 의미와 다양한 색채를 부여한다는 생각이 들었다.

번역자로서 《수호자》 시리즈의 번역은 새로운 세계에 대한 도전이었으며, 기나긴 호흡이 필요한 작업이었다. 많은 노력과 시간이 드는 힘든 작업이었지만, 매우 흥미롭고 가치 있는 도전이었다는 생각이 든다. 우에하시 나호코의 가치관과 세계관이 흠뻑 배어 있는 《수호자》 시리즈의 한국어판 출간에 번역자로서 동참하게 된 것을 기쁘게 생각한다. 저자가 《수호자》 시리즈를 통해 전 세계의 독자에게 보내고자 하는 메시지가 한국의 독자들에게도 제대로 전달되기를 희망한다.

김옥희

하늘과 땅의 수호자 제2부

초판 1쇄 찍은날 2020년 10월 26일
초판 1쇄 펴낸날 2020년 10월 30일
지은이　　　우에하시 나호코
옮긴이　　　김옥희
펴낸이　　　한성봉
편집　　　　조유나·하명성·최창문·김학제·이동현·신소윤·조연주
콘텐츠제작 안상준
디자인　　　전혜진·김현중
마케팅　　　박신용·오주형·강은혜·박민지
경영지원　　국지연·강지선
펴낸곳　　　스토리존
등록　　　　2015년 8월 11일 제2017-000039호
주소　　　　서울시 중구 퇴계로30길 15-8 [필동1가 26]
페이스북　　www.facebook.com/dongasiabooks
전자우편　　storyzone1@naver.com
블로그　　　blog.naver.com/dongasiabook
인스타그램　www.instagram.com/dongasiabook
전화　　　　02) 757-9724, 5
팩스　　　　02) 757-9726

ISBN　　　979-11-88299-14-0 04830
　　　　　　　979-11-957529-0-4 (세트)

이 도서의 국립중앙도서관 출판예정도서목록(CIP)은
서지정보유통지원시스템 홈페이지(http://seoji.nl.go.kr)와
국가자료공동목록시스템(http://www.nl.go.kr/kolisnet)에서
이용하실 수 있습니다.(CIP제어번호: CIP2020044432)

※ 스토리존은 동아시아 출판사의 어린이/청소년/실용 브랜드입니다.

※ 잘못된 책은 구입하신 서점에서 바꿔드립니다.

만든 사람들
편집　　　　안상준
디자인　　　김현중
본문 조판　　김경주